KB186936

일본의 사회와 문학

임 용 택

Publishing Company

책을 펴내며

현재 우리나라에서 간행되고 있는 일본 근대문학 관련 저술은 지명도가 높은 특정 작가의 작품(소설)의 번역이 다수를 차지하는 가운데, 연구서적으로는 문학사와 개별적 작가론, 작품론에 집중되어 있다. 특히 일본 근대문학 전반을 포괄적으로 언급한 저술은 활발한 성과를 내고 있지 못하다. 전체적으로 교양서와 연구서를 불문하고, 관련 저술의 양적 부족과 다양하고도 독창적인 시각의 결여를 지적하지 않을 수 없다. 문학사를 예로 들면, 근대를 독립적으로 다루기보다는 '일본문학사' 속의 '근대' 영역으로 할애하여 부분적으로 언급하는 경우가 일반적이며, 서술태도 또한 메이지(明治)기부터 현대까지의 사회와 역사의 종적 흐름의 파악 속에서, 주요 문예사조나 유파(流派) 중심의 작가와 작품을 편년체(編年體)적으로 소개하는 내용이 다수를 차지한다. 이러한 평면적 서술태도는 일본 연구자들의 자국민을 대상으로 한 문학사적 기술을 무비판적으로 수용한 결과이며, 외국인으로서의 독자적 비판의식의 결여 및 단순한 바이오그래피(biography)적 지식 습득에 머물 우려가 있다.

본 저술은 문학을 그 시대의 사회와 현실의 반영으로 간주하는 이른바 반영론적 관점에서, 일본의 전체적인 사회의 흐름과 문학작품, 작가와의 관계를 공시성(共時性)과 통시성(通時性)을 고려하여 서술하는 형태를 취하고 있다. 무엇보다 한국인의 관점에서 본 일본 근대문학의 성격과 특성 중 가장 일본적으로 여겨지는 부분을 중심 토픽으로 선정하여, 사회적 배경과 이와 관련된 작품의 특징을 규명하는 데 주안점을 두고자 한다. 먼저 제1부 〈시대별 사회와 문학의 특징〉에서는 일본문학사의 기본적 시대구분인 5분법에 입각해, 각 시기별 정치상황과 사회, 문화의 성격을 이해하고, 동 시기 작가와 문학적 경향과의 상관관계를 파악한다. 특히 메이지 이후부터 현대에 이르는 사회의 변화와 대중문화의 흐름에 대한 개괄적 분석은 일본문학의 최근 동향을 가늠하는 자료가 될 것이다.

다음의 제2부 〈전통시가(詩歌)와 근·현대시가〉에서는 근대 이전부터 전통을 이어오고 있는 하이쿠(俳句)와 단카(短歌)가 근대 이후 어떤 형태로 계승되고 있는가를, 특징과 차이점을 중심으로 분석한다. 이를테면 하이쿠의 경우 근대 이전과 이후의 차별성은 무엇이며, 그것을 성립시킨 사회적 요인은 무엇인가, 나아가 하이쿠나 단카의 형식성이 근대시에 투영된 요소는 없는가 등을 복합적으로 점검한다. 무엇보다 근대시가 서양의 'poetry'를 기반으로 하고 있음을 염두에 둘 때, 이러한 비교분석은 필수적이라 하겠다. 소설에 비해 상대적으로 근·현대시가에 대한 집중적 기술이나 분석이 부족한 상황에서, 시를 비롯해, 근대 하이쿠와 단카의 전반적 흐름에 대한 개관은 충분한 의의를 지니고 있다고 자부한다.

한편 한 국가의 문학적 풍토를 규명하기 위해서는 이른바 민족지(民族誌, ethnicity)적 관점에서, 자연관이나 미의식, 사생관 등에 복합적으로 접근할 필요가 있다. 실제로 일본의 근대작가와 작품을 보면 자살한 작가나 죽음을 다룬 경우가 두드러지며, 무사도 정신이나 초닌(町人)들의 향락적 기질 등, 문학을 에워싼 사회 관습적 요인이 적지 않은 영향을 미치고 있다. 제3부 〈일본문학의 미의식과 가치관〉은 일본문학의 기본 풍토를 형성하는 전통적 가치관이나 미의식이 근대문학의 주요 정서로 어떻게 계승 혹은 변화되고 있는가에 초점을 두면서, 이른바 문화론적 관점에서 주요 작가와 문학작품 속의 일본적 정서와 미학을 고전과 근대문학을 아우르는 형태로 파악한다.

마지막 제4부 〈현대사회와 일본문학〉에서는 현대사회의 가장 큰 화두인 포스트모더니즘(postmodernism)과 페미니즘(feminism)을 비롯해, 성(性)과 신체, 도시, 광기 등 일본 근대문학을 세부적으로 응시할 수 있는 담론(談論)적 주제를 집중적으로 조명한다. 제3부와 더불어 기존의 저술과는 차별되는 부분으로서, 2차대전 후 세계문학 속에 공통적으로 제시되는 문화와 예술의 주요개념을 일본 근대문학이라는 텍스트 속에서 어떻게 접근할 것인가의 문제의식이 기본 출발점이다. 이를테면 가부장제사회와 남성중심사회를 지탱해온 대서사(master-narrative)의 모더니즘적 담론체계가, 1970년대 이후 페미니즘이나 포스트모더니즘의 등장과 더불어 일본의 경우 어떤 양상으로 전개되고 있는지를 살펴보는 작업은, 전후(戰後)에서 오늘에 이르는 일본 현대사회의 특징과 문학의 경향을 선도적으로 가늠하는 자료로 활용 가능할 것이다.

이상과 같은 내용을 중심으로, 본 저술은 일본 근대문학 전반에 대한 개괄적 정리에 머물지 않고, 개성적 소재나 특정 테마의 연구에 집중하는 가운데, 일본의 사회와 문학의 전반적 특징의 기술에 상당 부분을 할애하고 있다. 각 사항의 이해를 돕기 위해 주요 작가의 작품을 예로 제시하였으며, 이것은 사항별로 본 저술의 주장의 핵심을 이해하는 근거 자료로 활용 가능할 것이다. 일본 근대문학 전공자로서 지금까지 필자가 가장 인상적으로 느낀 일본문학의 독창성을 설명하고, 그 배후에 있는 일본인들의 사고방식이나 의식 체계에 접근하는 방식이다. 현재 대학에서 담당하고 있는 동일 제목 강좌의 강의 경험도 본 저술의 성립에 적지 않은 피드백을 제공하였다. 마지막으로 인용한 작품 중 시가의 경우는 언어적 특성을 고려하여 원문을 병기하는 한편, 주요 사항에도 일본어 및 일본식 발음 표기를 곁들여 이해를 돕고자 한다.

목차

제1부

시대별 사회와
문학의 특징

　일본문학은 상대(上代), 중고(中古), 중
세(中世), 근세(近世), 근대(近代)로 나누는
5분법과 근대를 다시 근대와 현대(現代)
로 나누는 6분법이 일반적으로 통용되
고 있다. 근대문학은 시간적 흐름의 연
속으로 성립된 것이므로, 근대를 포함
한 이전 시대의 개략적인 특징과 문학
의 성격에 대한 개관은 필수적이다.

일본의 사회와 문학

제1장

상대(上代)

아스카(飛鳥)시대와 나라(奈良)시대로 세분되며, 도읍이 현재의 나라 부근
인 야마토(大和)지역의 후지와라경(藤原京)과 헤이조경(平城京)에서, 교토(京都)
의 옛 명칭인 헤이안경(平安京)으로 천도한 794년까지를 가리킨다. 편의상
아스카시대(藤原京)를 전기(前期), 나라시대(平城京)를 후기(後期)로 부른다.

1. 생활과 사회의 특징

상대의 생활은 씨족(氏族) 중심의 원시공동체가 중심이었고, 수렵과 고
기잡이 등의 집단생활을 영위하였다. 그 후 야요이(弥生)시대(BC4C~AD3C경)
후반에 중국대륙과 한반도에서 건너 온 도래인(渡来人)들에 의해 쌀농사 기
법이 전해지고 농경사회가 성립되었다. 농경사회는 정주(定住)생활을 수반
하였고, 훗날 금속기 문화가 전래하자, 생산성의 비약적 증가와 함께 각지
에 소국가를 형성하는 계기가 된다. 4세기 무렵 일본 최초의 통일국가인

야마토조정(大和朝廷)이 성립된 후, 7세기경 당나라의 율령(律令)제도에 입각한 공지공민(公地公民)[1]의 토지제도를 기반으로, 천황(天皇)을 정점으로 한 중앙집권적 지배체제가 확립되었다.

이 시기에는 자연현상을 초자연적인 신의 의지에 따른 것으로 보고, 자연에 대한 경외심을 표현하는 주술적 제사의식이 공동체의 중요 행사가 되었다. 봄의 풍작기원제와 가을의 추수감사제로 대표되며, 아사(餓死) 등 생활이나 생명의 불안을 극복하기 위한 주술(呪術)신앙인 토테미즘, 샤머니즘이 유행하였다. 그 과정에서 음악이나 제사의식에 수반된 퍼포먼스로서, 인간의 희망을 실현하기 위한 주문(呪文) 및 집단의 감정을 담은 가요와 무용 등이 신들의 행위로 연기되었고, 훗날 시가(詩歌)와 전통예능으로 발전한다. 결국 상대시대는 일본문학의 성립기로서, 국자(国字)인 가나(仮名)문자가 성립되기 이전의 한자(漢字)를 중심으로 한 문학이 주를 이루며, 문학을 주도한 계층은 식자(識字)층이었다.

2. 천황의 탄생과 한자의 전래

상대의 주요 특징으로는 천황의 등장을 들 수 있다. 가장 오랜 일본 역사서이자 건국신화를 다루고 있는 『고사기(古事記)』(712)와 『일본서기(日本書紀)』(720)에 따르면, 제1대 천황은 진무(神武)천황으로, BC 660년에 즉위하여 127세에 사망하였다고 한다. 건국신화 속의 천황은 일본 황실의 선조이자 태양신인 아마테라스오오미카미(天照大神)의 자손으로서, 천상계(天

1 토지와 백성을 모두 조정에 귀속시켜, 사적 소유의 재산을 인정하지 않는 정책

上界)에서 규슈(九州)지역으로 강림(降臨)한 후 동쪽으로 정벌을 시작하였고, 마침내 기원전 660년경에 야마토 지역에 들어섰다고 한다. 이러한 일본의 건국신화 담론(談論)은 천손강림설(天孫降臨說)로 요약되나, 어디까지나 신들이 통치하던 신대(神代)에 해당하는 신화적 입장의 학설에 불과하다. 참고로 실존한 최초의 천황은 3세기말의 제10대 스진(崇神)천황으로 추정된다.

문화적으로는 4·5세기경에 중국대륙으로부터 전래되어 6세기경 보편화된 한자가 이 시대의 가장 핵심적 요소를 형성하면서, 당나라의 귀족문화의 영향을 받은 아스카문화와 덴표(天平)문화 등의 일본 고유문화의 성립으로 이어지게 된다. 아울러 6세기경 한반도를 경유한 도래인들이 전한 불교도, 문학을 포함한 문화와 예술의 성립과 발전에 지대한 영향을 미치고 있다.

3. 시가(詩歌)의 발생

일본의 전통시가는 정형(定型)을 지닌 와카(和歌, わか)와 정형이 없는 가요(歌謠)로 나눌 수 있다. 전술한 제사의식이나 주연(酒宴), 그리고 우타가키(歌垣, うたがき)[2] 등의 공동체의 집회나 행사를 통해, 사람들은 인간으로서 느끼는 감정을 언어로 표현하였다. 시간이 흐르면서 점차 서정적 운율을 지닌 문학적 문구로 발전하였고, 악기 반주나 율동적인 동작(舞)을 수반하였다. 결국 전통시가가 농경문화에 바탕을 둔 제례(祭礼)의 산물임을

---

2 봄이나 가을에 산이나 물가, 시장이 서는 곳 등에 젊은 남녀가 모여 풍작을 기원하거나 수확을 하늘에 감사하는 의미로 가요를 부르거나 음식물을 같이 나누어 먹는 행사. 남녀 간의 사적인 교제의 장으로도 활용되는 등 민속학적으로도 관심이 높다.

알 수 있으며, 이들 가요나 주문, 무용 등은 사람들의 애절한 심정을 표현하는 가운데 점차 문학적으로 세련미를 획득하게 된다.

한편 금속기 문화의 수입으로 인한 생산기술의 비약적 발전은 주술신앙의 쇠퇴를 초래하였고, 가요나 주문은 제사의식에서 분리되었다. 노래하는 행위 자체의 즐거움과 의의를 추구함에 따라, 문학이 제사의식에서 독립했기 때문이다. 그러나 아직은 문자가 발명되기 이전이었으므로, 문학의 형태는 사람들의 입을 통해 전해지는 구승문학(口承文学)으로 추이되다가, 훗날 한자가 대륙에서 전래되면서 기재문학(記載文学)이 성립되었다. 이 시기의 시가 표기에서 특기할 점은 한자를 일본인들이 사용하기에 적합하도록 변용한 '만엽가나(万葉仮名)'의 발명이다.

만엽가나는 8세기경에 성립된 표기법으로, 한자가 의미를 갖지 않은 채 순수하게 발음만을 나타내는 일자일음(一字一音)의 원칙을 취하고 있다. 현존하는 가장 오래된 가집(歌集)인 『만엽집(万葉集)』(760년경)을 비롯해, 역사서인 『고사기』, 『일본서기』 등의 표기에 활용되고 있다. 참고로 두 역사서는 본문은 한문이지만, 그 속에 중복적으로 수록돼 있는 '기기가요(記紀歌謡)'는 만엽가나로 표기돼 있다. 시가가 집단의 감정은 물론, 새로운 정치제도나 대륙문화의 영향으로 싹트기 시작한 개인의 감정을 표현하게 되면서, 운율(韻律)까지 정비된 문장으로 점차 발전하게 된다. 『만엽집』의 서정문학 및 『고사기』 등으로 대표되는 서사문학이 동시대적으로 성립되었다.

제2장

중고(中古)

1. 범위와 사회의 성격

8세기 말부터 12세기 말, 구체적으로는 794년에서 1192년에 이르는 시기로, 도읍이 헤이안경(平安京)에 있었으므로 흔히 헤이안시대(平安時代)로 부른다. 역사적으로는 간무(桓武)천황(재위: 781~806)이 도읍을 헤이안경으로 천도한 후, 미나모토노 요리토모(源賴朝, 1147~1199)가 가마쿠라(鎌倉)에 최초의 군사정권인 가마쿠라막부(幕府)를 열기까지의 약 400년간이다.

무엇보다 중고시대는 천황중심의 귀족정치를 표방하여, 화려한 귀족문화의 전성기를 구가한 시기이다. 10세기 중엽 황실의 외척(外戚)인 후지와라씨(藤原氏) 가문에 의한 세도정치인 섭관정치(摂関政治)[3]로 인해 특정 귀족들에게 부와 권력이 집중되었고, 10세기말을 정점으로 소비적 성향의 궁정(宮廷)문화가 융성하였다. 그러나 한편에서 부와 권력을 쟁취하려는 같은 가문 귀족들의 세력 다툼과, 11세기에 접어들어 빈발한 지진, 가뭄, 홍

---

3 천황의 외척들이 신하로서의 최고 지위인 섭정(摂政)・관백(関白)에 임명되어 정무를 장악한 정치 형태로, 각각의 머리글자를 취하고 있다.

수, 기근 등의 자연재해는 심각한 사회불안을 야기하였다. 이로 인해 결국 천황을 정점으로 한 귀족사회는 붕괴되고, 무사들에 의한 군사정권인 막부가 권력의 핵심이 되는 무사사회를 맞이하게 된다. 무사사회는 근대 이전의 일본사회의 가장 큰 특징으로서, 근대의 출발점인 메이지유신(明治維新)까지 지속된다.

2. 가나(仮名)문자의 보급

중고시대의 가장 큰 특징은 가나문자의 보급에 따른 일본문학의 본격적 전개에 찾을 수 있다. 가나문자 발명 이전은 한자를 바탕으로 정치와 문화 등 모든 방면에서 당나라의 제도를 배우고 적극적으로 지식인의 등용을 도모하던 시기로, 견당사(遣唐使)의 파견에서 드러나듯, 당풍문화(唐風文化)가 중심이었다. 참고로 9세기 전반에는 한자의 교양에 입각한 한시문(漢詩文)이 그 최성기를 맞이하였고, 이후 한문학은 국문학의 그늘에 묻히게 되지만, 근대 이전까지 다양한 장르에서 지속되면서 일본문학사의 한 축을 담당하고 있다.

한편 가나문자는 후지와라 가문이 천황의 외척으로 권력을 장악한 무렵인 9세기 후반에 성립되어, 10세기경에는 전국적으로 보급되었다. 동시에 당풍문화는 쇠퇴하고, 이를 대신한 국풍(国風)문화가 세력을 확대하게 된다. 문학에서는 기존의 한시문을 대신하여, 순수한 가나문자에 의한 와카가 대두된다. 시가 또한 『만엽집』에서 정형성의 와카와 정형성이 약한 가요가 공존하던 것이, 이 시기에는 정형성을 지닌 와카로 통일되어

정착하게 된다. 구체적 성과가 최초의 칙찬(勅撰) 와카집인『고금와카집(古今和歌集)』(905)의 성립이다. 칙찬집은 천황의 공적 명령에 따라 편찬된 가집으로서,『고금와카집』이후 16세기 말까지 무려 21개의 칙찬집이 편찬되어 와카의 발전에 지대한 영향을 미치고 있다. 칙찬집 외에도 개인과 한 집안에 의한 사선집(私選集), 가집(家集) 등이 다수 존재한다.

3. '뇨보문학(女房文学)'의 융성

와카의 발전과 함께 두드러진 특징으로 여류문학에 해당하는 '뇨보문학(女房文学)'의 융성을 빼놓을 수 없다. 섭관정치의 기반은 사적인 인간관계에 있었으므로, 유력 귀족들은 앞을 다투어 자신들의 자녀를 천황의 후궁으로 만들거나, 가문의 재원(才媛)을 모아 후궁의 궁녀인 뇨보(女房, にょうほう)로 삼게 하였다. 이들 후궁과 뇨보들은 무료한 궁중생활의 소일거리로 와카를 비롯해, 훗날 소설로 발전하는 모노가타리(物語) 및 일기(日記), 수필 등 다양한 장르에서 문예창작에 임하게 된다. 마침내 헤이안시대의 화려한 귀족적 궁정문화가 꽃을 피우며, 세계 최초의 장편소설로 평가되는『겐지이야기(源氏物語)』(1008년경) 등이 성립되었다.

뇨보문학은 일종의 문예살롱적 성격을 형성하는 한편, 가나문자에 의한 일본문학의 전통을 확립시키는 중요한 역할을 수행한 점에서 문학사적 의의는 크다. 참고로 당시의 작가나 가인(歌人)[4]들의 대다수가 뇨보인 것도 이를 뒷받침한다. 화려한 궁중에서 생활하면서, 일부다처제(一夫多妻

4 와카 창작을 직업으로 삼는 작자

制)와 같은 극히 불안정한 위치에서, 궁정문화의 배후에 있는 인간의 고뇌와 비애를 서정적으로 표현하였다. 뇨보문학에 나타난 섬세한 여성적 정서의 표출은 근대 여성문학의 원동력이 되는 등, 일본문학의 핵심적 존재로 부족함이 없다.

제3장
중세(中世)

　미나모토노 요리토모(源賴朝)가 천황으로부터 정이대장군(征夷大将軍)[5]에 임명되어 가마쿠라(鎌倉)에 막부를 개설한 1185년경부터, 도쿠가와 이에야스(德川家康, 1542~1616)가 에도(江戸)에 막부를 개설한 1603년까지 약 400년의 기간을 말한다. 가마쿠라막부는 1333년까지 지속되었고, 이후 조정이 양분되는 남북조시대(南北朝時代, 1334~1392)와 아시카가(足利) 가문이 정권을 장악한 무로마치막부(室町幕府, 1392~1573)를 거쳐, 오다 노부나가(織田信長, 1534~1582), 도요토미 히데요시(豊臣秀吉, 1536~1598), 도쿠가와 이에야스(德川家康) 등의 전국적 세력을 지닌 봉건영주(다이묘, 大名)들에 의한 군웅할거 시대인 전국시대(戦国時代, 1573~1602)를 맞이하게 된다.

---

5 약칭 쇼군(将軍)

1. 무사계급의 성립과 겐페이(源平)의 동란

후지와라 가문에 의한 외척 세도정치가 지속되는 가운데, 조정의 실권을 회복하려는 천황가의 황실과 후지와라 가문은 자신들의 권력을 유지 혹은 쟁취하기 위해 지방의 호족들을 중앙정치에 끌어들이게 되었다. 지방 호족들은 황실이나 후지와라 가문이 제공한 장원(莊園)을 바탕으로 권력을 확장하여 독자적인 세력을 형성하였고, '사무라이(侍)'로 불리는 무사계급이 탄생하였다. 장원은 조정으로부터 지방의 호족이나 신사(神社)·사찰(寺刹)에 제공된 사적 토지로서, 점차 장원 규모가 전국적으로 확대되자, 장원의 보호와 유지를 위해 지방 호족들이 자체적으로 무장하는 가운데, 신흥 무사세력이 등장하였다.

이들 신흥 무사세력 중 가장 대표적 존재가 미나모토씨(源氏) 가문과 다이라씨(平氏) 가문으로, 양 집안의 대립과 경쟁은 점점 격화되었다. 마침내 1150년경 양 가문은 조정의 권력을 놓고 세력 쟁탈전을 펼치게 되며, 이를 겐페이의 동란(動亂)이라 한다. 먼저 정권을 장악한 다이라 가문은 약 30년 동안 권력의 중심에서 부귀영화를 누린다. 그러나 전제적이고 강압적인 통치방식에 대해 점차 황실의 원로들과 사원(寺院)세력이 반발하였고, 무사계급 전체가 미나모토 가문 주도로 다이라 가문에 맞서게 된다. 그러던 중 1185년 다이라 가문은 오늘의 시모노세키(下關)인 '단노우라(壇の浦)'에서 미나모토 가문과 운명을 건 전투를 벌이나 패배하여 멸망하고 만다.

그 후 미나모토 가문의 수장인 미나모토노 요리토모에 의해 일본 최초의 군사정권인 막부가 가마쿠라에 세워지고, 그동안 권력의 중심에 있던 천황과 황실은 상징적 존재에 머문 채 쇼군(將軍) 가문이 실권을 장악하는 막부시대가 막을 연다. 헤이안시대까지 지배계층이었던 조정의 신하인 구게(公家)로부터 무사(武家)로 권력의 중심추가 이동한다. 무사들은 정치적 입지의 확보와, 장원제도에 입각한 봉건적 사회구조를 구축하였고, 기존의 귀족문화(公家文化)는 무사문화(武家文化)로 대체되었다.

2. 중세문학의 계층과 사회배경

수없이 반복된 내란으로 교토를 거점으로 한 중앙의 귀족(公家)들은 정치적 권력과 경제적 기반을 상실하였고, 이를 대신해 무사계층이 정치와 사회의 운용을 담당하게 되었다. 그러나 문학이나 문화, 예술 면에서는 여전히 교토의 귀족들이 중심적 역할을 수행하였다. 무사계급은 아직까지 자체적인 문학이나 문화를 생산할 성숙된 기량을 갖추지 못하고 있었기 때문이다. 시간이 흘러 남북조시대를 거쳐 무로마치막부에 접어들자, 문화면에서 반(半)귀족화한 쇼군과 각 지방을 다스리는 봉건영주인 다이묘의 비호하에 점차 활발한 문학활동을 전개하기 시작하면서, 무사계급 출신의 다수의 작가를 배출하게 된다.

가장 두드러진 사회적 특징은 유통경제 구조의 성립에 있다. 무로마치막부 말기부터 전국시대에 걸쳐, 패권을 노리는 전국 규모의 다이묘들 간에 전란이 빈발하면서, 전쟁에 필요한 물자 수송의 중요성으로부터 교통망이 정비되었다. 이는 기존의 물물교환 체제에서 유통경제 체제로의 전환을 가져와 상거래의 성립을 초래하였고, '마치슈(町衆)'라는 서민 상공업자의 대두를 촉구하면서. 훗날 도시 상공업자 계층인 '초닌(町人)'계급으로 성장하였다. 후술할 에도시대의 핵심적 문화계층인 초닌들의 문화적 활동에서 드러나듯, 중세문학의 특징은 기존의 귀족일변도에서 벗어나, 점차 다양한 계층(구게, 무사, 서민 등)에 의한 복합적 구조로 변하게 된다.

3. 문학형태와 특징

중세문학의 특징은 다양한 장르의 성립으로 요약 가능하다. 시가에서는 '렌가(連歌, れんが)'의 유행이 두드러진다. 렌가는 와카의 주된 형식인 단카(短歌, たんか)의 5·7·5·7·7을 여러 사람이 나누어 반복적으로 읊는 형태이다. 즉 '5·7·5/7·7/5·7·5/7·7……'의 형태로, 교향성(交響性)을 바탕으로 여러 사람이 함께 읊는 창화(唱和)의 전통을 확립시켰다. 훗날 첫 구인 5·7·5의 '홋쿠(発句, ほっく)'가 독립하여 '하이쿠(俳句, はいく)'로 발전하는데, 이에 대해서는 후술하기로 한다.

산문분야에서는 전란의 시대상을 반영한 군기물(軍記物語)이 유행하였다. 나아가 빈번한 전란과 천재지변으로, 사람들은 현세(現世)에 대한 불안이나 고통으로부터 벗어나기 위해 종교적 구원을 추구하면서, 군기물이나 수필 등 다양한 장르에서 불교적 무상감(無常感)이 중요한 정신세계를 형성하였다. 무상감은 혼란한 세상을 염세적으로 인식하는 태도로서, 후술할 가마쿠라불교(鎌倉仏教)의 성립으로 이어지게 되며, 흔히 인생무상과 제행무상(諸行無常)을 드러낸다.

한편 무상감과 문학과의 관계는 수필에서 속세를 등지고 산속에 암자를 짓고 은둔하는 자들에 의한 초암문학(草庵文学)을 비롯해, 불교의 인과

응보(因果応報) 사상을 담은 설화(説話)의 성립과, 전통극인 가면극 '노(能, の う)'와 대사(台詞)극 '교겐(狂言, きょうげん)'을 이해하는 중심적 정서로 자리 잡게 된다. 나아가 이 시기에는 그윽한 미적 정취를 최고의 가치로 삼는 귀족적 성격의 다양한 문예이념이 문학 및 전통예능 속에서 표현되었는데, 이에 대해서는 제3부 〈일본문학의 미의식과 가치관〉에서 다시 언급하기로 한다.

제4장
근세(近世)

1. 봉건적 지배체제의 확립

　도쿠가와 이에야스(德川家康)가 도쿄의 전신인 에도(江戸)에 막부를 개설한 것이 1603년으로, 이후 1867년까지 15명의 쇼군을 배출하면서, 1868년의 메이지유신(明治維新)까지 약 270년 동안 지속되었다.

　지배체제의 특징은 강력한 중앙집권적 봉건체제인 막번(幕藩)체제로 압축된다. 지방의 다이묘가 지배하는 영지(領地)인 번(藩)을 중앙의 막부가 통제하는 가운데, 막부와 번에 의한 주종관계가 핵심이다. 이를 지탱하는 중요 제도가 참근교대제(参勤交代制)로, 각지의 다이묘와 그 가족들을 일정 기간 에도에 거주시켜 감시하는 일종의 인질제도이다.

　또한 도쿠가와막부는 사농공상(士農工商)의 고정적 신분제도를 실시하여, 신분의 상하관계 및 군신(君臣)간의 위계질서를 중시하였고, 이를 위해 주자학(朱子学)을 중심의 유교적 문치(文治)정책을 추진하였다. 문치정책은 학문적 교화를 위한 교육의 보급과 함께, 유교적 생활 및 교양이 확산되는 결과로 이어졌고, 사(士) 계층인 귀족, 무사, 승려 외에도 '농공상'의 일반 서민들에 의한 자체적 문화의 생산과 소비가 가능하게 되었다. 전란이 없는 평화기가 오랫동안 지속되면서, 다양한 문화와 예술이 성립되었다.

2. '초닌(町人)'의 등장과 문학

문화 및 예술과 관련된 에도시대의 가장 큰 특징은 '초닌'의 등장이다. 사회의 안정으로 생산이 증가하는 한편, 전술한 대로 전국(戰国)시대부터 추진된 교통망의 정비와 화폐의 사용에 기반을 둔 유통경제가 성립되면서, 전국의 번들도 자급자족적인 농업경제로부터 탈피하여, 오사카(大阪), 교(京: 京都), 에도 등의 대도시를 연결하는 상권이 형성된다. 이는 필연적으로 도시에 거주하는 상공업자 계층인 초닌들의 경제적 신장으로 이어져, 자연스럽게 문화적 욕구를 갖게 되었다.

초닌들이 아무리 경제적 실력을 지니고 있었다고는 하나, 사농공상의 고정적 신분제도 속에서의 신분 상승은 현실적으로 불가능한 일이었다. 따라서 단 한번 뿐인 인생을 즐기려는 오락적 성향과, 무사나 승려 등의 보수적인 중세적 교양의 틀을 뛰어 넘는 현세적(現世的)이고 향락적인 문학과 예능을 추구하게 되었다. 에도시대의 초닌문화의 융성 배경으로는 서민교육의 보급에 따른 문학, 예술 등의 문화를 향유할 수 있는 인구의 확충과 함께, 모모야마(桃山)시대로 일컬어지는 도요토미 히데요시 통치시대에 비약적으로 발전한 인쇄술의 영향을 간과할 수 없다.

초닌문학은 초닌이 문학의 생산층 및 소비층으로 대두된 대중적인 서민문학으로서, 기존의 일본문학이 운문(詩歌)과 산문 모두 귀족적이었음을 염두에 둘 때, 문학사적 의의는 크다. 초닌들은 화조풍월(花鳥風月)로 대변되는 자연과 인간 감정의 조화의 전통적 틀에서 벗어나, 일상생활로 시선을 옮기게 된다.

구체적 특징으로 교훈성과 계몽성의 강조를 들 수 있다. 에도막부가 중점을 둔 교육의 보급에 따라, 어린이와 부녀자로부터 성인에 이르는 다양한 독자층이 형성되면서, 그들을 교화(教化)시킬 목적으로 문학이 활용되었다. 문학의 고유 기능인 공리성과 실용성이 인정되며, 구체적 예로서는 에도 초기에 유행한, 그림 속에 문장을 곁들인 대중적 성격의 그림책(絵本)인 '가나조시(仮名草子, かなぞうし)', '구사조시(草双紙, くさぞうし)' 등을 들 수 있다.

다음으로 초닌문학은 쾌락적 성격의 통속성을 드러낸다. 호색성, 향락성, 오락성에 입각해, 서민의 삶의 애환이나 본능적 감정을 해학, 풍자 등의 웃음과 풍류를 곁들여 표현하였다. 대표적 예가 '우키요조시(浮世草子, うきよぞうし)'나 '황표지(黄表紙, きびょうし)' 등의 성인물이다. 마지막으로 초닌들의 일상생활 속에 내포된 문예이념으로는 담백하고 소탈한 서민적 미의식으로서 '츠(通, つう)', '이키(意気, いき)', '스이(粋, すい)' 등이 있으며, 이들은 '에독코(江戸っ子)'의 풍류(風流)적 기질로서 근대문학으로 계승되고 있다.

제5장
근대(近代)

1. 일본 근대문학의 특성

시기적으로 일본의 근대문학은 근대화의 상징인 메이지유신 이후의 문학을 대상으로 하며, 1930년경을 전후한 신감각파(新感覚派)의 등장과 프롤레타리아문학을 기점으로 근대와 현대를 나누기도 한다. 우선 일반적인 문학의 근대성을 이해하기 위해 일본 근대문학의 핵심적 성격을 다음과 같이 정리해 볼 수 있다.

첫째, 근대문학의 출현은 근대 시민계급의 성립과 맞물려 있다. 전시대의 봉건적 신분제도가 붕괴하고, 개인의식에 눈을 뜬 근대 시민계급이 문학의 담당자가 되었기 때문이다.

둘째, 균일화된 문학계층의 출현이다. 초등교육의 보급에 따라, 귀족문학과 서민적인 초닌문학이 이중적으로 공존하던 근세문학의 성격이 소멸되고, 단일화된 문학층이 형성되었다.

셋째, 장르적으로는 소설 우위이다. 시가는 전통적으로 귀족적으로 여겨져 온 반면, 소설은 비속(卑俗)적 읽을거리로 인식되었다. 고전 와카의 발전에 큰 영향을 준, 천황의 공적 명령에 의한 칙찬집은 전형적인 예이다.

넷째, 개인의식 즉 자아의 성장을 빼놓을 수 없다. 서구적 사고의 핵심인 개인주의의 유입은 필연적으로 권선징악(勸善懲惡) 등의 사회나 집단을 우선시하는 전통적 사고와 대립하게 된다. 개인주의는 근대문학의 주요 사상으로 자리 잡으며, 점차 자의식의 과잉으로 인한 에고이즘(egoism)으로 발전하게 된다.

다섯째, 근대적 미의식에 바탕을 둔 정서(情緖)의 추구이다. 근대문학에서 미(美)란 단순한 아름다움을 말하는 것이 아니며, 생생하고도 구체적인 형태를 가지고 인간의 마음속을 파고드는 정서·정조(情操)의 기본형을 가리킨다. 죽음, 고뇌, 환희, 비애, 고독, 허무, 염세, 사랑, 생명, 퇴폐 등을 들 수 있으며, 모든 인간적 감정의 기본 형태에 해당한다. 그 배후에는 윤리나 도덕 등의 사회적 틀을 초월하여, 인간의 본능적 감정을 적나라하게 표현하려는 근대문학의 방향성을 읽을 수 있다.

여섯째, 인간성 및 생명의식의 응시를 들 수 있다. 사회가 추구하는 윤리적 가치와 도덕적 체계에 얽매이지 않으려는 태도는 필연적으로 생명체로서의 본능의 표출로 나타나게 되었다. 특히 일본의 경우는 관능(官能)에 대한 긍정을 바탕으로, 연애와 성애(性愛) 등 에로스(eros)의 추구가 두드러진다.

일곱째는 심리묘사의 강조이다. 전시대의 와카나 하이쿠 등의 전통시가가 자연과 인간 감정의 조화를 표현하는 과정에서 겉으로 드러난 행동적 요소에 집중해 왔다면, 근대문학은 외면보다는 내면, 특히 복잡한 사회생활의 필연적 산물인 심리묘사나 무의식·잠재의식에 대한 예술적 관심에 집중한다.

여덟째, 사상성의 중시이다. 문학의 소재 및 주제가 자연현상의 미적 표현에서 벗어나, 민주주의, 사회주의, 자본주의 등 다양한 이념적 요소 및 사상의 스펙트럼을 형성하고 있다. 구체적 예로, 메이지 초기인 1880년대의 정치소설(政治小説)은 의회민주주의 및 민권사상의 고취에 기여하였고, 근대 물질문명의 불합리와 모순을 비판한 메이지 40년대의 자연주의 문학도 문학과 사상과의 밀접한 관계를 뒷받침한다. 그 외에도 다이쇼 말에서 쇼와 초기에 해당하는 1920년대 후반의 프롤레타리아문학은 러시아혁명(1917) 이후 확산된 사회주의·공산주의의 영향으로, 무산자(無産者) 계급인 도시의 노동자와 농민의 삶에 대한 자각 및 의식을 고취하였다. 여기에 1930년대 후반에서 1940년대 전반에 걸친 전쟁문학·국책(国策)문학[6] 등은 일본 근대문학의 사상성을 논할 때 간과할 수 없는 사항이다. 물론 이러한 문학사적 조류로서의 집단적인 사상성의 표방 외에도, 작가들은 개별적으로 작품 속에 다양한 사상적 메시지를 담기도 하였다.

아홉째, 출판저널리즘의 발전 및 매스커뮤니케이션의 성립은 아무리 강조해도 지나침이 없다. 근세에 성립된 인쇄술의 발전과, 신문·잡지 등의 미디어 매체의 보급으로, 작품의 대량생산과 보급이 용이하게 되었다. 근대소설 유행의 한 축을 담당한 신문연재소설, 동인지(同人誌), 문예잡지의 발간과, 인터넷과 휴대전화의 보급에 따른 휴대전화소설(携帯小説) 등은 최근의 스마트폰의 확산과 더불어, 애플리케이션을 활용하며 나날이 진화하고 있다.

열째, 언문일치(言文一致)와 구어체(口語体)의 확립도 중요한 특징이다. 기존의 문장체인 문어체(文語体)에 의존하던 작품의 문체를, 일상어인 구어체

---

6 국가정책이나 이데올로기에 적극적으로 동조하는 시국색(時局色)의 참여문학

로 일치시킴으로써, 문어체의 형식적 제약에 따른 표현의 불편함을 해소하였다. 언어적으로 문어체는 전통시가에서 드러나듯 우아한 음감(音感)의 미적 감각을 표현하는 데 적합하며, 그 배후에는 정형적 운율에 대한 고려가 자리하고 있다. 그러나 근대에 접어들어 복잡한 사상이나 감정을 효과적으로 표현하기 위해서는 형식의 제약에서 자유로운 구어체의 보급이 필수불가결하게 되었다. 언문일치와 구어체의 본격적 시도는 근세 후기에서 메이지 초기에 이르는 과도기를 거쳐, 1887년 후타바테이 시메이(二葉亭四迷, 1864~1909)가 발표한 최초의 근대소설 『뜬구름(浮雲)』(1887~1889)으로 문학적 결실을 맺게 된다. 시가에서는 메이지까지 문어체의 문어시가 주류를 이루다가, 다이쇼기에 들어와 구어시가 본격적으로 전개되었다.

마지막으로 서구(서양)문학의 유입을 들 수 있다. 기존의 문학이 중국문학으로부터의 영향을 주된 경로로 삼았다면, 근대 이후는 서구문학을 모델로 한 문학의 근대화를 추구하였다. 구조적으로 서양을 발광체(発光体), 일본을 수용체(受容体)로 한 교류의 형태를 지니며, 비교문학(比較文学, comparative literature)은 이러한 영향관계를 주로 연구하는 분야이다. 정치, 경제, 사회, 사상 모든 면에서 영국, 독일, 러시아, 프랑스, 미국 등 서양이 롤 모델이 되었으며, 이러한 경향은 메이지유신의 기본정신이 서양을 모델로 한 근대화, 즉 문명개화(文明開化)임을 환기한다.

2. 근대문학의 세부시기와 장르

일본 근대문학에서는 편의상 원호(元号)를 활용한 명칭을 쓰기도 한다. 메이지 이후 천황의 재위기간 중 하나의 원호만을 사용하는 원칙(一代一元)에 따라, 메이지(明治, 1868.9.8~1912.7.30) 문학, 다이쇼(大正, 1912.7.30~1926.12.25) 문학, 쇼와(昭和, 1926.12.25~1989.1.7) 문학, 헤이세이(平成, 1989.1.7~현재) 문학 등의 명칭이 문학사적으로 통용된다. 한편 장르로는 일반적 구분법인 산문(散文, prose), 운문(韻文, verse), 극(劇, drama)으로 분류되며, 일본도 그 예외는 아니다.

＊ 산문문학

소설과 평론을 들 수 있으며, 소품(小品, しょうひん) 등이 일본적 특성을 드러낸다. 소품은 1900년대 후반에서 1910년대 전반부에 걸쳐, 신문 및 잡지 투고의 형태로 게재된 짧은 길이의 문장으로서, 문예적 가치 속에서 일정한 계보를 형성하고 있다. 내용은 일상을 소재로 한 스케치풍의 글이나 소설, 또는 중간적 성격의 문장 등 다양하며, 공통적으로 세련되고 특색 있는 필체를 구사하였다. 선구자는 나쓰메 소세키(夏目漱石, 1867~1916)로, 대표작인 『영일소품(永日小品)』(1909)은 단편소설과 수필, 중간적 성격의 문장을 포함하고 있다. 또한 신비스러운 환타지풍의 10개의 꿈 이야기를 각각 2쪽 정도의 분량에 담은 『몽십야(夢十夜)』(1908)나, 가와바타 야스나리(川端康成, 1899~1972)의 『손바닥 소설(掌の小説)』(1971) 등이 소품에 속한다. 『손바닥 소설』은 작자가 20대부터 40여년에 걸쳐 작성한 111편의 단문을 모은 것으로, 길이는 짧은 것이 2쪽, 긴 것은 10쪽 정도이다. 짧고 간결한

것을 즐기는 일본인들의 성향이 반영된 문예형식이다. 그 밖에 중고시대에 성립된 일기, 기행(紀行), 수필과 서간문(書簡文) 등이 있으며, 이들은 자기관조(自己観照)의 성찰적 자세를 중시한다.

* 운문문학

시(詩), 단카(短歌: 기존의 와카), 하이쿠, 가요, 민요(民謡) 등이 있다. 메이지 이후 서양의 'poetry(poem)'를 모델로 성립된 시를 제외한 나머지는 근대 이전부터 계승되고 있다. 가요는 상대의 '기기가요' 이후 다양한 형태로 지속되어 왔는데, 정형(定型)이 없고, 보통 무용과 악기를 수반하여 멜로디를 붙여 노래되며, 집단으로 가창(歌唱)된다. 민요를 비롯해, 메이지기에 성립된 유행가인 창가(唱歌), 찬송가(賛美歌), 교가(学校歌), 군가(軍歌) 외에, 다이쇼기에 도시를 중심으로 유행한 민요풍 가요인 신민요(新民謡), 쇼와 이후의 '엔카(演歌)'와 최근의 'J·POP'에 이르기까지, 가장 오랜 생명력을 지닌 운문문학 장르에 속한다.

* 극문학

극(劇)은 무대에서 펼쳐지는 예능(芸能)을 의미하며, 일본에서는 근대 이전의 전통예능과 거의 동의어로 사용된다. 원시시대의 제사의식에서 신을 기쁘게 할 목적으로 행해진 춤(舞), 흉내내기(物まね), 곡예(曲芸)는 전통예능의 출발점이다. 대본(台本)과 줄거리(story)를 갖는 극으로서의 예능이 성립된 것은 무로마치시대로, 가면극인 '노(能)'와 서민적 대사극인 '교겐(狂言)'을 필두로, 에도시대에 성립된 서민극 '가부키(歌舞伎, かぶき)'와 성인을 대상으로 한 인형극인 '분라쿠(文楽, ぶんらく)'가 현재까지 이어지고 있다.

근대 연극의 시작은 메이지 20년대 후반으로 거슬러 올라가며, 당시의
세상 모습과 풍속(風俗)을 사실적으로 묘사한 각본을 토대로, 연기 중심의
연극인 신극(新劇)이 성립되었다. 기존의 전통극(예능)이 주로 역사적 사건
에서 제재를 딴 것임에 비해, 당시 유행하던 소설을 각색하는 형태로 추
이되었고, 점차 연극을 위한 독자적 각본(희곡)이 제작되면서 독립적 장르
로 발전, 오늘에 이르고 있다.

제6장

일본 근·현대사회와 문학의 흐름

메이지기부터 현재에 이르는 사회의 전반적 특징과 이에 따른 문학의
흐름을 소설을 중심으로 살펴보고자 한다. 참고로 시가에 대해서는 제2
부에서 언급하기로 한다.

1. 메이지기(明治期)

1) 메이지유신과 초기의 문학

메이지유신은 정치, 사회, 경제, 행정, 교육 등 각 분야에서 서양을 모
델로 근대화를 추진하는 과정에서 부국강병(富国強兵), 문명개화 등을 핵심
적 슬로건으로 제시하였다. 기본적으로는 서양의 물질문명을 빠른 속도
로 흡수하였으나, 메이지 이후에는 일본 고유의 정신을 지닌 채, 서양의
학문과 기술, 지식을 습득하려는 화혼양재(和魂洋才)를 내세우게 된다.

한편 메이지유신이 일상생활에 미친 가장 두드러진 변화는 교통과 통

신 기술의 발달에 따른 도시 기반의 정비에 찾을 수 있다. 구체적으로 전신(電信, 1854), 우편제도(1871), 전화(1877), 인력거(1870), 철도(1872), 근대식 도로(1872), 전차(1895), 자동차(1900), 수도설비(1898), 가스등(요코하마: 1872, 도쿄: 1874) 등에 의해, 일본인들은 커다란 생활상의 변화를 체험하였다. 문학과 관련해서는 교육·출판문화의 발달로 대중문화의 인프라가 구축되었고, 서구식 학제(学制) 반포(1872)와 신문·잡지의 등장(1860년대)도 문학의 발전에 크게 기여하게 된다.

＊ 계몽기(啓蒙期)의 문학

메이지유신 이후 서양문명의 도입에 따라, 서양의 인간중심 사상과 공리적(公利的) 주장에 바탕을 둔 다수의 문학(작품)이 창작되거나 번역·소개되었다. 주요 문학형태는 '게사쿠(戯作, げさく)', 번역문학(소설), 정치소설로 분류된다.

우선 게사쿠 문학은 서민층의 기질이나 남녀 간의 사랑 등 당시의 세태와 신 풍속을 유희적으로 묘사한 흥미위주의 문학으로서, 그림과 글(문장)로 구성된다. 근세 후기에 서민층이 애호하던 게사쿠인 골계본(滑稽本)·인정본(人情本)[7] 등의 전통을 계승하고 있으며, 소재 면에서 이발소, 쇠고기 식당, 해외여행 등 메이지 초기의 문명개화의 모습과 풍습을 다루고 있다.

한편 게사쿠의 유행과 동 시기인 메이지 10년대에는 서양문학의 번역과 소개 또한 활발하였다. 당시의 서양에서 유입된 새로운 문물에 대한 높은 관심을 반영한 것으로, 역설적으로 아직까지는 근대문학으로서의

---

7 '골계본'은 서민의 일상생활에 나타난 골계스러운 이야기를 단편적으로 서술한 것이며, '인정본'은 에도 시민의 연애상을 주로 그린 풍속소설

일본문학의 창작 기반이 미비하였음을 암시한다. 우리에게도 친숙한 줄 베르렌의 『80일간의 세계일주』(1878), 셰익스피어의 희곡 『줄리어스 시 저』(1884) 등 다수의 외국소설이 널리 읽히게 되었다. 마지막으로 메이지 10년대의 자유민권운동(自由民權運動)을 바탕으로 의회개설의 필요성을 고 취한 정치소설의 유행을 간과할 수 없다. 민주주의의 출발점인 민본주의 (民本主義) 사상과 주장을 선전할 목적으로 성립되었으며, 장대한 스케일의 구성과 줄거리가 당시 지식인들의 관심과 호응을 받았다.

2) 문예사조의 대두

일본의 근대화가 서양을 모델로 삼은 것처럼, 문예사조에서도 서양을 염두에 두면서 일본문학 나름대로의 흐름을 형성하려는 움직임이 나타난 다. 일본의 문예사조가 본격적으로 성립되는 시기는 메이지 중반에 전개 된 낭만주의 문학 이후이다. 서양에서는 낭만주의에 앞서 계몽주의와 고 전주의가 성립되었으나, 일본의 경우는 낭만주의 이전에 문명개화를 슬 로건으로 내세운 계몽사상이 메이지 초기에 유행한 후, 메이지 20년대 중 반, 근세의 겐로쿠(元禄) 문학[8]을 모방한 의고전적(擬古典的) 경향이 잠시 대 두되었다. 그러나 이들을 문예사조로 부르기에는 미흡하다. 뚜렷한 강령 이나 이론의 제시 없이, 문학적 성향을 같이 하는 동인적(同人的) 성격의 작가들에 의해, 개별적으로 추이되었기 때문이다.

일본에서는 낭만주의의 등장에 앞서 객관적 묘사태도를 중시하는 사

---

8 겐로쿠(1688~1704)시대의 문학으로, 근세문학(에도문학)의 황금기로 평가된다. 주요 작가로는 겐로쿠 3대 문호인 이하라 사이카쿠(井原西鶴), 지카마쓰 몬자에몬(近松門左 衛門), 마쓰오 바쇼(松尾芭蕉)의 활약이 두드러진다.

실주의가 대두되었으나, 서양에서는 반대로 낭만주의 이후에 사실주의가 성립되었다. 무엇보다 문예사조를 형성하고 전개하여야 할 문학풍토 면에서 일본과 서양은 서로 다른 구조적 특성과 차별성을 지니고 있었다. 이를테면 고전주의를 비롯해, 19세기말의 자연주의의 객관적 묘사태도에 반발하여 성립된 인상주의(印象主義), 외부의 사물에 대한 순간적인 감각의 포착 속에 이를 투시하는 인간의 심리를 객관적으로 표현하려는 인상주의를 부정하고, 외부의 사물을 주관적, 능동적으로 대치시켜 내면과 자아를 부각시킨 표현주의(表現主義) 등은 일본에서는 '주의'는 물론, 독자적인 문학운동으로 지칭되지는 않는다. 여기서는 서양의 문예사조와 공통적 명칭으로 통용되는 일본의 주요 문예사조로서, 사실주의와 낭만주의, 자연주의를 간략히 살펴보기로 한다.

* **사실주의**(写実主義)

서양에서는 낭만주의에 대한 반동으로 성립되었으나, 일본은 이에 앞서 유입되었다. 인간의 경험에 의한 감각적 사실을 진실로 간주하고, 그 문학적 재현에 목적을 두며, 눈앞의 대상을 주관의 개입 없이, 있는 그대로 묘사하는 데 역점을 둔다. 사실주의자들은 자연이나 인생, 사회를 세밀하게 관찰하고 객관적으로 표현하는 것에 몰두하므로, 현실을 미화하거나 이상화하지 않는다. 따라서 자연스럽게 사물의 표면적인 묘사에 치중하게 되고, 인간의 정신세계 등 내면이나 심리분석에는 이르지 못하는 한계를 지닌다.

일본의 사실주의 선언은 쓰보우치 쇼요(坪内逍遥, 1859~1935)의 평론『소설신수(小説神髄)』(1885)에서 비롯되었다. 일본 근대문학의 실질적 출발점으로 평가되며, "소설의 주안점은 인정이다. 세태풍속(世態風俗)이 그 다음"이라는 서두를 통해, 전통문학의 권선징악적 요소를 부정하는 한편, 묘사 기법으로서의 사실주의적 태도의 필요성을 강조하고 있다.

* 낭만주의(浪漫主義)

메이지 30년대에는 자아의식에 입각해 인간성의 해방을 추구하는 낭만주의가 대두되었다. 낭만주의의 기본적 속성은 감정 표현과 공상을 즐기고, 미(美)의 정서적 측면을 강조하는 것에 있으며, 이를 묘사하는 과정에서 인간의 자유분방함을 중시하면서, 영원하고 무한한 것을 동경한다. 신비적이고 몽환적인 경향을 중시하는 태도 또한 낭만주의 문학의 본령으로서, 형식보다는 내용을, 현실보다는 이상을, 보편성보다는 특수성을 강조한다. 일본의 낭만주의 문학은 기타무라 도코쿠(北村透谷, 1869~1894)가 주재한 잡지 『문학계(文学界)』(1893~1898)와 요사노 뎃칸(与謝野鉄幹, 1873~1935)·아키코(晶子, 1878~1942) 부부가 중심이 된 문예지 『명성(明星)』(1900~1908)을 거점으로 유파가 형성되고 전개되었다

* 자연주의(自然主義)

메이지 40년대는 흔히 일본 자연주의 문학의 전성기로 언급된다. 서양의 자연주의는 전대의 사실주의를 계승하여, 유전학(遺伝学), 진화론 등의 자연과학과 사회학 등을 바탕으로, 인간이 처한 현실을 객관적으로 묘사하는 데 주안점을 둔다. 문학이 대상으로 삼는 사회나 인간의 실태를, 작품 특유의 허구적 구성을 통해, 과학적으로 분석하고 해부하는 것이 본령이다. 이에 비해 일본의 자연주의는 자연주의 본연의 과학적이고 체계적

인 분석은 배제되고, 묘사의 사실성과 객관성만 강조되는, 서양의 경우와
는 매우 이질적인 형태로 추이되었다. 개인의 신변적 사실을 있는 그대로
고백·폭로하는 일본 자연주의만의 특성은 '사소설(私小說)'이라는 특별한
장르를 성립시킨다. 기억할 작품으로는 시마자키 도손(島崎藤村, 1872~1943)
의 『파계(破戒)』(1906), 다야마 가타이(田山花袋, 1671~1930)의 『이불(蒲団)』(1907)
등이 있다.

2. 다이쇼기(大正期)

1) 근대도시의 형성과 1920년대의 대중사회

다이쇼기는 대내외적으로 격동의 시기이다. 대외적으로는 러시아혁명
(1917)과 1차 세계대전(1914~1918)의 영향을 간과할 수 없다. 우선 러시아혁
명으로 사회주의 사상이 유입되어, 노동자와 농민 등 무산자 계층의 계급
적 자각을 고취하였다. 한편 1차 세계대전에 참전한 일본은 유럽전선과
는 달리, 대규모 전투 없이 전승국(戰勝國) 대열에 참여하여, 이에 따른 막
대한 경제적 이익 속에서 무역시장의 확대와 다변화를 이루게 된다. 기존
의 경공업에서 조선과 철강 중심의 중화학공업으로의 변화는 경제구조의
변동을 초래하였다.

대내적으로는 관동대지진(1923.9)과 이에 따른 '제도부흥(帝都復興)'[9]을 간
과할 수 없다. 범국가적 사업으로 추진된 제도부흥은 국제도시·대도시로

---

9 '제도부흥'은 지진 직후부터 1930년까지 지속되었고, 총 4억 6,800만 엔의 예산으로 가
  로(街路), 운하, 공원, 토지구획정비, 내화(耐火)건축물 조성과 새로운 지역구획을 추진
  하였다.

서의 도쿄 건설을 추구함으로써, 도시 대중문화 성립의 기폭제가 된다. 철근 콘크리트 건물과 중류계층을 대상으로 한 문화주택 건설을 통해, 도쿄나 요코하마 등 모던(modern) 도시들이 출현하기 시작한 것도 이 시기이다.

* 1920년대의 대중사회

메이지 이후 추진된 의무교육과 고등 교육기관의 확충은 도시 고학력자의 증가로 이어졌고, 1920년대 중반에는 경제규모의 확대와 산업구조의 변화 속에서 샐러리맨이 출현하였다. 두드러진 사회적 특징은 출판물의 비약적 증가로, 발행부수 100만부 이상의 메이저 신문인 「요미우리신문(読売新聞)」과 「아사히신문(朝日新聞)」 등이 등장하였다. 종합잡지인 『중앙공론(中央公論)』과 『개조(改造)』, 대중잡지 『킹(king)』 등도 창간되었고, 특히 『킹』(1925년 발간)은 당시 인기 대중소설의 온상이 되기도 하였다. 1925년에는 새로운 미디어 매체인 라디오방송이 개시되어, 가정에서도 다양한 오락을 즐길 수 있게 된다. 'NHK(일본방송협회)'가 도쿄, 오사카, 나고야를 중심으로 방송을 시작하여, 음악을 비롯해, 전통 만담인 라쿠고(落語), 라디오 극장, 야구와 스모 등의 스포츠 중계를 시작하였다. 참고로 1920년대 말에는 약 65만 가구가 라디오를 수신하였다고 한다.

다음으로 영화의 등장도 이 시기의 주목할 현상이다. 초기에는 변사의 해설을 곁들인 무성영화('활동사진')로 시작하여, 최초의 토키(talkie)[10] 스튜디오인 '쇼와 키네마'의 설립(1927)을 계기로 유성영화로 발전하였다. 영화는 당시 대중오락의 중심축으로서, 미국 등의 외국영화를 통해, 서양식의 모던한 生活양식을 흡수하는 데 일조한다. '모던(modern)'은 세련됨, 최첨

---

10 영상과 동시에 음성대사, 음악 등의 사운드가 함께 나오는 영화

단을 의미하는 용어로, 19세기말의 어둡고 무거운 데카당에서 탈피하여, 밝고 경쾌한 도시문화를 추구하면서 사회의 분위기를 일신하였다. 모자를 쓰고 첨단 패션을 즐기는 도시 사람들을 '모보(モボ)·모가(モガ)'[11]로 불렀으며, 이들은 세련미를 추구하는 댄디즘(dandism)과 서양풍의 유행을 쫓는 하이칼라(high collar) 취미를 바탕으로, 도쿄의 긴자(銀座) 거리를 활보하였다. 백화점, 카페, 비어홀, 댄스홀 등 도시의 새로운 대중적 소비 공간이 등장한 것도 이 무렵의 일이다.

2) 다이쇼기의 문학

다이쇼 문학의 특징은 반(反)자연주의 문학의 성행으로 요약된다. 메이지 말에 문단에 등장한 이후, 일본 근대문학의 양대 산맥으로서 독보적 위치에 있던 모리 오가이(森鴎外, 1862~1922)와 나쓰메 소세키(夏目漱石)는 높은 학문적 교양에 입각한 지적인 인간 관찰을 토대로, 당시의 물질문명 사회를 초속적(超俗的) 자세로 비판하였고, 물질만능적이고 이기적인 인간 세상과 사회, 인간의 내면에 잠재된 에고이즘 등을 지적으로 응시하였다. 또한 후기 낭만파로도 불리는 탐미파(耽美派) 문학은 자유롭고 향락적인 인생관을 바탕으로, 미(美)지상주의적 자세를 견지하였다. 소세키나 오가이가 근대 시민사회 속에서 모럴(도덕)을 추구한 것과는 달리, 사회적인 모럴의 영역을 초월하여, 허구의 미적 세계를 독자적으로 구축하였다고 지적된다. 관능적인 욕망의 실현은 탐미파 문학의 공통 지향점이며, 대표작가로는 나가이 가후(永井荷風, 1879~1959), 다니자키 준이치로(谷崎潤一郎, 1886~1965) 등을 들 수 있다.

---

11 각각 'modern boy'와 'modern girl'의 약칭

'시라카바파(白樺派)'의 활동도 이 시기 문학의 핵심적 특징이다. 잡지 『시라카바』(1910~1923)를 거점으로, 전 시대의 어두운 자연주의적 인생관을 부정하고, 자아의 존중과 개성의 중시, 인간의 존엄성 회복과 밝은 미래를 긍정하는 이상주의와 인도주의적 입장을 취하였다. 대표작가로는 무샤노고지 사네아쓰(武者小路実篤, 1885~1976), 시가 나오야(志賀直哉, 1883~1971), 아리시마 다케오(有島武郎, 1878~1923) 등이 있다.

나아가 아쿠타가와 류노스케(芥川竜之介, 1892~1927)의 활약도 간과할 수 없다. 그의 문학세계는 인간의 내면과 현실을 냉철하고 지적으로 관찰·응시하는 예술지상주의적 태도로 요약되며, 고전과 현대를 넘나드는 넓은 교양으로 수많은 단편소설을 발표하였다. 그밖에 대중소설의 유행도 주목할 특징으로, 역사소설, 연애소설, 탐정소설 등, 예술적 가치를 우선시하는 순수문학과는 대립되는 통속적이고 오락적 성격의 소설이 등장하게 된다.

3. 쇼와기(昭和期)

1) 사건을 통해 본 사회의 흐름

1928년 처음으로 보통선거 실시되고, 이듬해에는 미국의 주가폭락의 여파로 세계적인 경제공황(恐慌)이 엄습한다. 관동대지진의 충격이 여전히 그림자를 드리운 상황에서, 쇼와공황으로 불리는 경제적 침체기에 진입하였다. 이러한 국내 정세의 타개책으로서, 군부와 국가주의자들은 중국침략을 획책하였고, 만주사변(1931)을 시작으로 국제연맹 탈퇴(1933) 등 군국주의화가 가속되었다. 마침내 중일전쟁(1937), 태평양전쟁(1941)으로 이어지는 비극의 역사 속에서 일본은 암흑의 시기에 접어든다. 한편 패전 후 일본이 전쟁의 폐허로부터 비교적 이른 시기에 부흥할 수 있었던 배경에는, 한국전쟁에 따른 특수 경기(景気)의 혜택을 빼놓을 수 없다. 미국을 중심으로 한 연합군 측의 군수물자 보급기지로서 중요한 역할을 수행했기 때문이다. 자위대의 발족(1954)에 앞서 1946년에는 UN에 가입하였고, 이듬해에는 안전보장이사회 비상임이사국에 선정되었다.

1958년의 도쿄타워의 완성은 일본의 경제부흥과 TV시대의 개막을 알린 기념비적 사건으로, 일본인들의 일상생활에 대대적인 변화를 가져온다. 정치적으로는 1959년 미일안전보장조약 개정에 반대하는 안보투쟁이 시작돼 사회적 소용돌이에 휩싸이나, 이듬해의 일미상호협력 및 안전보장조약의 조인으로 안보투쟁은 실패로 끝난다. 전술한 도쿄타워의 준공과 1959년의 황태자(헤이세이 천황)의 결혼식, 도쿄올림픽 개최(1964) 등으로 TV수상기가 전국적으로 보급되었다. 같은 해 OECD 가입 및 도카이도신칸센(東海道新幹線)이 개통되었으며, 1969년에는 일본 최초의 현금자동지급기(ATM)가 설치되기도 하였다.

1950년대 말부터 60년대에 걸쳐 고도경제성장기에 진입한 일본은 국제적으로 국가적 위상을 높여가는 가운데, 1970년에는 핵무기확산방지조약에 조인한다. 1972년에는 이른바 오키나와(沖縄) 반환문제로 사회가 소란스러운 가운데, 당시의 다나카 가쿠에이(田中角栄) 내각이 추진하는 열도개조론(列島改造論)의 영향으로 부동산(土地) 붐이 조성되었다. 그 밖에 국제유가의 폭등에 따른 오일쇼크(1973)의 엄습, 중일평화우호조약 조인(1978), 'NTT'와 '일본담배산업'의 민영화(1985), 버블경기로의 진입 및 남녀고용기회균등법의 시행(1986) 등, 쇼와기는 대내외적으로 다사다난했던 시기였다.

2) 시기별 사회의 특징과 문화

* 전쟁기의 문화통제 : 1930년대 중반~1945년

전쟁기의 특성상 계획 · 통제 경제체제로 전환되면서, 물자배급제가 실시되었고, 국민의 생활은 궁핍하였다. 사상 · 문화 · 예술에 대한 자유로운 활동의 억압 및 통제도 이 시기의 중요한 특징으로, 대중미디어 전체가 전의(戰意) 고양과 국책의 선전 수단으로 이용되었다. 라디오는 일본군의 전황을 알리거나 시국적 내용으로 제한되었고, 영화는 영화법의 제정(1939)으로 영화산업 전체가 국가의 통제하에 놓이게 되었다. 이러한 정책의 영향은 오락물 폐지 및 선전용 영화의 제작으로 나타나며, 「일본뉴스」와 같은 기록영화의 유행을 초래하였다. 한편에서 영화사 '도호(東宝)'가 항공촬영 등의 신기술을 도입하는 등, 영화제작과 관련된 테크놀로지가 지속적으로 발전하였다. 만화가 등장한 것도 이 무렵으로, 1940년 '신일본만화가협회'가 발족하여 기관지 『만화』를 발간하였고, 내용은 국가의 정책을 선전하는 것이었다.

* 전후(戰後) 점령기의 사회 · 문화정책

미국 주도의 GHQ / SCAP(연합국군 최고사령관 최고사령부)에 의한 점령기로서, 정확한 기간은 패전 직후부터 샌프란시스코강화조약이 조인된 1952년 4월 28일까지이다. 일본 정부는 GHQ / SCAP(최고사령관: 맥아더)의 지령과 권고에 따라 정치를 하는 간접통치 형태를 취하면서, 일본의 비군사화, 미국식 민주주의의 도입을 추진하여, 메이지 정부 이래의 천황제에 기반을 둔 군국주의 지배체제가 해체되었다. 1946년의 쇼와천황의 '인간선언'은 그동안 천황을 사람의 모습을 한 '현인신(現人神)'으로 간주해 온 정신적 전통을 부정하는 것이었다.

GHQ／SCAP의 대중문화 개혁의 핵심은 매스컴을 직접 관리함으로써 대대적인 매스컴 개혁을 추진하고, 미국식 민주주의를 장려하는 데 있었다. 그 일환으로 전쟁기간 중 언론통제를 주도해 온 정보국이 폐지되었고, 1948년 10월까지 검열제도를 실시하여, 전쟁 선전용 출판물의 몰수, GHQ／SCAP의 정책에 반하는 금지도서를 선정하였다.

1940년대 후반의 도쿄는 물자부족과 극심한 식량난으로 도처에 암시장이 형성되었으며, 전쟁미망인이나 생활고의 여성들에 의한 점령군 상대의 매춘이 성행하기도 하였다. 이러한 사회적 불안 속에서도 출판업을 중심으로 대중문화의 자유화 흐름이 나타난다. 전시하에서 통·폐합되었던 잡지가 복간되고, 새로운 잡지들의 속속 창간되는 가운데, 4천여 개의 출판사가 설립되는 호황기를 맞이하였다.

이와 관련하여 '카스토리(カストリ) 문화'란 출판물과 관련된 패전 직후의 대중문화를 가리키는 용어이다. 어원적으로 세 잔 정도 마시면 취한다는 급조된 술에서 유래하여, 세 권 정도 발간되면 사라지는 오락잡지인 '카스토리 잡지'의 유행으로 이어진다. 카스토리 잡지는 조악한 용지로 인쇄된 싸구려 잡지로, 내용은 '에로'(성이나 성풍속), '구로'(엽기, 범죄) 등 흥미위주의 성격이었다. 주로 홍등가 탐방기사, 엽기적 사건기사, 성생활 고백기사, 포르노소설, 성적 흥분을 부추기는 여성의 사진이나 삽화를 게재하였다. 당시의 카스토리 잡지는 수백 종에 이르며, 대표적 잡지에는『엽기』,『리버럴』,『기담(奇譚)클럽』,『부부생활』,『범죄실험』등이 있다. 또한 겉표지가 빨간색인 '아카혼(赤本) 만화'의 유행도 이 시기의 특징이다. 영세 규모의 출판사가 일회성으로 발행하면서, 주로 10대 무명 만화가들의 작품을 게재

하였다. 일본을 대표하는 만화가인 데즈카 오사무(手塚治虫, 1928~1989)도 이 만화를 통해 배출된 작가이다.

* 고도경제성장기의 대중문화

1955년경부터 일본은 본격적인 고도경제성장기에 진입한다. 1955년부터 1973년까지 연평균 9%대의 높은 경제성장률 속에서, 일본인들은 풍요로운 삶을 체험하게 된다. 특히 1950년대 후반부터 약 10년 동안은 내구(耐久)성 소비재의 보급이 두드러지며, 1950년대 후반에는 가전제품으로 '삼종(三種)의 신기(神器)'로 불리는 세탁기, 흑백TV, 냉장고가 보급되었다. 1953년에는 NHK와 '니혼TV'가 TV 본방송을 시작하는데, 처음에는 TV수상기가 있는 가정에 사람들이 모여 시청하다가, 도쿄타워 준공, 황태자의 결혼식 생중계, 도쿄올림픽 등의 대형 이벤트를 계기로 전국적으로 보급되었다. 컬러TV는 1960년 9월 방송을 개시하여 1968년에는 보급대수가 2000만대에 이르렀고, 1973년에는 흑백TV 보급대수를 추월하였다. TV의 보급은 전 국민의 생활에 표준화를 초래하는 한편, 대중문화 소비를 급속히 확산시키는데 주도적 역할을 수행한다. 그 밖에도 닛산자동차의 '블루버드'(1959) 탄생을 시작으로 이른바 '마이카' 시대가 도래하여, 1960년대 후반에는 자가용 승용차 보급이 급증한다. 그 배경에는 도쿄올림픽을 계기로 한 고속도로의 정비를 들 수 있으며, 자동차에 의한 중산층의 여가활동의 증가는 대중문화의 발전에 크게 기여하게 된다. 나아가 관광기본법의 제정(1963)에 따른 관광지의 개발과 해외여행 자유화(1964)도 일본인들의 일상생활에 큰 변화를 가져다주었다.

한편 이 시기에 기억해야 할 용어로서 전후 고도경제성장기의 주역인

'단카이(団塊, だんかい) 세대'를 빼놓을 수 없다. 전후 베이비붐 시기에 태어 난 세대를 말하며, 연간 출생자수는 250만 명 이상에 달한다. 이들 세대 는 기성세대의 사회시스템 및 가치관을 부정하면서, 장발머리, 청바지, 포크송, 록음악으로 대표되는 1960년대 젊은이 문화를 창출하였다. 학생 운동 세대에 해당하며, '전공투(全共鬪) 세대'[12]로 불린다.

* 1970 · 80년대의 대중문화

1973년의 오일쇼크로 물가가 급격히 상승하였고, 1974년에는 실질 경 제성장률이 마이너스를 기록하지만, 그 후 점차 안정적 성장기로 진입한 다. 이 시기의 특징은 고도성장기의 풍요를 계승하면서 소비문화가 더욱 확산된 점에 찾을 수 있다. 이은 1980년대에는 자동차와 가전제품 등의 하이테크 산업의 발달과, 이를 기반으로 한 유럽, 미국으로의 수출이 증 가하여 미국과의 무역마찰이 발생하였다. 이를 해결하기 위해 체결한 '플 라자합의'(1985)는 엔고불황을 초래하였고, 엔고불황에 대처하기 위해 저 금리 정책이 도입되면서, 주가와 부동산 가격이 동반 상승하는 '버블경제' 로 진입하게 된다.

버블경제 기간(1986~1992)의 특징은 소비가 미덕인 고소비사회, 이른바 '소비의 시대'로 압축된다. 소비의 시대의 특징은 고도로 산업이 발달한 '소비자본주의'의 시대적 흐름 속에서, 의식주의 기본적 소비에 국한되지 않고, 문화적 · 사회적 욕구를 앞세운 소비가 광범위하게 이루어진 점에 있다. 상품 자체에 대한 욕구보다는 다른 사람들과의 차별화를 위한 소비

---

12 전학공투회의(全学共鬪会議)의 약칭으로, 1968년에서 이듬해에 걸친 대학분쟁 때 각 대학에 결성된 새로운 좌익 내지는 무당파(無党派)의 학생조직

에 관심이 집중되었고, 구체적으로는 단순한 물건으로서의 상품이 아닌, 상품이 지닌 기호나 이미지, 브랜드에 관심을 가지는 '감성의 시대'로서의 1980년대를 형성하고 있다.

한편 이 시기의 사회와 문화의 두드러진 특징으로 '신인류(新人類)'로 불리는 젊은이 세대의 대두를 들 수 있다. 신인류란 경제적 부족함 없이 자신이 원하면 무엇이든 쉽게 소비할 수 있는 당시의 세대로서, 단카이 세대가 집단적 동질성과 유대감을 바탕으로 사회적 문제에 관심을 기울여 온 것과는 달리, 감성적이고 개인주의 성향이 두드러진다.

신인류의 문화적 특징은 차별화된 소비를 통한 자기표출 욕구가 강하다는 점이다. 세부적으로는 먹거리, 여행, 여가생활, 패션, 영화, 만화, 애니메이션 등 모든 영역에 두루 나타나며, 음악에서는 포크송과 록음악, 헤비메탈에 관심을 기울인다. 『an·an』, 『non·no』 등 젊은 여성을 대상으로 한 패션잡지는 기존 여성잡지의 스타일인 연예정보, 육아 등에서 벗어나, 패션이나 여행, 먹거리, 인테리어와 관련된 다양한 정보를 제공하면서 큰 인기를 얻게 된다. 또한 1980년대의 버블 후반기에는 명품 브랜드 상품의 소비가 확산되어, 값비싼 고급 브랜드 상품으로 '나'를 차별화하려는 성향이 두드러진다. 샤넬, 구찌 등의 브랜드의 수입은 물론, 이를 현지에서 구입하려는 해외관광도 활발하게 전개되었다.

신인류와 더불어 이 시기의 주목할 용어에 '버블 세대'가 있다. 고도경제성장기 후반에 출생하여 학교 내 폭력이 사회문제로 대두되던 시기에 학창시절을 보내고, 1988년에서 1992년 사이에 대학을 졸업하여 사회에 진출한 세대이다. 이들은 특유의 화려한 패션과 문화를 주도하는 한편, 대학졸업 무렵에는 버블경기로 인해 취업도 수월했던 배경을 지니며, 무엇보다 개인을 존중하는 라이프 스타일을 추구하였다. 일본의 대중문화가 다양화되기 이전에 성인이 되었으므로, 서양문화에 대한 동경과 열등감이 남아 있고, 후속세대에 비해 해외를 지향하는 경향이 농후하다.

3) 쇼와기의 문학

* 모더니즘문학과 프롤레타리아문학

시기적으로는 1920년대 중반부터 1935년경까지 등장하였다. 모더니즘문학은 제1차 세계대전 후 유럽을 풍미한 다다이즘, 미래파, 표현주의, 입체파 등의 전위적(前衛的)[13] 예술운동의 영향을 받아, 종래의 사실주의적 기술방식을 부정하고, 기교적이고 참신한 언어감각과 표현방식을 추구하는 가운데, 기성문단의 권위나 개인주의 사상, 문학의 현실인식 등을 부정하였다. 대표적 작가로는 요코미쓰 리이치(橫光利一, 1898~1947), 가와바타 야스나리(川端康成, 1899~1972) 등의 '신감각파(新感覚派)'를 들 수 있다.

다음으로 프롤레타리아문학은 다이쇼 말에서 쇼와 초기에 이르는 세기말적인 혼란 속에서 대두되었다. 일본은 1차 세계대전 후의 만성적인 경제불황과 관동대지진에 따른 금융공황의 여파로 인해, 농촌에서는 끼니조차 우려되는 상황이었다. 대외적으로는 러시아혁명의 발발이 가장 중요한 사건으로, 동 혁명은 1차대전에서 드러난 제국주의와 패권주의, 그리고 자본가인 부르주아계급의 착취에 반항하는 무산자계급의 항거이다. 프롤레타리아문학은 이른바 마르크스주의 세계관에 입각해, 문학을 계급투쟁의 수단으로 간주하여, 예술을 사회개혁의 도구나 수단으로 삼는 한편, 사회개혁

---

13 전위란 군대에서 본진의 전방에 위치해 행군의 장애물 등을 제거하는 수색부대를 가리키는 말로, 예술운동에서는 가장 선구적이고 혁신적인 그룹을 지칭한다.

자체가 예술이라는 입장을 취한다. 이처럼 '개인'을 문제시하던 기존의 문학에서 '사회(집단)'를 중시하는 문학으로, 나아가 예술적 가치보다는 이념적 가치를 우선시하는 인식의 전환은, 근대문학에서 현대문학으로의 시대전환의 의미를 지니고 있다.

* **전시하의 문학 상황 : 1930년대 중반~1945년**

이 시기 문단의 주목할 동향으로서 1935년의 아쿠타가와상(芥川賞)과 나오키상(直木賞)의 제정을 들 수 있다. 이른바 문단저널리즘 시대의 개막을 알리는 것으로서, 신인작가의 발굴에 지대한 영향을 미치게 된다. 그러나 전체적인 동향은 전시하의 특수한 상황이 그림자를 드리우고 있다.

우선 전향(転向)문학은 전시체제의 강화에 따른 프롤레타리아문학의 계급투쟁 등, 반체제적 요소를 탄압한 결과 등장한 것으로, 정치성과 사상성(사회주의, 공산주의)을 포기하고 전향한 작가들의 문학을 가리키며, 다카미 준(高見順, 1907~1965) 등이 대표적 작가에 속한다. 다음으로 전쟁문학과 국책문학은 전쟁기간 중의 전체주의[14] 사고에 입각해, 전쟁을 찬양하고 국책을 적극적으로 옹호하는 내용으로 성립되었고, 국수주의적 요소를 담고 있다.

* **전후의 문학 : 전후~1950년대 중반**

'무뢰파(無賴派)'는 기성문학 전반에 대해 비판적 태도를 취한 작가들을 통칭하는 개념으로, 초기에는 '신게사쿠파(新戱作派)'로 불렸다. 그들의 문학은 기존의 도덕적 가치관이나 자연주의적 리얼리즘 등의 전통적 권위에

---

14 totalitarianism. 개인에 대한 전체(국가·민족)의 절대적 우위의 인식을 바탕으로, 모든 집단을 일원적으로 편성하고, 개인들을 전체의 목표를 위해 총동원하는 사상 및 체재

반발하면서, 타락하고 퇴폐적인 삶의 모습을 담고 있다. 패전의 황폐한 현실을 주체적으로 자각한 결과물로서, 다자이 오사무(太宰治, 1909~1948), 사카구치 안고(坂口安吾, 1906~1955) 등이 주도하였다.

'제3의 신인(新人)' 그룹은 1953년부터 55년경에 걸쳐 문단에 등장한 신인 소설가들을 지칭한다. 전쟁을 직·간접적으로 체험한 세대인 1·2차 전후파들과 구분하기 위해, '제3의 신인'이란 명칭을 사용하였다. 작품의 특징은 일상생활 속의 인간을 묘사하면서, 전쟁을 포함한 정치와 문학과의 관계를 부정하는 것에 있다. 사소설적 작품이 대다수이며, 1·2차 전후파가 추구한, 전쟁과 같은 극한 상태의 인간을 응시하거나 존재의 가치를 묻는 실존주의적 경향은 보이지 않는다. 대표작가로는 야스오카 쇼타로(安岡章太郎, 1920~2013), 요시유키 준노스케(吉行淳之介, 1924~1994), 엔도 슈사쿠(遠藤周作, 1923~1996) 등이 거론된다.

* 고도경제성장기의 문학

이 시기의 두드러진 특징은 개인의 개성을 앞세운 다양한 작가들의 활약이다. 아베 고보(安部公房, 1924~1993), 오에 겐자부로(大江健三郎, 1949~), 이노우에 야스시(井上靖, 1907~1991) 등이 활발한 활동을 전개하였다. 1968년에는 가와바타 야스나리가 일본인 최초로 노벨문학상을 수상하였고, 미시마 유키오(三島由紀夫, 1925~1970)는 천황제 국가의 부활을 외치며 할복자살하여 세상을 떠들썩하게 만들었다. 1975년의 재단법인 '일본근대문학관(日本近代文學館)'의 개설도 기억할 만한 것으로, 현재까지 근대문학 관련 자료의 체계적 보관과 전시를 통해, 근대문학 연구의 중요 거점이 되고 있다.

특정 그룹으로는 1930년대에 출생하여 1965년부터 1974년 사이에 등장

한 '내향의 세대(内向の世代)'를 들 수 있다. 이들의 공통적 성향은 인간의 내면에 대한 심오한 심리묘사를 추구한 점에 있다.

한편 1970년대 중반부터 두각을 나타낸 단카이 세대 작가의 활약 또한 간과할 수 없다. 1976년 나카가미 겐지(中上健次, 1946~1992)가 전후 출생 작가로서는 처음으로 아쿠타가와상을 수상하였고, 무라카미 류(村上竜, 1952~)의 『한없이 투명에 가까운 풀』(1976)이 큰 인기를 얻었다. 동 소설은 헤로인과 난잡한 성생활에 빠진 젊은이를 묘사하여 아쿠타가와상을 수상하게 된다. 나아가 우리에게도 친숙한 무라카미 하루키(村上春樹, 1949~)가 활약하기 시작한 것도 이 무렵의 일이다. 데뷔작 『바람의 노래를 들어라』(1979)로 군상(群像)신인문학상을 수상한 후, 미국문학의 영향을 받은 『양(羊)을 둘러싼 모험』(1982) 등으로 인기작가가 되었다.

* 쇼와 말기의 문학

가장 인상적인 활약을 펼친 작가는 요시모토 바나나(吉本ばなな, 1964~)로, 『키친』(1987)과 『TUGUMI』(1989)가 많은 독자들의 사랑을 받으며, 이른바 '바나나 현상'을 일으켰다. 그녀의 작품은 고독한 현대적 캐릭터의 인물을 감성적으로 표현하고 있다. 무라카미 하루키도 지속적인 활동을 전개하여, 『세계의 끝과 하드보일드 원더랜드』(1985), 『노르웨이의 숲』(1987), 『댄스 댄스 댄스』(1988) 등 히트작을 연발하며, 현역 최고의 작가로서의 입지를 다진다. 특히 『노르웨이의 숲』은 상·하권 판매부수 460만부 이상의 대(大)베스트셀러로 알려져 있다. 아울러 나카가미 겐지, 무라카미 류 등도 꾸준한 활동을 이어가면서, 헤이세이기로 접어든다.

4. 헤이세이기(平成期)

1) 세계정세와 일본사회

1989년의 베를린 장벽의 붕괴를 시작점으로 동유럽의 공산당 정권이 잇달아 몰락하고, 미소에 의한 냉전체제는 종결을 맞이한다. 걸프전쟁의 발발(1990) 및 소비에트연방의 해체(1991)는 미국 주도의 일극(一極)체제의 성립과 글로벌 자본주의의 확산을 초래하였다. 2001년 이슬람 과격파에 의한 미국 동시다발 테러가 전 세계를 경악과 충격에 빠트리며, 테러범죄는 인류 모두가 대처해야 할 공공의 핵심적 과제로 부상한다.

＊ 버블경제의 붕괴 : 1989～2001

헤이세이기 진입 이후의 가장 두드러진 일본사회의 특징은 버블경제가 붕괴되기 시작했다는 것이다. 경기의 후퇴는 물론, 투자 의욕의 감퇴에 따른 부동산과 주가의 동반하락 등이 발생하였고, 1990년대 후반의 아시아 금융위기와 맞물려, 다수의 은행들이 파산하였다. 연쇄반응으로서, 이러한 은행들을 메인 뱅크로 삼고 있던 기업들이 속속 도산하였고, 소고(SOGO), 다이이치호텔 등 일본 굴지의 유통·서비스 업체들이 파국을 맞이한다. 마침내 일본은 '잃어버린 10년'으로 불리는 장기적 불황에 돌입한다.

단카이 주니어 세대의 '취직 빙하기' 도래도 이 시기의 주요 특징이다. 기업들은 종신고용을 중시하는 전통적 풍조의 영향으로, 고용을 최대한 유지하는 대신 신규채용을 억제하게 되었고, 그 여파로 '후리타(フリーター)', '니트(NEET: not in education, employment or training)' 등의 이른바 비정규직 노동력이 증가하게 된다. 이들 계층의 불안정한 생활과 고용의 불확실성은 커다란

사회문제로 대두되는데, 2008년 도쿄 아키하바라(秋葉原)에서 발생한 자동차공장 비정규직 파견사원에 의한 무차별 살인사건이 도화선이 되었다.

이런 상황 혹에서 일본은 글로벌화에 따른 국제경쟁의 격화라는 이중고에 직면하면서, 기업들의 실적 악화를 초래하였다. 기업들은 신입사원들에게 행해오던 일정기간 동안의 교육 대신, 바로 산업현장에 투입 가능한 능력을 갖추도록 교육현장에 요구하게 되었다. 나아가 내수(內需)의 축소와 디플레이션의 발생도 일본의 경제상황을 더욱 악화시켰다.

* **고이즈미**(小泉) **정권에 의한 구조 개혁 : 2001~2007**

고이즈미 정부는 총체적인 경제불황의 난국을 타개하기 위해, 신자유주의 경제이론에 입각한 작은 정부를 지향하였다. 구체적으로 시장경제의 논리 속에서, 우정(郵政)사업의 민영화, 도로 관련 4개 공단(公団)의 민영화, 정부에 의한 공공 서비스의 민영화 등을 바탕으로, 기존의 관(官) 주도가 아닌 민간 주도의 시장경제를 추구하는 한편, 정부의 권한을 지방으로 대폭 이전하였다. 이러한 일련의 정책으로 수출산업은 호황으로 전환되고 경기 또한 일시적으로 호전되나, 부유층과 외수(外需) 관련 분야를 제외한 일반인의 경기회복의 체감지수는 낮다는 비판에 직면하게 된다. 나아가 2000년대 접어들어 본격적으로 공급된 인터넷의 확산은, 일본인들의 생활 패턴은 물론, 문학을 포함한 문화면에서도 커다란 변화를 가져오게 되었다.

* **세계 금융위기와 동일본대지진의 발생 : 2007년 이후**

미국의 중산층 대상의 대출상품인 '서브프라임론(subprime lending)'의 부실 채권화는 금융위기를 야기하면서, 세계경기는 전체적 불황에 진입한다. 그 후 미국의 투자은행인 '리먼 브라더스 홀딩스'의 파산에 따른 '리먼 쇼크'(2008), 세계적 주가폭락을 야기한 '두바이 쇼크'(2009), 미국의 최대 자동차 제조업체인 'GM'의 파산(2009) 등, 세계적 금융위기가 확산되었다.

세계경기의 위축 속에서 일본은 2000년대 후반 이후 저출산의 여파로 인구가 감소하는 사회로 진입하였고, 재차 취직 빙하기가 도래하여, 비정규직 고용자의 해고가 지속되었다. 이른바 '유토리(ゆとり) 세대'의 취업률 저하 및 빈곤층과 부유층이 뚜렷이 양분되는 격차사회(格差社会)로의 진입은 이 시기의 두드러진 현상이다. 유토리 세대란 2002년부터 2010년대 초까지 실시된 이른바 '유토리 교육'을 받은 세대로, 유토리 교육은 기존의 주입식 위주의 지식 편중형 교육방침을 시정하여, 사고력 단련의 학습에 중점을 둔 경험 중시형 교육을 강조하는 한편, 학습시간과 내용을 줄여 '유토리(여유)' 있는 학교를 지향하고 있다.

한편 2011년에는 전후 최대의 국난(国難)으로 불리는 동일본대지진과 이에 따른 후쿠시마(福島) 원전사고가 발생하였다. 지진과 원전사고의 위협으로 각 지역의 원전이 가동을 중지하였고, 이로 인해 절전(節電) 등을 생활화하기에 이른다. 한편 아베(安倍) 정권은 공공사업에 의한 방재(防災)의 추진, 산업의 공동화(空洞化) 대책으로서의 법인세 인하, 지방 활성화, 여성의 고용촉진, 외국인 노동자의 고용 등 이른바 '아베노믹스' 정책을 추진하게 되었다.

2) 헤이세이기의 문학

* 헤이세이 초기의 문학

전체적 특징은 전후파 작가와 '제3의 신인' 등의 퇴조 및 새로운 작가들의 출현과 같은 다양한 세대의 공존으로 요약된다. 특정 문예사조로 통괄할 수 없는 개별적 성향이 두드러지며, 예술성을 앞세운 순수문학이 위기를 맞이하면서, 상업주의와 예술성의 양립이 더욱 곤란해진다. 주목할 작가로는 페미니즘 기반의 포스트모더니즘문학을 추구한 다와다 요코(多和田葉子, 1960~) 등이 있으며, 기성작가의 활약도 두드러져, 1994년 오에 겐자부로가 노벨문학상을 수상하였고, 이노우에 야스시, 무라카미 하루키, 무라카미 류, 야마다 에이미(山田詠美, 1959~), 시마다 마사히코(島田雅彦, 1961~) 등의 소설가들이 지속적으로 활약하였다.

* 헤이세이 10 · 20년대의 문학

헤이세이 10년대 문학의 특징은 1990년대 후반 이후 순수문학의 상품화가 진행된 점에 있으며, 구체적으로는 J-POP, 영화 등의 대중문화와의 접점을 강조한 문학의 출현으로 압축된다. 또한 세계적 화두로 떠오른 테러리즘과 인터넷의 확산, '로리콘'[15] 등, 현대적 토픽을 소재로 한 작품이 두드러지며, 대표적 작가로는 아베 가즈시게(阿部和重, 1968~) 등을 들 수 있다. 한편 2000년대에 접어들자 각종 문학상 수상자의 저(低)연령화가 진행되었고, 그 중에서도 와타야 리사(綿矢りさ, 1984~), 가네하라 히토미(金原ひとみ, 1983~) 등 10대 여성작가의 활약이 눈에 띈다. 기성작가인 무라카미 하루키, 다와다 요코 등의 작품이 해외에서 활발히 번역 · 소개되는

15 소아성애(小児性愛)를 뜻하는 'lolita complex'의 준말

등, 일본문학의 국제화가 추진된 시기이기도 하다.

헤이세이 20년대 문학은 인터넷 시대의 유대감 단절에 따른 취약한 인간관계나 '이지메(집단 따돌림)' 문제 등을 주된 소재로 삼아, 히라노 게이치로(平野啓一郎, 1975~), 가와카미 미에코(川上未映子, 1976~) 등의 인상적인 작가들을 배출하였다. 이미 거부할 수 없는 시대의 흐름으로 자리 잡은 인터넷의 확산은, 필연적으로 활자 매체에 의존하는 출판업의 불황을 가속시킨다. 현대문학의 전반적 추세인 순수문학의 쇠퇴가 매출 실적의 지속적 저조로 나타나는 한편, 순수문학으로 출발한 무라카미 류, 무라카미 하루키, 오가와 요코(小川洋子, 1962~) 가와카미 히로미(川上弘美, 1958~) 등의 작품이 상업적 성공을 거두고 있는 것도 인상적이다. 그 중에서도 무라카미 하루키의 장편 미스터리소설 『1Q84』(2009)는 그 해 문예서 매출 1위의 실적을 기록하였다. 동 작품은 주인공 소년소녀가 현실과는 미묘하게 다른 초현실적 세계인 '이치큐하치욘'에 빠져들면서, 종교단체에 의한 살인 등 다양한 사건에 휘말리고 시련을 겪는 내용으로, 그 배후에는 1995년의 고베대지진과 '옴진리교'에 의한 지하철 독가스 살인사건, 2001년의 9·11테러 등, 카오스로 가득 찬 냉전 후의 세계가 위치하고 있다.

3) 최근의 문학

* 대중문학과 '엔터테인먼트소설'

일반적으로 대중문학(대중소설)은 오락을 목적으로 한 상업적 성격의 소설로서, 시대소설,[16] 전기(伝奇)소설, 탐정소설, 과학소설, 관능소설 등이 이

---

16 특정 역사사실이 아닌, 시대상을 그리고 있는 점에서 역사소설과 구별

에 속한다. 일본에서 가장 대표적 대중소설인 '엔터테인먼트소설'은 2차대전 이후 등장한, 순수소설(문학)과 대중소설의 중간적 성격을 지닌 문학이다. 순수문학의 체재(体裁)에 대중소설의 오락성을 도입하여, 장르적으로는 미스터리(추리)소설, 역사소설, 모험소설(액션소설), 연애소설, 환타지소설 등으로 세분화된다. 이러한 시대적 추세는 대중소설의 영향을 받은 순수문학의 출현으로 이어지게 되는데, 엄밀한 양자의 구분은 애매하며, 대개 작품의 게재지에 따라 나누어진다.

* '라이트노벨', '미디어믹스', '하이퍼텍스트'

라이트노벨(light novel)은 약칭 '라노베'라 하며, 만화풍의 일러스트 표지와 삽화 등을 삽입한 형태의 소설이다. 1980년대 이후 등장한 소녀소설(少女小説)[17]도 같은 특징을 지니며, 이들은 90년대 이후 라이트노벨로 편입된다. 또한 1980년대에는 아카가와 지로(赤川次郎, 1948~) 등, 독자를 중고생으로 상정한 오락소설이 유행하기도 하였다. 다음으로 1990년대에 등장한 '미디어믹스(media mix)'는 소설을 원작으로 삼아 이를 '애니메이션(애니메)'이나 게임으로 제작하는 등, 다른 미디어로 전개한 소설을 말하며, 2000년대 후반 이후의 '하이퍼텍스트(hypertext)'는 인터넷과 휴대폰의 보급에 따른 텍스트의 변화를 반영한 문학형태로서, '휴대소설(携帯小説)'[18] 등이 여기에 속한다.

---

17 소녀취미나 소녀를 대상으로 한 소설로, 소녀 잡지에 발표
18 휴대전화소설의 약칭

제2부

전통시가(詩歌)와
근·현대시가

일본의 사회와 문학

제1장

국민문학으로서의 와카(和歌)

1. 와카의 성립과 전개

와카란 넓게는 일본의 전통시가를 총칭하고, 좁게는 5·7·5·7·7의 31음절(音節)로 이루어진 단시형의 정형시를 말한다. 출발점은 8세기 초반의 『고사기』와 『일본서기』에 전해지는 약 120수 정도의 가요이며, 이를 '기기가요'[1] 혹은 '상대가요'라 한다. 120수 중 중복되는 것이 약 40수이고, 대다수는 민요적 성격으로서 집단에 의해 노래되었다. 주된 내용은 줄거리와는 상관없이 감상할 수 있는 원시적이고 소박한 것으로, 이를테면 전투, 사냥, 연애, 제사, 주연 등 일상생활 전체에 두루 걸쳐 있다. 다음은 '기기가요'에 속하는, 흔히 와카의 출발점으로도 일컬어지는 작품이다.

---

1 『고사기』의 '기(記)'와 『일본서기』의 '기(紀)'를 취하여 표기한 것

* '기기가요(記紀歌謠)' 속의 와카

"여덟 겹 구름 이즈모 여덟 겹 울타리 신부 숨기려
여덟 겹 울타리 울타리를 만들어"
「八雲たつ 出雲八重垣 妻ごみに 八重垣つくる その八重垣を」
(만엽가나 표기: 夜久毛多都 伊豆毛夜弊賀岐 都麻碁微爾
夜弊賀岐都久流……)
(yakumotatsu izumoyaegaki tsumagomini yaegakitsukuru sonoyaegakiwo)

작자는 일본판 아담과 이브에 해당하는 '이자나기노미코토'와 '이자나미노미코토'의 아들이자, 전술한 일본의 건국신(建国神)인 아마테라스오오미카미의 남동생 '스사노오노미코토'로 추정된다. 일본에서는 농경의 신혹은 폭풍의 신으로 추앙되며, 용맹하나 성격이 포악하여 갖가지 말썽을 저지르다가, 누나인 아마테라스오오미카미의 노여움을 산 후 천상계에서 쫓겨나 지상세계로 내려오게 된다. 그가 도착한 곳이 지금의 시마네현(島根県) 동부에 해당하는 이즈모(出雲)란 곳으로, 마침 이곳에서는 매년 처녀를 한 명 씩 잡아 머리가 8개 달린 뱀에게 바치는 의식이 행해지고 있었다. 무용이 뛰어난 스사노오노미코토는 이 뱀을 퇴치하고 제물로 바쳐진 그 지역의 공주를 구한다. 그 후 그녀와 결혼하여 자신의 나라를 세우니, 이것이 일본의 시초가 되었다는 설화가 전해지기도 한다.

위의 가요는 스사노오노미코토가 공주와의 결혼 후 보금자리인 궁궐을 지었을 때, 구름이 하늘에서 일어나는 것을 보고 몸소 지었다는 것으로, 『고사기』와 『일본서기』 모두에 수록돼 있다. 내용적으로는 자신들의 보금자리 건축과 신혼생활을 기념하는 축연가(祝宴歌)로, 와카의 시초로 보는

견해도 있으나, 확실하지 않다. 참고로 서두의 'yakumotatsu(八雲たつ)'는 와카의 대표적 수사기교의 하나인 '마쿠라고토바(枕詞, まくらことば)'[2]에 해당한다. 내용은 소박하지만 가요성(歌謡性)을 지니고 있고, 와카의 전형적 운율인 31음절의 정형성을 보이고 있는 점 등, 문학사적 가치는 적지 않다.

* 『만엽집(万葉集)』의 성립

와카가 본격적으로 예술적 가치를 지닌 장르로 자리 잡게 된 배경에는 『만엽집』의 역할이 크다. 현존하는 가장 오래된 가집(歌集)으로서, 7세기 후반에서 8세기후반에 걸쳐 편찬된 것으로 추정된다. 전 20권 약 4,500수(首)에 달하는 방대한 볼륨은, 문학은 물론 민속학 분야에서, 당시 사람들의 감정과 정서, 일상생활을 이해하는 중요한 자료로 평가된다. 내용은 남녀 간의 사랑을 다룬 상문가(相聞歌)와 죽은 자를 추모하는 만가(挽歌), 그리고 나머지 주제를 총괄한 잡가(雑歌)의 세 분야로 분류되며, 작자 또한 천황을 비롯해 일반인에 이르는 광범위한 계층에 걸쳐 있다. 중고시대 이후의 와카가 전문적 가인(歌人)이나 한자 교양을 지닌 귀족을 중심으로 행해지고 있음을 염두에 둘 때 특기할 점이다. 가체(歌体)는 가장 길이가 짧은 단카(5·7·5·7·7)가 약 4,200수에 달하고, 다음으로 길이가 긴 장가(長歌: 5·7·5·7 …… 5·7·7), '세도카(旋頭歌)' 등이 있으나, 중고시대에 이르러 다른 가체는 소멸하고 단카만 남게 된다.

---

2 와카에서 특정 단어 앞에 규칙적으로 위치하는 말로, 의미는 갖지 않은 채 음조를 고르게 하는 역할을 한다. 보통 5음으로 구성되며, 의미상 혹은 발음상의 연관에서 오는 경우가 대다수로, 이를테면 「降る雪の / 白髪…」(내리는 눈의 / 백발…)에서 '降る雪の'는 '白髪'의 마쿠라고토바이다.

2. 와카의 특징과 감상

와카는 가장 일상적인 문예형태로서, 국민문학적 요소를 지니고 있다. 후술할 하이쿠와 함께, 장대(長大)하고 복잡한 것보다 단소(短小)하고 간결한 것을 즐기는 일본인들의 특성을 반영하고 있다. 이어령씨는 이에 대해, 자신의 저술인 『축소지향의 일본인』(1982)에서, 일본문화의 핵심적 코드인 '축소지향성'의 주요 근거의 하나로 간주한다.

와카의 주된 내용은 춘하추동의 사계절의 추이에 따른 자연과 인간 감정의 조화에 있으며, 사랑과 이별, 여행, 죽음 등 일상생활의 소재를 서정적, 자연친화적으로 표현하고 있다. 참고로 상대의 『만엽집』, 중고의 『고금와카집(古今和歌集)』, 중세의 『신고금와카집(新古今和歌集)』을 3대 와카집으로 부른다.

* 『만엽집』의 와카

"보랏빛 들판의 울타리가 있는 곳
그대의 흔드는 소매를 파수꾼은 보지 않으려나"
「あかねさす 紫野ゆき しめ野ゆき 野もりは見ずや 君が袖ふる」
(만엽가나 표기: 茜草指武良前野逝標野行野守者不見哉君之袖布流)

작자인 누카타노 오오키미(額田王)는 7세기경의 대표적인 여류 가인으로, 당시 천황의 총애가 깊었다고 한다. 어느 날 황궁 근처의 사냥터로 천황과 황태자(皇子)와 함께 사냥을 나가게 되는데, 황태자 또한 누카타노

오오키미에게 사랑의 감정을 갖고 있었다. 사냥터에서 주위의 시선도 아랑곳하지 않은 채, 자신에게 구애의 태도를 보이는 황태자의 행동에 대해, 작자가 주위의 시선을 의식하고 주의를 촉구하는 내용이다. 서두의 '아카네사스(あかねさす)'는 '무라사키(紫)'의 '마쿠라코토바', '무라사키노(紫野)'는 보랏빛 풀로 뒤덮인 아름다운 들판을 가리키며, '시메노(しめ野)'는 특정 소유지임을 나타내기 위해 울타리를 쳐놓고 사람의 출입을 금한 곳이다. 흥미로운 것은 '소매를 흔들다(袖ふる)'라는 표현으로, 당시에는 애정을 표시하는 동작이었다고 한다. 결국 아름다운 "보랏빛 들판(紫野)"에 촉발된 사랑의 감정을 노래한 전형적인 상문가로서, 이처럼 기교적으로는 다소 투박하지만, 단순 소박한 인간의 감정을 자연과 조화시켜 직설적이고 남성적으로 노래하는 태도는 『만엽집』의 전형적인 가풍이다.

* 『고금와카집(古今和歌集)』의 와카

"달은 아니더냐 봄은 옛날의 봄이 아니더냐
이내 몸 하나는 예전 그대로이건만"
「月やあらぬ 春やむかしの 春ならぬ わが身みひとつは もとの身にして」

『고금와카집』(905~914년경)은 21개의 칙찬집 중 최초의 것으로, 1,100수를 수록하고 있다. 가나문자 성립 이후의 것이므로 만엽가나 표기는 보이지 않는다. 일본어의 언어적 음감을 살린 운율적 기교 등이 와카의 세련미를 한층 성숙시켰다는 점에서, 예술적 완성도를 엿볼 수 있다. 작자인 아리와라노 나리히라(在原業平)는 9세기경의 풍유 가인이며, 이른바 육가선

(六歌仙)[3]의 한사람이기도 하다. 내용은 달과 봄 모두 옛날 그대로인 것처럼 자신 또한 변함없건만, 저 달과 봄을 같이 보고 느끼며 사랑을 나누던 사람은 이제 없으니, 이것이 예전과 다르다는 것이다. 유독 많은 여성들과 염문을 뿌렸던 나리히라의 인생편력(遍歷)을 떠올린다. 조사 'ya(や)'와 부정의 조동사 'nu(ぬ)'의 반복을 통한 리듬감은 문어체 특유의 기법으로서, 이러한 음악성을 고려한 수사기교는 후대로 갈수록 점점 복잡해지고 세련미를 더하게 된다. 『고금와카집』의 가풍은 사계절의 추이에 입각한 낭만적 정감과 사랑, 이별, 여행, 애상 등 제반 감정을 폭넓게 아우르고 있다. 전체적으로 『만엽집』의 소박하고 투박한 남성적 가풍에 비해, 섬세한 여성적 정조가 두드러지며, 이러한 여성적 정조의 전통은 후술할 시마자키 도손 등의 근대시로 계승된다.

＊『신고금와카집(新古今和歌集)』의 와카

"봄날 밤 꿈의 부교(浮橋)가 끊기며 봉우리에 갈라진 옆 구름의 하늘"
「春の夜の 夢のうき橋 とだえして みねにわかるる 横雲のそら」

작자는 후지와라노 데이카(藤原定家, 1162~1241)로, 중세 와카의 주요 가인이자 이론가이다. 짧고 덧없는 봄날 밤, 꿈에서 문득 깨어나 하늘을 바라다보니, 새벽녘 하늘에는 산봉우리를 사이에 두고, 구름이 옆으로 비껴 흘러간다. 전반부(5·7·5)에서는 꿈에서 막 깨어난 상태의 비몽사몽간에 느끼는 아련하고 희미한 심적 상태를 나타내고 있는데 비해, 후반부(7·7)

---

3 『고금와카집』의 편찬자인 기노 쓰라유키(紀貫之)가 서문(序文)에서 당대의 가장 뛰어난 와카 작자로 거명한 6명의 가인을 말한다.

는 실제 현실에서 눈에 들어오는 자연경관, 그것도 점차 주위가 밝아오는 새벽녘의 영롱하고 아름다운 하늘의 풍경을 묘사하고 있다. "옆 구름(橫雲)"은 주로 새벽에 동쪽 하늘에서 볼 수 있는, 가로로 길게 걸쳐져 비껴가는 구름으로, "꿈의 부교(夢のうき橋)"에 의해, 다리가 끊어지는 것과 꿈이 끊어지는 것을 이중적으로 묘사하고 있다. 전체적으로 신비스러운 몽환적(夢幻的) 분위기를 자아낸다.

이처럼 꿈과 현실세계가 교차하는 상태에서의 환상적 미의식을 '요엔(妖艶, ようえん)'이라고 하며, 이것은 후지와라노 데이카가 주장한 문예이념이다. 참고로 일본의 와카에는 유난히 꿈을 무대공간으로 한 작품이 많은데, 이 작품에서는 비현실적인 꿈의 정감이 자연스레 현실세계에 실재하는 풍경으로 나타나면서, 인간의 내면과 자연이 혼연일체가 된 애틋한 정감을 시적 여운으로 형성한다. 참고로 상상력의 산물로서의 꿈은, 근대에 이르러 인간의 무의식 혹은 잠재의식을 드러내는 주요 소재가 된다.

* 『신고금와카집』의 근대성

『신고금와카집』(1205)의 가장 큰 특징은 기존의 『만엽집』이나 『고금와카집』이 작자 자신의 실제 체험이나 현실적 실감을 중시하고 있음에 비해, 작자의 관념과 상상을 적극 활용함으로써 추상적이고 상징적인 유미적(唯美的) 세계를 창조해 내고 있는 점이다. 이를 위해 작자는 시적 감성을 최대한 형상화시키고 구체화시키는 고도의 세련된 감각과 여정(余情)을 추구한다. 전술한 요엔을 비롯해, '유겐(幽玄, ゆうげん)', '우신(有心, うしん)' 등의 철학적이고 사색적인 창조적 미의식의 세계는, 후대의 문예적 흐름을 선점하고 있다고 해도 과언이 아니다.

환언하자면 작자의 관념이나 상상에 의해 창출된 상징적이고 탐미적인 동 가집의 가풍은 훗날 근대시에서의 상징시나 추상적 감각의 환각적 시풍으로 계승되었고, 실제로 메이지 상징주의 시인들은 자신들의 고답적 정조의 근원을 『신고금와카집』에서 구하고 있다. 수사 면에서도 동 가집은 기존의 동사나 형용사, 조동사 등으로 종결시키는 서술방식에서 벗어나, 전술한 "옆 구름의 하늘"에서 알 수 있듯이 체언으로 끝맺음으로써, 시적 이미지가 확장되는 효과를 거두고 있다. 이외에도 현대의 패러디(parody)에 해당하는 '혼카도리(本歌取り, ほんかどり)[4] 등의 수사기교는 근대 단카 및 시로 이어지면서, 시적 상상력의 확대에 크게 기여한다. 이러한 다양한 수사기교의 배후에는 중세의 공적 와카 경연대회인 '우타아와세(歌合)'나, 주제를 주고 그 자리에서 와카를 짓게 하는 '제영(題詠)' 등이 영향을 미치고 있다.

---

4 전시대의 잘 알려진 와카('本歌')를 바탕으로 약간의 표현을 변화시켜, 그 이미지를 여정으로 살리는 기법

제2장
최단시형(最短詩型) 문학 하이쿠(俳句)

1. 하이쿠의 특성과 마쓰오 바쇼(松尾芭蕉)

렌가(連歌)의 첫 구인 '홋쿠(発句, 5·7·5)'가 독립하여 성립된 하이쿠는 근세에 크게 유행하였다. 성립 배경으로는 렌가의 형식적 제약에 따른 유희적 성격의 심화가 점차 거부감으로 다가왔을 가능성이 지적된다. 특히 초닌들이 에도시대 문학의 주된 소비층과 창작층으로 대두되면서, 지적 유희를 앞세운 복잡한 규칙이나 지나친 기교에 대해 반감을 가졌을 개연성이 농후하다. 홋쿠 또한 처음에는 가벼운 여흥이나 오락적인 문예로 인식되었으나, 대표적 작자이자 시성(詩聖)으로 일컬어지는 마쓰오 바쇼(1644~1694)가 자연과의 형이상학적 교감과 합일(合一)을 추구하면서, 점차 철학적이고 사색적인 인생시(人生詩)로 발전하게 된다. 근세에는 '하이카이(俳諧, はいかい)'로 불리다가, 메이지 이후 '하이쿠'라는 명칭이 확립되었다.

하이쿠의 골격은 5·7·5의 17음절을 바탕으로, 사계절의 표현('季語' 혹은 '季題')과, 리듬적 고려를 위한 '기레지(切字)', 음수(音數)의 가감(加減)에 따른 '자수 초과(字余り)', '자수 부족(字足らず)' 등의 형식적 특징을 갖는다. '기레지'

는 음조를 고르게 하기 위해 구말(句末) 등에 쓰인 조사나 조동사로, 렌가에서도 나타난다. 이러한 형식적 요소는 압축된 언어표현에 따른 풍부한 시적 상상력과 이미지(image)의 확산을 독자들에게 끊임없이 요구하면서, 언외(言外)에 시적 여운과 여정(余情)을 형성하게 된다.

"낡은 연못이여 개구리 뛰어드는 물소리"
「古池や 蛙とびこむ 水の音」

　너무나 잘 알려진 마쓰오 바쇼의 이 구는, 하이쿠가 추구하는 시적 상상력의 확장과 함축, 사색성 등을 복합적으로 암시한다. 정황상 작자는 인적이 드문 어느 시골길을 가다가 우연히 오랜 연못가를 지나게 되었고, 그때 뜻하지 않은 통행객의 출현에 놀란 개구리 한 마리가 황급히 연못 안으로 뛰어 든다. 우선 "개구리(蛙)"가 연못 속으로 뛰어들며 내는 "물소리(水の音)"는 정지 상태에 있는 "오랜 연못(古池)"에 동적(動的) 변화를 초래하고 있다. 여기서 "오랜 연못"은 흐르지 않고 고여 있는 상황이므로, 개구리가 뛰어 들었을 때 생긴 파문은 얼마 후 흔적 없이 사라져버리고, 연못은 원래의 정(靜)의 상태로 돌아간다. 물론 "물소리" 또한 시간이 흐르면서 자연의 적막감 속에 묻혀버리게 되고, 결국 연못은 개구리가 뛰어 들기 이전의 영상으로 환원된다.

　그러나 그 과정에서 "물소리"의 청각적 잔상(殘像)은 사라지지 않는 잔잔하고도 영원한 자연의 소리로 독자들의 뇌리에 기억되면서, 깊은 여운을 남긴다. 다시 말해 개구리가 뛰어 들기 이전의 연못의 영상과 뛰어든 후의 영상은 본질적으로 동일하지 않으며, "오랜 연못"으로 표상된 자연의 모습은 결국 정(靜)과 동(動)의 끊임없는 반복과 조화 속에 성립된다는 보편적 진리를 담고 있다.

그러나 아무리 조화된 자연의 모습이라 해도, 그것을 바라보는 인간이 투명하고 맑은 심적 상태에 있지 않으면 그 속에 내포된 참된 미를 느낄 수 없다. 결국 바쇼가 추구한 하이쿠의 그윽한 정취는 자연 본연의 소박하고 한적(閑寂)한 세계에 대한 내면적 몰입이 요구되는 미적 경지이며, 이러한 형이상학적인 자연의 모습은 그대로 인생 속에 투영되는 가운데, 심오한 인생의 진리로 의미를 확장한다. 이처럼 자연의 한적함에 촉발된 미적 경지가 '와비(わび)', '사비(さび)', '시오리(しをり)'라는 하이쿠의 전통적 문예이념이다.

2. 근대시의 하이쿠적 요소

하이쿠의 본령인 압축된 언어표현은 각각의 어휘가 지닌 이미지를 중시한다는 점에서, 다이쇼기 모더니즘 시의 일 경향인 이미지즘(imagism) 계열의 시와 접점을 찾을 수 있다. 특히 이 시기에 두드러지게 나타나는 일행시(一行詩)나 연(連)의 구분이 없는 단시(短詩)는 하이쿠의 직접적인 영향을 받았다고 여겨진다.

"나비가 한 마리 달단해협을 건너갔다"
「てふてふが一匹韃靼海峡を渡つて行つた」

－안자이 후유에(安西冬衛, 1898~1965), 「봄(春)」, 『군함 마리(軍艦茉莉)』, 1929

쇼와 서정시의 절창으로 평가되는 대표적 일행시로, 시 속 '달단해협(韃靼海峽)'은 아시아 대륙과 홋카이도 북부의 사할린 사이에 위치하고 있다. 문맥적으로는 황량한 북방지역에도 봄이 찾아와, 나비 한 마리가 달단해협을 유유히 건너갔다는 의미가 되지만, 감상 포인트는 치밀하면서도 선명한 시각적 이미지의 창출이 신비한 효과를 거두고 있는 점에 있다. 한 마리의 나비라는 미시적 생명체의 모습이, 달단해협이라는 거시적 자연계의 모습과 극명한 대조를 이루며, 봄의 계절적 정감과의 조화 속에 강렬한 영상미를 자아낸다.

그러나 "나비"와 "달단해협"의 단순한 조합만으로는 광활한 해협을 건너가는 나비의 유유자적한 모습을 그려낼 수 없다. 여기에 제목인 "봄"을 추가함으로써, 비로소 겨울 내내 달단해협을 가두고 있던 얼음이 녹으며, 그곳으로 경쾌하게 날개를 파득대며 날아가는 한 마리의 가녀린 나비의 모습이 독자의 뇌리에 강렬한 인상으로 각인된다. 이 시에서는 계절감을 바탕으로 자연과 인생을 정감적으로 조화시키는 인생시적 요소는 드러나지 않은 채, 오직 선명하고 감각적인 영상의 제시가 있을 뿐이다. 안자이 후유에가 쇼와 초기의 주지적(主知的)[5] 모더니즘 시인이었음을 엿볼 수 있는 부분이다. 계절감으로서의 봄은 강조하고 있으나, 오로지 대소(大小) 영상 및 원경과 근경의 대비라는 시각적 요소에 집중되어 있을 뿐, 인간의 삶의 영역을 향한 그 어떤 메시지도 느껴지지 않는다. 결론적으로 이 시는 1행에 불과하지만, 시적 깊이와 폭은 그 어떤 장편시에도 필적할 만한 존재감과 볼륨을 지니고 있고, 이것은 하이쿠가 추구한 압축된 언어표현에 의한 시적 여정이나 여운의 창출과 무관하지 않다.

5 감정의 분출을 억제하고, 오로지 대상을 지적으로 파악하는 태도

제3장

근대 하이쿠와 단카(短歌)

메이지기에 성립된 근대시는 새로운 운문문학의 장르로 위치하는 한편, 소설과 함께 일본의 근대문학을 주도하게 된다. 근대 하이쿠와 단카는 이러한 근대시의 존재와 흐름을 의식하면서, 전통적 시가로서의 정체성을 유지하고 발전시키려는 노력이 불가피해 진다. 구체적으로는 새로운 시대에 부합하는 내용과 형식상의 변화를 추구하면서도, 기존의 일본적인 것 즉 전통과의 조화를 모색하게 되었다. 전체적으로 근대 이전의 하이쿠와 단카가 자연과 인간 감정의 조화 및 계절감의 서정적 표현에 집중하였다면, 근대 이후는 표현의 대상이 자연으로부터 일상생활로 전환되고 있음을 엿볼 수 있다.

1. 근대 하이쿠의 흐름

1) 마사오카 시키(正岡子規)의 하이쿠 혁신

마사오카 시키(正岡子規, 1867~1902)는 후술할 단카의 혁신에도 앞장선 인물로, 메이지기의 주요 가인이기도 하다. 1892년경부터 근대 이전의 '화

조풍영(花鳥諷詠)'[6]의 하이쿠를 비속하고 평범하기 짝이 없다는 의미에서 '츠키나미 하이쿠(月並み俳句)'로 비판하면서, 『호토토기스(ホトトギス)』(1897.1월 창간) 등의 하이쿠 잡지를 통해, 하이쿠의 혁신을 주장하였다. 주장의 핵심은 진부한 '쓰키나미 하이쿠'를 부정하고, 화려한 수사적 기교를 억제한 채, 본 대로 느낀 대로의 정감을 객관적 인상으로 명료하게 표현하는 '사생(写生)'의 방법론에 찾을 수 있다. 사생은 사물을 스케치하듯이, 주관의 개입 없이 있는 그대로 묘사하는 것으로, 전술한 사실주의(写実主義) 문예사조 이론에 입각한 것이기도 하다. 참고로 사생론은 시키가 단카에도 동일하게 적용한 대표적 묘사 방법이다.

시키에 따르면, 근대 이전의 단카나 하이쿠는 지나치게 자연에 몰입한 결과, 『신고금와카집』에서 알 수 있듯이 작가의 실생활의 체험에 입각한 실감보다는 관념과 상상에 치우쳤으며, 추상적이고 상징적인 유미적(唯美的) 세계에만 관심을 기울여 왔다는 것이다. 나아가 근세의 하이쿠 또한 철학적이고 사변적인 미의식에만 몰두하여, 근대의 정신인 평범한 삶의 일상성은 결여되어 있다고 비판한다. 결국 근대의 하이쿠와 단카는 표현 대상을 심오한 삶의 이치를 내포한 자연으로부터 일상으로 방향을 전환하고, 같은 자연이라도 생활 속의 모습이나 풍경을 소박하고 직감적으로 묘사하는 가운데, 시각, 청각 등의 감각표현에 주력해야 한다는 것이다.

> "감을 먹으니 종소리 울린다 호류지"
> 「柿くへば 鐘か鳴るなり 法隆寺」(1895)

---

6 사계절의 추이에 따른 자연현상과 이에 수반된 내면적 정감을 표현하는 것으로. '花鳥'는 '계절감(季題)'을, '諷詠'은 17음(5·7·5)의 형식을 가리킨다.

일본의 고도(古都)인 나라(奈良)의 호류지를 방문했을 때의 작품이다. 감이 익어가는 청명한 가을날, 호류지 근처의 찻집에서 감을 먹고 있자니, 때마침 호류지의 범종이 울려대고, 그 종소리에 가을을 실감한다는 것을 청각적으로 표현하고 있다. 가을의 정취를 노래하고 있으나, 쓸쓸하다는 식의 관념이 아닌, 가을 그 자체의 정감을 눈앞에 떠올린다. 자연을 주체로 삼아 자연에 의해 종속되고 부수되는 주관적 감정이나 사고가 아닌, 있는 그대로의 자연의 모습과 인상을 일상생활 속에서 묘사하는, 인간사(人間事) 중시의 태도를 제시하고 있다. 결국 시키의 주장의 핵심은 표현 대상에 있어 자연의 추이에 따른 진리나 섭리를 중시하는 기존의 자연 중심의 태도로부터, 인간의 삶과 정신을 강조하는 인간 주체로의 기본적 발상의 전환에 있다. 근대 하이쿠와 이어 설명할 단카의 방향성을 읽어낼 수 있는 부분이다.

2) 가와히가시 헤키고토(河東碧梧桐)의 신(新)경향 하이쿠

마사오카 시키가 세상을 떠나자, 당시 하이쿠 문단의 중심인 『호토토기스』시절부터, 시키의 문하생으로서 다카하마 교시(高浜虛子, 1874~1959)와 함께 가장 걸출한 작가였던 가와히가시 헤키고토(河東碧梧桐, 1873~1937)는 새로운 하이쿠를 추구하게 된다. 다카하마 교시가 계절적 제재나 정형성 등에 입각한 자연묘사 중심의 보수적 전통을 견지한데 비해, 헤키고토는 스승인 마사오카 시키 이래의 사실주의적인 객관적 사생방식을 철저히 고수하는 한편, 계절감의 표현이나 음수율 등의 형식성에서 탈피하여, 자연의 표현보다는 인간사를 중시하였다.

"허공을 집듯이 게 죽어 있어라 구름 낀 봉우리"

「空をはさむ 蟹死にをるや 雲の峰」(1906)

게(蟹)가 죽어 있는 가운데, 그 위 구름 사이로부터 햇살이 내리쬐고, 구름은 높다란 산봉우리에 걸려있다. 매우 시각적인 영상미를 자아내는 구이다. '허공을 집다(空をはさむ)'를 통해, 게의 날카로운 집게가 허공(하늘)을 향하고 있음을 암시하는 한편, 게의 쓸쓸한 죽음을 바라보는 "구름 낀 봉우리"는 생물의 죽음을 응시하는 자연의 모습으로 형상화되고 있다. 주목할 것은 '空'을 '하늘'과 '공허'의 이중의 뜻으로 파악하고 있는 점으로, 단순한 게의 죽음에 머물지 않고, 인간사에도 통용되는 삶과 죽음의 허무감으로 의미를 확장한다.

헤키고토의 새로운 가풍은 문하생인 오스가 오쓰지(大須賀乙字, 1881~1920)나 다이쇼기의 오기와라 세이센스이(荻原井泉水, 1884~1976) 등으로 계승되는데, 특히 세이센스이는 계절감을 배제하고, 5·7·5의 전통 운율에 구애받지 않는, 이른바 '무계자유율 하이쿠(無季自由律俳句)'를 주장하면서, 내용 면에서는 순수하고 자유분방한 감정의 표현을 추구하였다.

3) 다카하마 교시(高浜虚子)와 『호토토기스』

교시는 마사오카 시키가 세상을 떠난 후 일시적으로 하이쿠 문단에서 이탈하여, 사생문 성격의 산문 창작에 열중하였다. 그러나 가와히가시 헤키고토의 하이쿠가 전통적인 하이쿠와는 다른 방향으로 추이되는 것에 반감을 느끼고, 1913년 전통 하이쿠의 부활을 외치며 문단에 복귀하게 된

다. 교시의 주장은 헤키고토와는 대립적으로, 스승인 시키가 강조한 객관
사생을 중시하면서도, 계절감과 정형성을 앞세운 전통적 화조풍영의 자
세를 견지하였다. 당시의 하이쿠 독자들이 하이쿠 본연의 정형성에 애착
을 느끼는 경향이 농후했음을 반영한 것이었다. 참고로 『호토토기스』를
중심으로 결집한 작가들을 '호토토기스파'로 부르며, 이들은 다이쇼기를
거쳐 쇼와기 하이쿠 문단의 주류를 형성하게 된다.

"머언 산에 햇살 내리쬐는 겨울의 마른 들판이여"

「遠山に 日の当たりたる 枯野かな」(1900)

내용적으로는 지극히 평범하지만, 하이쿠 본연의 여정을 자아내는 교
시의 수작 중의 하나이다. 눈앞으로는 마른 겨울 들판과 산이 멀리 펼쳐
져 있고, 산에는 홀연히 햇살이 비추고 있다. 간결하면서도 소박한 영상
이지만, 동양적인 한적함을 함축하고 있다. 객관적 영상을 그대로 옮기고
있을 뿐인데도, 시간의 경과 속에 어김없이 찾아오는 계절의 추이가 자연
스레 인생시적인 분위기를 자아낸다. 사생 하이쿠의 본령이자, 교시 문학
의 정수를 노래한 작품으로 평가되는 이유이다.

4) 쇼와기 하이쿠의 전개

1927년 다카하마 교시가 화조풍영을 하이쿠의 본령으로 주장한 이후,
'호토토기스파' 내부에서는 교시의 평이하고 단조로운 사생 하이쿠에 만
족하지 못하고, 새로운 근대적 감각을 추구하는 다수의 하이쿠 작가들이
등장하게 되었다. 그 중에서 미즈하라 슈오시(水原秋桜子, 1892~1981)는 신흥

하이쿠 운동의 계기를 마련한 인물이다. 구체적으로 작자의 주관을 중시하는 주정적 경향을 내세우면서, 시적 소재를 자연현상에 국한시키지 않고, 세련된 도회인의 감각을 추구하였다. 형식면에서는 계절감과 문어체의 정형성을 견지하는 등, 전통적 하이쿠의 정신도 계승하고 있다.

<blockquote>
"딱따구리여 낙엽을 재촉하는 목장의 나무들"
「啄木鳥や 落葉をいそぐ 牧の木」(1927)
</blockquote>

슈오시의 초기 대표작으로, 딱따구리와 낙엽에서 연상되는 늦가을의 서정을 읊은 구이다. 낙엽이 뒹굴고 딱따구리가 나무를 쪼아대는 늦가을 목장의 풍경을 통해, 장차 찾아올 겨울을 앞두고, 월동 준비에 여념이 없는 사람들의 분주한 일손이 떠오른다. 광활하게 펼쳐진 목장의 시각적 영상과, 딱따구리가 나무를 쪼아대고 낙엽이 바람에 휘날리는 청각적 인상과의 선명한 조화가 매우 감각적이다.

한편 다음에 소개하는 야마구치 세이시(山口誓子, 1901~1994)는 근·현대 하이쿠 문단의 중심 잡지의 하나인 『아시비(馬酔木)』(1918년 창간)의 핵심적 작가이다. 세이시는 작품의 소재를 도회적 사물이나 인공적인 것으로까지 확대하면서, 근대사회의 모습을 서정적으로 노래하는 데 주력하였다고 평가된다.

<blockquote>
"감색 하늘을 찌를 듯 핀 만주사화"
「つきぬけて 天上の紺 曼珠沙華」(1941)
</blockquote>

"만주사화(曼珠沙華)"는 피안화(彼岸花) 혹은 저승화로 불리며, 주로 묘지 근처에 자생하는 붉은 꽃이다. 일본인들에게는 만약 저승에 꽃이 핀다면 이런 꽃이 될 것이라는 의미성을 담을 정도로 아름다운 꽃으로 인식되어 왔다. 이 구는 작자가 병상에 누워 있을 때의 작품으로, 하늘에 지붕이라도 있다면 이마저 뚫어버릴 것처럼 청명하게 갠 가을날과 붉은 피안화와의 색채적 대비가 인상적이다. 당시 병마에 시달리던 세이시의 우울한 감상적 정조와, 어렴풋이 죽음의 공포를 의식할수록 더욱 강렬해지는 생명에 대한 의지를 역설적으로 암시하고 있다.

그러나 세이시의 하이쿠의 본령은 도회적인 일상풍경 속의 서정성에서 찾을 수 있다.

"봄날이여 우체통 페인트 땅까지 칠하네"
「春の日や ポストのペンキ 地まで塗る」(1947)

화창한 햇살 속에서 새롭게 칠해진 빨간 우체통의 시각적 인상과 갓 칠해진 페인트의 후각적 인상이 강렬한 영상미와 감각성을 동시에 자아낸다. 도회적 일상생활 풍경으로 봄을 인지하고 있는 점에, 기존의 전통 하이쿠와는 차별되는, 근대적 의미의 자연감을 읽어 낼 수 있다.

＊ 인간탐구파(人間探求派)

전통적인 하이쿠에서는 어떠한 형태로든 자연현상이 주된 표현의 대상으로서 시적 광경과 영상을 주도하고 있고, 기본적으로는 자연이 시적 묘사의 주체이자 중심에 위치한 채, 인간을 아우르고 정감을 조화시키는 시적 구도를 지니고 있다. 이에 비해 '인간탐구파'는 묘사의 핵심을 인간이 영위하는 생활에 두고, 일상성에 입각한 다양한 심리와 감정의 표현에 주안점을 둔다. 중심적 작가로는 가토 슈손(加藤楸邨, 1905~1993), 나카무라 구사타오(中村草田男, 1901~1983) 등이 있는데, 계절감 등의 형식은 지키면서, 근대적 자아를 서정적으로 표현하는 데 주력하였다.

"아귀가 뼈까지 얼어붙은 채 잘려나간다"
「鮟鱇の 骨まで凍てて ぶちきる」(1949)

가토 슈손의 작품으로, 우리에게도 매운탕이나 찜으로 요리되는 아귀가 주된 소재이다. 아귀는 일본인들에게 겨울철 찌개요리로 애용되는 생선으로서, 생김새가 매우 우스꽝스러워 서민적 친근감을 느끼게 한다. 그런 아귀가 꽁꽁 얼어붙은 채, 요리를 위해 도마 위에서 가차 없이 칼질을 당하고 있다. 이 구를 만들 무렵 병상에 있던 슈손에게, 비록 미물이지만 아귀의 최후라 할 수 있는 모습은 생명의 덧없음이나 애상감을 자아낸다. 어떤 형태로든 자연과 조화된 미적 정감을 중시해 온 기존의 하이쿠와는 다소 이질적 느낌으로 다가오는 작품이다.

5) '제2예술론'과 전후(戰後)의 하이쿠

후술할 근대시나 단카 등 다른 장르와 마찬가지로, 전시체제하에서 억압당해 왔던 하이쿠 문단의 활동도 전쟁이 끝나자 새로운 방향성을 모색하게 된다. 패전 직후, 전쟁 기간 중 정치적 활동을 펼친 문학자들의 책임문제가 거론되었고, 폐허의 냉엄한 현실은 하이쿠나 단카 등 서정적 성격의 단시형 문학의 사회적 역할에 비판적 시각을 초래하였다. 이러한 움직임은 하이쿠의 경우는 '제2예술론'으로, 단카는 '단카부정론(短歌否定論)'으로 나타나게 된다.

'제2예술론'은 1946년 문예평론가이자 불문학자인 구와바라 다케오(桑原武夫)가 하이쿠를 노인이나 병자들이 여흥으로 삶의 한적함을 달래기에 적합한 존재이며, 같은 예술이라도 제1예술이 아닌 제2예술에나 속하는 것이라고 지적한 것에서 비롯되었다. 외국문학 전공자인 구와바라는 합리성을 중시하는 서양적 사고의 측면에서, 형식이나 틀에 집착하는 하이쿠의 모순과 불합리성을 근대의식의 결여로 통렬히 비판하고 있다. 무엇보다 17음절의 제한된 구조적 틀 속에서, 단시형 문학으로서의 하이쿠가 나날이 복잡해지고 다양화되는 사회의 모습과 인간의 내면을 어떻게 표현하고 조화시킬 수 있는가라는 의문을 제기한 것으로, 이에 대한 명쾌한 해답은 아직까지 제시되고 있지 않다. 태생적으로 초(超)단시형 문학이 지닐 수밖에 없는 구조적 문제에 대한 직시이며, 단카의 경우도 동일한 상황에 직면하고 있다. 이를 의식하듯 전후의 하이쿠는 서정성 위주의 단시형 문학에 결여된 사회성이나 인간성을 보완하기 위한 다양한 노력을 모색해 왔으며, 언어적 감각을 앞세운 모더니즘 계열의 전위적 하이쿠가 시도되는 등, 최근의 동향은 하나의 성격으로 국한될 수 없는 다양성과 다기성(多岐性)을 드러내고 있다.

2. 근대 단카의 흐름

1) 메이지 가단(歌壇)의 성립과 와카개량론

메이지 10년경까지의 초기의 단카 문단은 '계원파(桂園派)'로 불리는 구세력이 중심이었다. 계원파는 에도 후기의 가인인 가가와 가게키(香川景樹, 1768~1843) 이후 지속되어 온 『고금와카집』풍의 전통적 우아함과 '제영(題詠)' 등의 형식적 제약을 유지하였다. 그 후 메이지유신의 핵심 정신인 문명개화의 새로운 풍물을 제재로 한 다수의 가집이 등장하면서, 전술한 하이쿠 혁신과 마찬가지로, 근대적 단카의 형태를 모색하는 '와카개량론(改良論)'이 제기 되었다. 와카개량론은 일본 근대시의 출발을 알린 『신체시초(新体詩抄)』(1882) 속에서 주장된 것으로, 와카나 '센류(川柳, せんりゅう)'[7]와 같은 구시대의 고정된 시형으로는 새로운 시대의 사상이나 정신을 효율적으로 표현할 수 없다는 비판적 시선을 의식한 결과이다.

구체적으로 오치아이 나오부미(落合直文, 1861~1903)는 1893년 '아사카샤(浅香社)'를 결성하여, 계원파 등의 구세력과 새로운 단카를 지향하는 그룹과의 절충을 도모하는 한편, 요사노 뎃칸(与謝野鉄幹, 1873~1935) 등의 신진 작가들을 육성하였다. 이에 앞서 사사키 노부쓰나(佐々木信綱, 1872~1963)는 1891년 '죽백회(竹柏会)'를 결성한 후, 1898년에는 단카 잡지 『마음의 꽃(心の花)』을 발간하여, "넓게, 깊게, 개별적으로"를 모토로, 개성을 존중하는 자유로운 가풍을 전개하였다. 이처럼 근대 단카는 작가 개인의 개별성을 주

---

7 에도 중기에 융성한 단시형 문학. 음절수는 하이쿠와 동일한 17음절을 채용하였으나, 계절감이나 '기레지(切字)' 등의 형식적 제약 없이, 인정과 풍속, 인생과 사회의 결함을 기지와 풍자에 넘친 간결하고 해학적인 일상적 구어체로 표현하였다.

장하면서, 병이나 빈곤과 같은 뚜렷한 주제를 작품 속에 담으려는 구체적
노력을 기울이게 된다.

2) '도쿄신시사(東京新詩社)'의 결성과 낭만적 시가의 융성

요사노 뎃칸은 자신의 단카론(歌論)인 「망국의 소리(亡国の音)」(1894)에서,
계원파의 와카를 나약한 것으로 공격하면서, 남성적인 비분강개조(悲憤慷
慨調)의 단카를 주장하였다. '아사카사'의 분회(分会)의 형태로 1899년 '도쿄
신시사'를 결성하여, 기관지 『명성(明星)』을 발행하였다. 동 잡지에는 메
이지기의 낭만적 성향의 시인들도 다수 참여하여, 메이지 30년대의 화려
한 낭만주의 시가의 전성기를 구축하게 된다. 뎃칸은 단카를 '단시(短詩)'
또는 '국시(国詩)'로 칭하는 한편, 작품 속에 개인주의적 자아의 해방을 도
입할 것을 주장하였다. 『명성』의 문학사적 가치는 서양의 낭만주의적 정
조를 바탕으로 일본적 성향의 낭만주의 문학을 실질적으로 개화시키는
과정에서, 가단의 중심에 서서 단카의 근대화를 모색하고 추구한 점에
찾을 수 있다.

『명성』의 화려한 낭만주의 가풍은 동 잡지가 배출한 중심 작가인 요사
노 아키코(与謝野晶子, 1878~1942)의 활동으로 압축된다. 아키코는 첫 가집인
『흐트러진 머리(みだれ髪)』(1901)를 발표하여, 와카 혁신을 주장한 뎃칸의
영향을 받으며, 뜨거운 정열과 관능에 입각한 자유분방한 연애감정을 노
래하였다. 다음은 『흐트러진 머리』에 수록된 대표작 중의 하나로, 그가
추구한 관능적이고 화려한 낭만주의 단카의 성격을 웅변해 준다.

"끓는 정열의 내 부드러운 살결에는 손도 대지 않고,

그대는 쓸쓸하게 도덕을 논하는가"

「やわ肌の 熱き血潮に 触れもみで さびしからずや 道を説く君」

자신의 아름다움과 매력에 대한 강한 자부심과 자의식을 노래하고 있다. 여성의 입장에서 자신의 신체를 주체적으로 자각하는 태도는 그동안 남성들의 시선에 의해 수동적으로만 인식돼 온 여성의 아름다움에 새로운 시각을 요구하는 한편, 육체와 정신이 조화된 연애의 감정을 제시하고 있다. 『명성』이 추구하던 근대적 연애관과 열정을 엿볼 수 있는 작품으로, 동 잡지는 한 시대를 풍미하면서 메이지 낭만주의 운동의 핵심적 역할을 수행한다. 『명성』은 단카를 소설, 시, 회화(미술)와 어깨를 견주는 근대문학의 일 장르로 자리매김하는 데 주도적 역할을 수행하였고, 이를 뒷받침하듯 당대의 시인과 미술가 등 주요 문인들이 대거 참여하였다.

3) 마사오카 시키와 '네기시 단카회(根岸短歌会)'

단카에 앞서 하이쿠의 혁신을 주장한 마사오카 시키는 하이쿠의 객관사생의 방법론과 평이하고 자유로운 용어 등을 단카에도 도입하여, 근대 단카의 방향성을 제시하고 있다. 구체적으로는 여성적이고 부드러운 『고금와카집』의 가풍을 통렬히 비판하고, 소박하지만 남성적인 『만엽집』의 서정을 주된 정서로 삼고 있다. 객관사생에 입각한 간결한 어휘 구사는 시키가 이상적으로 생각한 단카의 본령이었다. 시키는 이를 실천하기 위한 결사(結社)로서, 1899년 '네기시 단카회'를 결성하였다. 동 조직은 시키가 죽은 후, 단카 잡지인 『아시비(馬酔木)』(1903~1908)[8]와 『아라라기(アララギ)』(1908년 창

칸를 거점으로, 이후 가단의 주류를 차지하게 된다. 다음은 시키가 주도한 네기시 단카회의 성격을 엿볼 수 있는 작품이다.

"두 치 정도 돋아난 붉은 색 장미 새싹 가시바늘에
부드러운 봄비가 내린다"
「くれないの 二尺伸びたる 薔薇の芽の 針やはらかに 春雨の降る」(1904)

촉촉한 봄비 속, 장미꽃 특유의 가시에 화사한 봄을 응시하는 시각적 감각이 붉은 색채감과 절묘한 조화를 이루고 있다. 장미의 새싹을 가시에서 감지하고, 가느다란 봄 빗줄기의 소리까지 연상시키는 섬세한 감성이 인상적이다. 장미 가시에서 연상된 "바늘(針)"과 '부드럽다(やはらかに)'의 감각적 어휘 또한 근대 이전의 와카에서는 볼 수 없었던 참신한 서정으로서, 소박함과 평이함 속에서도 압축된 시적 밀도를 느끼게 한다. 이처럼 네기시 단카회는 자연의 모습과 정감을 중시하는 전통 단카의 계보를 형성하였으나, 동시대의『명성』의 인기에 밀려, 뚜렷한 존재감은 발휘하지 못하였다. 그러나『명성』과 경쟁적 위치에서, 낭만적 근대 단카의 전개에 주도적 역할을 수행한 점에 문학사적 의의가 있다.

4) 자연주의 사조와 생활파 단카

메이지 40년대의 일본문단은 자연주의 문학의 전성기에 해당한다. 단카에서도 낭만주의 경향이 쇠퇴하고, 자연주의 문학의 정신을 반영한 작품이 등장하였다. 주로 오치아이 나오부미의 문하생들이 중심이었으며, 낭만주

---

8 전술한 하이쿠 잡지『아시비(馬酔木)』와는 별개의 잡지

의 단카의 서정성에 대비되는 사실주의적 성향의 현실직시형 단카를 추구하였다. 대표적 가인으로는 와카야마 복스이(若山牧水, 1885~1928), 마에다 유구레(前田夕暮, 1883~1951), 도키 아이카(土岐哀果, 1885~1980), 이시카와 다쿠보쿠(石川啄木, 1886~1912) 등이 있다.

마에다 유구레는 기교나 수식을 지양하고, 평범한 소시민 계급의 일상적 단면을 평면적으로 묘사하였다. 이에 비해 와카야마 복스이는 낭만적이고 주정적인 색채 속에서도, 유부녀와의 애틋한 사랑의 좌절이나 술과 여행을 제재로 한 개성적 작품 등, 실생활에서 제재를 취하고 있다. 전체적으로 인생의 고뇌나 근대인의 비애를 응시하는 현실적 경향에, 자연주의 문예사조의 영향을 엿볼 수 있다.

"쓸쓸하게 살아가는 목숨의 단 하나의 동반자야말로 술이라고 여기니"
「寂しみて 生けるいのちの ただひとつの 道づれとこそ 酒をおもふに」(1922)

복스이의 만년의 작품으로, 건강이 좋지 않았던 작자는 이를 비관하여 술을 마시는 날이 많았다고 한다. 병들어 고독한 삶의 애상을 비교적 담담하게, 그리고 진정성을 담아 노래하고 있다. 참고로 5·7·6·7·7의 운율적 규칙은 유지하고 있으나, 계절 표현은 보이지 않는다.

한편 유구레나 복스이보다 다소 늦게 등장한 도키 아이카와 이시카와 다쿠보쿠는 전형적인 생활파 그룹에 속한다. 도키는 일상생활의 신변을 평이한 구어체로 표현하는 문체의 전환을 시도하였다. 대표적 가집인 『NAKIWARAI』(1910)는 로마자에 의한 '3행 쓰기'를 구사하여 훗날 다쿠보쿠에 영향을 미치고 있다. 그러나 생활파의 중심적 가인은 역시 다쿠보쿠

이다. 초기에는 『명성』을 거점으로 활동하였으나, 점차 화려한 낭만주의의 미적 이상에 비판적 자세를 취하게 된다. 가풍 변화의 요인으로는 저널리스트로서의 사회적 체험과 병약하고 불우했던 생애가 거론된다. 대표가집인 『한줌의 모래(一握の砂)』(1910)와 『슬픈 장난감(悲しき玩具)』(1912)을 통해, 빈곤과 병이라는 서민적이고 현실적인 문제를 진솔하게 표현하여 많은 사랑을 받고 있다. 그에게 단카는 마치 '슬픈 장남감'과 같은, 삶의 애상을 표현하는 문학적 도구였던 것이다.

"동쪽 바다 작은 섬 바닷가 흰 백사장에
나 눈물에 젖어
게와 노닌다"
「東海の小島の磯の白浜に / われ泣きぬれて / 蟹とたはむる」

『한줌의 모래』에 수록된 대표작의 하나이다. 문어체에서 구어체로의 문체적 전환을 상징하는 기념비적 작품이자, 3행 쓰기를 실천한 작품으로 유명하다. 영상의 크기를 '대'에서 '소'로 축소해 가는 원근법적 묘사 속에서, 쓸쓸한 바닷가에서 한 마리의 게를 벗 삼아 놀고 있는 쓸쓸한 작자의 모습이 떠오른다. "나 눈물에 젖어"는 평생을 고독한 삶으로 일관해온 시적 자화상을 엿보게 한다.

5) 다이쇼기의 탐미파 단카

다이쇼기를 대표하는 문예사조인 탐미주의는 잡지 『스바루(スバル)』(1909~ 1913)를 거점으로 전개되었다. 다이쇼기 문학은 소설 분야에 나타나듯 자연 주의 문학에 반기를 든 작가들이 중심에 위치하며, 탐미주의 문학은 그중 하나이다. 자연주의의 지나친 현실 중시와 평면적 묘사에 반대하는 문단 의 추세는 단카에서도 그대로 반영되어, 예술파적 입장의 탐미적 경향의 작가들을 다수 배출하였다. 대표작가로는 국민시인으로도 일컬어지는 기 타하라 하쿠슈(北原白秋, 1885~1942)와 요시이 이사무(吉井勇, 1886~1960) 등이 있 다. 기타하라 하쿠슈는 『사종문(邪宗門)』(1909), 『추억(思ひ出)』(1911) 등의 이국 정서를 앞세운 상징시풍의 탐미적 감각시집을 통해, 당시 시단의 중심적 위치를 차지하고 있었다. 하쿠슈 특유의 이국취미에 도회정서를 가미한 시풍은 단카에도 발휘되어, 첫 가집인 『오동나무 꽃(桐の花)』(1913)을 간행한 이후에도, 단카와 시를 넘나들며 화려하고도 현란한 낭만적 시정을 전개 하였다.

> "찬란한 햇살이 카나리아처럼 흔들릴 때 창가에 기대니 그대 그리워라"
> 「日の光 カナリヤのごとく ふるふとき ガラスによれば 人の恋しき」

『오동나무 꽃』의 작품으로, 석양이 붉게 타오르는 저녁 무렵의 낭만적 영상 속에서, 유리창에 기대어 그리운 사람을 떠올리는 시적 화자의 모습 이 연상된다. 카나리아라는 서양에서 유입된 새에 담긴 하이칼라 취미를 비롯해, 황금색의 아름다운 색조와 고혹적인 울음소리로 연상되는 공감 각적 조화가, 탐미적 감각시인으로서의 면모를 유감없이 발휘하고 있다.

6) '아라라기파'와 반(反)아라라기파의 활약

* '아라라기파'의 활약

마사오카 시키 사후, 1908년 이토 사치오가 네기시 단카회를 계승하는 형태로 단카 잡지 『아라라기(ｱﾗﾗｷﾞ)』를 창간하자 많은 가인들이 이에 참여하였고, 동 잡지는 이후 다이쇼기 가단 및 쇼와기의 가장 주류적 존재로 자리 잡게 된다. 이토 사치오의 뒤를 이은 시마키 아카히코(島木赤彦, 1876~1926)와 사이토 모키치(斎藤茂吉, 1882~1953) 등은 중추적 역할을 수행하였다.

'아라라기파'의 단카론은 기본적으로 마사오카 시키의 사생적 단카를 계승·발전시키는 형태로 추이되는데, 시마키 아카히코는 인생이란 자연과 하나가 되었을 때 펼쳐지는 궁극적 경지로, 단카는 인생이 적막한 것임을 표현하는 것이며, 이러한 인생의 고독감과 적막감에 도달하기 위한 고안으로써, '단련도(鍛錬道)'[9]라는 독특한 이론을 제시하였다.

이에 비해 사이토 모키치는 묘사 대상과 자기가 하나가 되어 그 대상에 생명을 불어 넣고, 이를 옮겨 표현하는 것이 단가의 본령이라는 사생 위주의 방법론을 주장하였다. 대표가집인 『적광(赤光)』(1913)은 네기시 단카회 이래 가단의 흐름을 주도한 『만엽집』의 소박한 가풍을 계승하면서도, 강렬한 생명감과 풍부한 감성에 주안점을 둔 근대적 자아의 확립을 지향하고 있다. 강렬한 인간 감정과 리얼리즘에 입각한 서정적 단카의 특징을 제시하고 있는 점에 문학사적 가치가 인정된다.

---

9 정신 집중의 한 방법으로, 생활력을 한곳에 집중시켜, 마음속으로부터 우러나오는 사항을 직접적으로 표현하는 것

"미치노쿠의 병든 어머니께 오이를 보낸다 착오 없이 닿기를"
「みちのくに 病む母上に いささかの 胡瓜を送る 障りあらすな」(1913)

도쿄에 있던 작자가 병으로 누워 계신 고향의 어머니를 생각하면서, 고향보다 먼저 출하된 "오이"를 어머니에게 보내는 내용이다. 농민의 아들로 태어난 모키치의, 어머니를 생각하는 소박하고도 진솔한 심정이, 당시의 많은 독자들에게 호평을 이끌어냈던 작품이다. 특히 고향에 계신 어머니를 소재로 한 연작이 전해지고 있어, 그의 특별한 효심을 엿보게 한다.

"뽕나무 열매를 먹으니 생각이 난다 그 옛날 엄마 없던 아이 시절이"
「桑の実を 食めば思ほゆ 山の家の 母なし子にて ありし昔を」(1925)

시마키 아카히코의 작품으로, 10세에 어머니를 여읜 자전적 사실이 투영돼 있다. 이 작품이 성립되던 해, 작자는 장남과 차녀가 각각 대학과 고교에 입학하였는데, 장성한 자녀들의 모습을 바라보며, 문득 자신의 쓸쓸했던 어린 시절을 회상하고, 인생의 적막함, 쓸쓸함을 표현한 것이다. "뽕나무 열매"는 그 시절의 기억을 떠올리는 시적 장치로서, 평이한 어휘 속에 담겨진 소박하고도 촉촉한 정감이 인상적이다.

＊ 반(反)아라라기파의 등장

'반아라라기파'는 아라라기파의 주된 성향인 동양적이고 장중한 분위기에서 탈피하여, 자유롭고 밝은 가풍을 주장한 일련의 가인들을 말한다. 1924년에 발간된 잡지 『일광(日光)』을 중심으로, 아라라기파의 폐쇄적인 결사 의식과 사생의 기법을 비판하면서, 개성적인 가풍과 구어 자유율 단카 운동을 주도하였다. 오타 미즈호(太田水穂, 1876~1955), 기노시타 리겐(木下利玄, 1886~1925), 가와다 준(川田順, 1882~1966)을 비롯해, 기타하라 하쿠슈도 여기에 속한다. 다이쇼기와 쇼와기 가단의 가교적 역할을 수행했다는 점에 문학사적 의의가 있다. 특히 오타 미즈호는 마쓰오 바쇼로 대표되는 하이쿠의 함축과 여정을 살린 상징적 기법을 주장하여, 아라라기파의 시마키 아카히코, 사이토 모키치와 논쟁을 벌이기도 하였다.

"만주사화 피는 저녁 들녘은 왠지 여우가 나올 것 같아라 어른이 된 지금도"
「曼珠沙華咲く 野の日暮れは 何かなしに 狐が出るとおもふ

大人の今も」(1925)

작자인 기노시타 리겐은 인도주의적 성향의 감성적 가풍으로 알려져 있다. "여우"는 저승꽃인 "만주사화"에 내포된 사후 세계의 꺼림칙한 이미지가 떠올린 시적 상상물이다. 이 단카가 수록된 『이청집(李青集)』은 리겐이 죽음을 맞이하던 해 발간된 가집으로서, 죽음이 임박했음을 운명적으로 예감하는 작자의 모습이 떠오른다. 동 가집에 '만주사화'가 등장하는 구(句)가 많은 것도 이를 뒷받침한다.

7) 쇼와기 단카의 특징

다이쇼 말기부터 쇼와기에 걸쳐 구어 자유율 단카 운동이 활발히 전개되는 가운데, 당시 문단을 풍미하던 프롤레타리아문학의 여파는 단카에도 깊숙이 미치고 있었다. 프롤레타리아 단카는 시기적으로 구어자유시

형식의 대두나 프롤레타리아 시의 등장과 축을 같이 하는 것으로, 기성가단의 전통에 얽매이는 봉건성과 부르주아적 성격을 비판하면서, 가난한 서민들의 궁핍한 일상생활을 직접적 화법으로 묘사하였다.

"이것이 쌀을 만드는 농부의 음식이란 말인가, 졸참나무 열매를 굴려본다"
「これが米を つくる百姓の 食物かと 楢の木の実を ころがしてみる」(1934)

대표적 프롤레타리아 가인인 와타나베 준조(渡辺順三, 1894~1972)의 작품이다. 도시 노동자와 함께 무산자계급을 대표하는 농민(百姓)들의 비참한 생활상을 꼬집고 있다. 자신들이 힘들여 농사를 지어 만든 쌀밥은 입에 대지도 못한 채, 대용식으로 졸참나무 열매를 먹을 수밖에 없는 가난하고 힘없는 농민들에 대한 연민과 부르주아계급을 향한 반항의 심정을 직설적 화법으로 토로하고 있다. 6·8·6·7·7의 음수 구성에도 드러나듯, 오로지 자신들의 사상이나 이념을 표현하려는 그들에게 전통적 형식 등은 특별한 고려의 대상이 아니었다.

프롤레타리아 단카로 대표되는 사상성이나 이념성의 도입은 필연적으로 예술성의 결여가 불가피하였으므로, 이에 대해 반기를 들고, 순수한 예술성을 단카의 생명으로 여기고 실천하려는 가인들이 있었다. 가장 두드러진 존재는 기타하라 하쿠슈가 주재한 잡지 『다마(多磨)』(1935)를 중심으로 한 '다마 단카회'이다. 동 그룹은 현란한 탐미적 상징파시인이자 가인이었던 하쿠슈의 낭만적 시풍을 연상시키듯, 아라라기의 '만엽풍'에 대항하는 형태로, 『신고금와카집』의 '유겐(幽玄)' 등, 전통적인 미의식의 복고풍 단카를 주장하였다. 당시의 일본사회는 중일전쟁(1937)을 목전에 둔 시점으로서, 전운의 여파는 일본적인 것에 대한 재인식, 전통을 재음미하는 태도로 이어지게 된다. 주요 가인으로는 하쿠슈의 문하생인 기마타 오사무(木俣修, 1906~1983), 미야 슈우지(宮柊二, 1912~1986) 등이 있다.

8) 전후의 단카와 『샐러드 기념일』

* 전후 단카의 전개

다른 장르와 마찬가지로, 전쟁기간 중 전시체제하에서 억압되고 있던 단카 가단의 활동 또한 전후에 새로운 방향을 모색하게 된다. 전쟁의 폐허 속에서 전쟁의 비참함을 환기하는 한편, 시나 하이쿠와 마찬가지로, 일부 문학자들의 전쟁 중의 행보가 비판의 대상이 되었고, 나아가 패전 후의 냉엄한 현실에 대해, 단카가 나아가야 할 명확한 방향성의 제시가 결여되어 있다는 인식이 확산되었다. 전술한 구와바라 다케오와 아나키즘 시인인 오노 도자부로(小野十三郎, 1903~1996) 등에 의한 단카·하이쿠 부정론이 그것으로, 양 장르 모두 고풍스러운 제한된 음수율의 단시형으로는 사회의 변화와 발전에 따른 복잡 다양한 생활의 양상과 이에 수반된 인간 정신의 중층 구조를 표현하는 것이 불가능하다는 견해를 제시하였다. 당시의 가인들에게 단카 존속을 에워싼 위기의식과 새로운 분발을 촉구하는 계기가 되었음을 부정할 수 없다.

> "한세상을 변함없는 사상으로 지켜왔건만
> 이제야 전쟁을 미워하는 마음이여"
> 「世をあげし 思想の中に まもり来て 今こそ戦争を 憎む心よ」(1948)

전후 가인인 곤도 요시미(近藤芳美, 1913~2006)의 『먼지 닦는 거리(埃吹く街)』에 수록된 작품이다. 비극적인 전쟁의 어리석음을 비판하고 자성하는 내용이다. 요시미는 수사적 장식을 제거한 소재주의(素材主義)를 주장하면서, 전후의 단카는 일반인들의 생활적 실감을 담은 리얼리즘에 입각해야 한다고 강조하였다. 지극히 평범하고 이해하기 쉬운 시어의 구사가 두드러지며, 계절 표현 등이 보이지 않는 것도 특징이다.

1955년을 전후로 일본의 가단은 세대교체의 분수령이 되는 시기를 맞이한다. 전쟁 이전부터 가단의 버팀목이던 사이토 모키치나 샤쿠 쵸쿠(釈超空, 1887~1953)[10]와 같은 지도적 가인들이 잇달아 사망하면서 자연적인 세대교체가 이루어지게 되었다. 그 중 특징적 현상의 하나가 전위파(前衛派) 가인들의 등장이다. 쓰카모토 구니오(塚本邦雄, 1922~2005), 오카이 타카시(岡井隆, 1928~), 데라야마 슈지(寺山修司, 1935~1983) 등 연령적으로 전쟁의 상처로부터 비교적 자유로운 전후 가인들이 속속 등장하여 활약하였다. 이들은 주로 모더니즘 계열의 주지적인 현대시적 기법에 사회의식을 조화시킴으로써, 단카의 서정성을 근본적으로 부정하는 반(反)사실주의적 가풍을 전개하였다.

"혁명가 작사가에 기대어져 조금씩 액체화되어 가는 피아노"
「革命歌 作詞家に 凭りかかられて すこしづつ液化 してゆく ピアノ」(1951)

쓰카모토 구니오의 첫 가집 『수장이야기(水葬物語)』(1951)의 서두를 장식하고 있는 대표작이다. 기만에 찬 일본의 혁명 사상을 쉬르레알리슴의 기

---

10 본명은 오리쿠치 시노부(折口信夫)로, 시인, 민속학자, 일본문학 연구가 등으로 알려져 있다.

법을 활용하여 풍자하고 있다. "피아노"는 아름다운 음악적 운율로서의 서정성을 표상하는 시적 장치에 해당하며, "액체화"를 통해 단카 본연의 서정성이 존재적 가치를 상실하고 있음을 암시한다. "혁명가 작사가"는 사상이나 이념적 단카를 창작하는 작자 자신의 자화상으로 볼 수 있다. "혁명", "액체화", "피아노" 등의 이질적 시어의 조합이 기존의 관념이나 수사적 연결고리를 파괴한 전위적 성격을 드러내고 있다.

* 현대 단카와 『샐러드 기념일』

전후부터 오늘날에 이르는 가단의 흐름은 현대인의 복잡한 정서와 인식을 다양하게 반영하고 있다. 가장 두드러진 특징으로는 종래의 가단이 인습적으로 반복해 온 결사를 부정하고, 평화를 앞세운 민주주의 사상을 싱싱한 감수성과 투명한 지성으로 표현하려는 노력을 들 수 있다. 나아가 단카 본연의 낭만적 서정성을 일반인의 일상생활에서 다각도로 추구하려는 자세도 두드러진다. 아직까지도 고전 와카의 산물인 형식의 제약이나 어체(語体)에 대한 논란을 비롯해, 전통적 요소에 시대가 요구하는 현대적 언어감각을 어떻게 조화시킬 것인가가 기본 명제로 대두되고 있다. 물론 주제 면에서도 자연이 아닌 도회적 일상이나 생명감에 입각한 인간의 탐구 등 그 흐름은 다양하다.

그러나 전술한 하이쿠나 단카가 태생적 특성상 쉽게 포기할 수 없는 형식의 제약은 필연적으로 서정성의 중시로 귀결될 수밖에 없으며, 서정성과 현실성, 사상성의 조화는 지금의, 그리고 미래의 일본 가단이 계속 짊어지고 나가야할 과제이다. 이처럼 옛 것과 새로운 것이 조화된 국민문학으로서의 단카의 가능성을 모색해 볼 수 있는 가집으로, 1980년대 중반에

등장하여 현재까지도 많은 사랑을 받고 있는 다와라 마치(俵万智, 1962~)의
『샐러드 기념일(サラダ記念日)』(1987)을 들 수 있다.

> "「신부가 되라」란 말을 캔 소주 두 병에 해버려도 되는 건가요"
> 「「嫁さんになれよ」 だなんて カンチューハイ 二本で言って
> しまっていいの」

> "'Sa'행음을 울리듯 내리는 비 속 멀어져 가는 그대의 우산"
> 「サ行音 ふるわすように 降る雨の 中遠ざかり ゆく君の傘」

> "외계인 같기도 그렇지 않기도 한 마에다에서 이시이로 성이 바뀐 친구"
> 「異星人の ようなそうでも ないような 前田から石井と なりし友人」

『샐러드 기념일』은 제목의 '샐러드'가 암시하듯, 다양한 채소가 엮어내
는 풋풋하면서도 소박하고 담백한 맛처럼, 평범하고도 진솔한 인간적 표
정을 사랑과 삶, 죽음, 우정, 가족, 사회 등 평범한 일상 속의 다양한 소재
로 엮어내고 있다. 일상적 소재의 친숙함과 간결한 어휘의 구사가 다와라
의 매력, 나아가 현대 단카의 일면을 압축적으로 보여준다. 항상 가벼운
듯하지만 그냥 지나칠 수 없는 인간사와 현대사회의 제반 문제가, 때로는
페이소스를 수반한 촉촉한 정감으로 묘사되고 있기 때문이다. 하이쿠나
단카 무용론자들이 흔히 지적하는 단순한 일상잡기적 한적함이나, 이를
달래기 위한 여흥적 성격은 느껴지지 않으며, 현대인의 잔잔한 삶의 애환
을 담은 생활자적 감성과 단카 본연의 낭만적 서정성, 경쾌한 언어감각

등이 절묘한 조화를 이루고 있다.

인용한 첫 번째 구에서는 캔 소주 두 병 뒤에 그림자를 드리운 결혼의 의미성을 반문의 형태로 거론하면서, 인생의 중대사인 결혼을 너무나 안이하게 받아들이는 현대인의 경박한 가치관을 우회적으로 비판한다. 두 번째 구에서의 소리 없이 부슬부슬 내리는 비속을 멀어져 가는 그대(君)의 모습은 전형적인 사랑하는 남녀의 이별 장면을 떠올린다. 그러한 이별의 쓸쓸함을 일본어의 'Sa'행음(行音)의 음감으로 포착하고 있는 것이 인상적이다. 참고로 빗소리의 의성어인 'sarasara', 'sitosito', 'sobosobo'의 감각적 울림이 연상된다. 마지막 구에서는 여성이 결혼하게 되면 남편의 성을 따르게 되는 사회적 관습에 위화감과 의문을 던지고 있다.

이처럼 『샐러드 기념일』에서는 현대의 단카와 하이쿠의 공통적 과제인 전통(서정)과 현실(사상 혹은 정신)의 조화가 참신한 언어감각 속에서 구어와 문어를 넘나들며 자유자재로 표현되고 있으며, 기법 면에서도 첫 번째 구에서 알 수 있듯이, 8·4·6·7·7의 파격적인 음수율과, 의미상 분리되지 않는 단어나 음절이 다음 구에 걸쳐 나타나는 '구마타가리(句跨り)' 등의 형식 파괴를 통해, 고전적 틀에 얽매이지 않으려는 현대 단카의 자유로운 정신성을 엿보게 한다.

제4장

일본 근·현대시 개관

1. 메이지기의 시

1) 신체시(新体詩)의 성립

일반적으로 일본 근대시의 효시는 『신체시초(新体詩抄)』(1882)로 지적된다. 서양의 'poetry'가 일본에 유입되는 가운데, 메이지라는 새로운 시대에 적합한 시적 형태와 방향성을 모색한 실험적 시집이다. 이러한 자각은 '신체시'란 용어에서 나타나며, 대다수가 서양의 시를 모델로 한 번역시(14편)로서, 소수의 창작시(5편)를 포함하고 있다. 편찬자들은 시인이 아닌 당시 도쿄제국대학 소속의 사회학 분야의 교수들로, 군가(軍歌)까지 포함하는 등 실험적 성격이 강한 만큼 문학적 완성도는 낮다.

『신체시초』가 암시하듯, 메이지시대는 내용과 형식의 모든 면에서 서양의 시를 모델로 한 일본의 근대시가 본격적인 출발을 알린 시기이다. 개인의 사상과 감정 표현의 자유를 내세운 근대적 자아를 다양한 시 형식 속에서 추구하였으며, 그 배후에는 전시대의 와카나 하이쿠 등 형식에 제한을 둔 단시형 문학으로는 근대인의 복잡하고 다양한 정신을 표현하기에는 역부족이라는 인식을 담고 있다.

그러나 사상이나 사고보다 정감의 표현을 중시해 온 전통적 요소 또한 여전히 나타나고 있다. 형식은 문어체에 5음과 7음을 주조로 한 정형시가 대세를 이루며, 내용에서는 미와 낭만의 추구가 두드러진다. 한마디로 메이지기의 시는 7·5조, 5·7조에 입각한 문어정형시(文語定型詩)가 주된 흐름으로, 핵심은 낭만적 서정시와 탐미적 감각의 상징시로 요약된다. 메이지기의 시는 정감적 전통과 형식면에서의 근대적 변화가 공존하고 있다.

2) 시마자키 도손(島崎藤村)과 낭만적 서정시

갓 틀어 올린 앞머리가
사과 아래로 보였을 때
앞머리에 꽂은 꽃 빗에
꽃 같은 그대라고 생각했네

살며시 흰 손을 내밀어
사과를 내게 건네줌은
담홍색 가을 열매에
처음으로 누군가를 사랑했음이어라

「まだあげ初めし前髪の / 林檎のもとに見えしとき / 前にさしたる花櫛の / 花ある君と思ひけり // やさしく白き手をのべて / 林檎をわれにあたへしは

/薄紅(うすくれない)の秋の実に/人こひ初めしはじめなり」

— 시마자키 도손(島崎藤村),「첫사랑(初恋)」 제1 · 2연,『새싹집(若菜集)』

예술적 완성도에서 시마자키 도손(1872~1943)의『새싹집』(1897)은 일본 근대시의 실질적 출발점이다. 제목의 '와카나(若菜)'는 인간의 풋풋한 청춘의 감정은 물론, 나아가 일본 근대시의 청춘을 은유적으로 표현하려는 시대선언적 의미를 담고 있다. 기존의 봉건적 도덕이나 인습에 구애받지 않는 뜨겁고 솔직한 감정의 분출을 문어체와 7 · 5조의 전통적 율격 속에서 표현하고 있다.「첫사랑」은 한 행(行)의 음절이 전반부의 7음과 후반부의 5음으로 규칙적으로 반복되는 가운데, 첫사랑의 풋풋한 감정을 묘사하고 있다.

감상 측면에서 주목할 부분은 상대 여성이 시적 화자에게 사랑의 징표로서 사과를 건네주는 행위이다. 항상 남성의 그늘에 가려 순종적이고 수동적인 행동이 요구되어 온 기존의 일본적 관습에서 볼 때, 여성을 에워싼 능동적이고 진취적 사고가 엿보인다. 도손이 추구한 근대적 인식으로서, 새로운 시대의 도래를 암시하고 있다.

『새싹집』을 포함한 도손의 4개 시집은 연애시를 중심으로 구시대의 관습에서 해방된 청춘 남녀의 정서와 감정을 일관되게 표현하는 한편, 인생에 대한 방랑과 이에 촉발된 잔잔한 애수와 감상 등의 낭만적 서정을 담고 있다. 도손의 시사적 의의는 감정의 해방과 자유로운 표현이라는 서양적 사고방식과, 우아한 미적 정감을 중시하는 일본의 전통적 정서를 접목시키면서, 메이지 낭만주의 시를 포함한 근대 서정시의 틀을 확립한 점에 찾을 수 있다.

3) 기타하라 하쿠슈(北原白秋)와 상징시

상징시는 19세기 후반의 프랑스 상징주의를 바탕으로 성립되었다. 상징주의는 상징이라는 언어적 기호(記号)를 활용하여, 작가의 정서나 사상을 표현하려는 문예사조로서, 유럽에서는 일본과 달리, 전대의 낭만주의나 자연주의 문학에 대한 반동으로 성립되었다. 언어를 작자의 감정을 표현하는 단순한 도구로 인식하지 않고, 풍부한 상상력을 바탕으로, 언어 그 자체가 떠올리는 자유로운 연상이나 암시를 중시한다.[11] 상징시가 시인의 미적 의식을 탐미적으로 표현하는 순수문학적 자각에서 출발하고 있음을 엿볼 수 있는 부분이다.

한편 음악적 요소는 상징시의 가장 중요한 요소이다. 상징주의가 대두된 당시의 퇴폐적이고 절망적인 세기말적 분위기를 언어의 음악적 결합과 이미지의 조화에 입각해, 근대인의 권태나 우울의 정서를 탐미적으로 표현하려는 것이 상징시의 본령이다. 그러나 일본어는 언어학적 특성상 교착어(膠着語)[12]에 속하므로, 근본적으로 음악적 요소를 표현하는 데 제약이 뒤따른다. 따라서 일본의 상징시는 음악적 효과보다는 정조(情調)나 관념을 중시하여, 프랑스의 상징주의와는 다소 다른 양상으로 전개되었다.

늦은 봄 실내 안,

해는 질 듯 말 듯, 분수의 물줄기 방울져 떨어지고…

---

11 상징(symbol)과 은유(metaphor)의 차이는, 표현하고자 하는 특정 어휘인 '원관념'을 다른 어휘나 개념인 '보조관념'으로 대체하여 묘사할 때, 상징의 경우는 양자의 관계가 의미적으로 무관한 불일치적 연상(聯想) 관계에 놓이는데 비해, 은유는 의미적 연관성을 지닌다는 점에 있다.

12 문법적 기능을 어근과 접사(接詞)와의 결합의 연속으로 나타내는 언어의 형태로, 반대는 굴절어(屈折語)

그 아래 아마릴리스 꽃 빨갛게 아른대고,

보드랍게 향기 내뿜는 헬리오트로프 꽃.

젊은 날의 요염함에 달아오른 마음 심란해라.

晩春の室の内,／暮れなやみ, 暮れなやみ, 噴上の水は したたる…／そのも

とにあまりりす赤くほのめき,／やはらかにちらぼえるヘリオトロオプ.／わ

かき日のなまめきのそのほめき, 静こころなし.」

－ 기타하라 하쿠슈, 『사종문(邪宗門)』, 「실내정원(室内庭園)」 제1연

늦은 봄의 계절적 감각에 촉발된 청춘의 감상적인 기분을, 당시로서는
도회적인 하이칼라 취미의 도시적 공간인 실내정원에 담아 감각적으로
표현한 작품이다. 이 시가 수록된 하쿠슈의 제1시집 『사종문』(1909)은 시인
의 고향 규슈(九州)의 이국적 남만취미(南蛮趣味)[13]를 반영한 개성적 시집으로,
화려한 언어의 마술사로 불리는 하쿠슈 시세계의 매력을 느낄 수 있다.

이 시에서는 늦은 봄의 생리적 나른함과 권태의 정서가 "분수의 물줄
기", "빨간 아마릴리스 꽃", "헬리오트로프 꽃" 등의 감각적 시어를 통해
상징적으로 표출되고 있다. 늦은 봄의 실내정원에서 뿜어져 나오는 "분수
의 물줄기"로부터 후덥지근한 정원의 공기를 떠올린다. 나아가 정원 안에
피어 있는 "빨간 아마릴리스 꽃", "헬리오트로프 꽃" 등의 서양의 꽃들이

---

13 남만이란 남쪽의 야만인이란 뜻으로, 원래는 홍모(紅毛)로 대표되는 네덜란드에 대해,
포르투갈, 스페인을 가리키는 말이나, 여기서는 포괄적으로 이국적 서구 문물과 이에
대한 특별한 관심을 지칭한다. 참고로 일본은 에도시대에 정치적으로는 쇄국정책을
실시하였으나, 통상 면에서는 규슈지역을 교역창구로 삼아, 네덜란드, 포르투갈 등과
교류를 계속한 결과, 당시 규슈지역에는 '기리시탄(キリシタン)'으로 불리는 기독교
관련 문물을 비롯한, 이국적 분위기의 건물이나 풍물이 남아 있었다.

내뿜는 강렬한 향기는 마지막 부분의 "젊은 날의 요염함에 달아오른 마음"과 시적 호응을 이루며, 생리적으로 나른하고 달콤한 늦은 봄의 계절적 기분을 후각적으로 형상화하는 가운데, 이에 도취된 청춘의 관능적 정서를 자극한다. 늦은 봄이 떠올리는 퇴폐적이고 감각적인 인상을, 외부의 사물에 빗대어 상징적으로 표현하고 있는 것이다.

하쿠슈의 탐미적 성격의 감각적 상징시는 감바라 아리아케(蒲原有明, 1875~1952), 미키 로후(三木露風, 1889~1964) 등의 명상풍(瞑想風)의 관념적 상징시와 함께, 메이지 상징시의 주류를 이루는 한편, 시마자키 도손으로 대표되는 낭만적 서정시와 더불어 메이지 시가의 핵심적 존재로 평가된다. 상징시는 최근의 현대시에서도 대표적 장르로서, 그 계보가 이어지고 있다.

2. 다이쇼기의 시

1) 시대배경과 전체적 특징

다이쇼기 시의 가장 큰 성과로는 구어자유시(口語自由詩)의 성립을 들 수 있다. 메이지기의 문어정형시로부터 구어자유시로의 변화는, 시의 전체적 틀이 미적 정감의 추구에서, 현실을 의식하는 일상성(생활성)과 사회성의 도입으로 전환되었음을 의미한다. 다이쇼기는 대외적으로는 제1차 세계대전과 러시아혁명, 대내적으로는 관동대지진의 발생 등 사회적으로 격동의 시기였다.

국내외의 사회적 혼란은 필연적으로 시의 관심이 화조풍월이나 감정표현의 장식적 도구가 아닌, 현실을 인식하고 이를 표현하는 생활자적인

도구로 탈바꿈하는 계기를 제공하였다. 시속에 생활의식과 사회의식이 도입되면서, 사회를 살아가는 인간의 복합적인 사고를, 수사적 장식을 제거한 일상어인 '구어'와, 형식상의 제약을 타파한 '자유시'의 형태로 표현하게 된 것이다. 또한 시 본연의 예술적 가치성을 추구하면서도, 민주주의나 사회주의와 같은 사상적 흐름의 영향아래, 일반 대중의 삶의 모습을 직시하려는 자세가 두드러진다. 민본주의(民本主義)로 불리는 '다이쇼 데모크라시(大正デモクラシー)'[14]의 영향으로, 전시대의 감정이나 정서 중심의 시로부터, 시인의 정신이나 사상을 중시하는 시적 태도의 변화가 발생한다. 다이쇼 말기에 등장한 전위파의 활약 또한 시의 형태나 정신에 전면적 변혁을 초래하였다.

2) 구어자유시의 성립과 전개

대내외적으로 급변하는 사회정세는 시 속에 일상생활에 밀착된 소재를 제공하였고, 실생활의 모습과 사회에 대한 관심은 구어체의 구사와 직설적 어법으로 나타나게 되었다. 다시 말해 기존의 문어정형시가 미적 어감이나 리듬의 규칙성 등에서 이른바 낭독에 적합한 '노래하는 시(歌う詩)'로서의 성격을 갖는다면, 구어자유시는 주정적(主情的) 정감보다는 근대인으로서의 생활자적 자세를 중시하고, 인간의 사상이나 사고를 표현하는 '생각하는 시(考える詩)'로 요약 가능하다.

---

14 다이쇼기에 현저하게 대두된 민주주의적 · 자유주의적 풍조. 헌정옹호와 보통선거 운동 등 일련의 민주주의와 자유주의 · 사회주의 사상이 격앙되면서, 종래의 제도나 사상에 대한 개혁이 시도되었다.

이웃집 곡식 창고 뒤로
지저분한 쓰레기장의 찌는 냄새,
쓰레기더미 속에 배어 있는
갖가지 쓰레기의 악취,
장마철 저녁 속에 흘러 떠돌고
하늘은 활활 이글대고 있다.

「隣の家の穀藏の裏手に / 臭い塵溜が蒸されたにほひ, / 塵溜のうちには

こもる / いろいろの芥の臭み, / 梅雨晴れの夕をながれ漂よつて / 空はかつ

かと爛れてる.」

— 가와지 류코(川路柳虹 1888~1959), 「쓰레기장(塵塚)」, 1907, 제1연

  일본 구어자유시의 효시로 기억되는 작품으로, 우선 "쓰레기장"이라는
제목이 파격적이다. 장마철 뜨거운 태양의 열기 속에서 악취를 내뿜는 쓰
레기장의 후각적 인상은 당시 서민들의 열악한 생활상을 암암리에 떠올
린다. 시인의 시선과 관심은 기존 서정시의 생명인 미사여구(美辞麗句)의
시적 표현에서 벗어나, 일반 서민의 삶에 밀착되어 있다. 이 시를 주도하
고 있는 구어시 특유의 직설적 어법은 문어시의 함축적이고 우아한 정감
이나 여정보다는, 시인이 일상생활을 통해 전하려는 정신과 사상을 표현
하는 데 적합하다. 다이쇼기 이후 구어자유시가 대세를 이루며 오늘날에
이르고 있는 이유를 엿볼 수 있는 부분이다. 그 배후에는 급변하는 사회
를 살아가는 현대인의 복잡하고 다양한 정서와 사고를 표현하기 위해서
는 구어체의 일상어가 필수적이라는 인식이 작용하고 있다.

이러한 흐름은 다이쇼기 시단의 한 축을 담당한 '민중시파(民衆詩派)'의 민중시(民衆詩)로 이어지게 된다. 민중시파는 1910년대 중반 이후의, 인도적 민본주의 사상의 확산 속에서, 민중(서민)들의 열악한 생활 모습과 애환을 소박한 시어로 표현한 그룹이다. 건조하고 직설적인 구어체로 인해 비록 예술성은 떨어지나, 시에 사회성을 도입한 점에서 훗날 프롤레타리아 시의 단서를 제공한 것으로 평가된다. 대표적 민중시인으로는 시집 『민중의 말(民衆の言葉)』(1916)로 알려진 후쿠다 마사오(福田正夫 1893~1952) 등을 들 수 있다.

3) 다카무라 고타로(高村光太郎)와 하기와라 사쿠타로(萩原朔太郎)

민중시에 결여된 구어자유시의 문학적 완성도는 다카무라 고타로(高村光太郎, 1884~1956)와 하기와라 사쿠타로(萩原朔太郎, 1886~1942)에 의해 시적 결실을 맺게 된다.

> 내 앞에 길은 없다
> 내 뒤에 길이 나타난다
> 아, 자연이여
> 아버지여
> 나를 홀로 서게 한 광대한 아버지여
> 내게서 눈을 떼지 말고 지켜주오
> 항상 아버지의 기백을 충만케 해 주오
> 이 머언 도정을 위해
> 이 머언 도정을 위해

「僕の前に道はない / 僕の後ろに道は出来る / ああ, 自然よ / 父よ / 僕を一
人立ちにさせた広大な父よ / 僕から目を離さないで守る事をせよ / 常に父の
気魄を僕に充たせよ / この遠い道程のため / この遠い道程のため」

ー다카무라 고타로, 「도정(道程)」, 『道程』, 1914

일본 구어자유시의 개척자로 평가되는 다카무라 고타로의 대표작으
로, 삶에 대한 강한 개척자적 정신을 "아버지"로 비유된 자연의 숨결 속
에서 묘사하고 있다. 수사적 장식을 제거한 구어시 특유의 평이함 속에
서도, 강인한 삶에 대한 의지가 시인이 추구하는 인생 "도정"의 무게를
느끼게 한다. 시집 『도정』에는 이와 유사한 휴머니즘 성격의 인도주의
시가 다수를 차지하고 있으며, 당시 소설 분야의 잡지 『시라카바(白樺)』를
거점으로 활약한, '시라카바파' 작가들의 이상주의적 성향과 축을 같이하
고 있다.

시 「도정」에서는 시인이 추구하던 이상이 단순히 실현 불가능한 허상이
나 과장이 아닌, 현실적으로 도달 가능한 목표임을 암시한다. 시 전체를
감싸고 있는 특유의 남성적 기백과 삶에 대한 긍정적 자세는 휴머니즘
시인으로서의 사상적 골격을 제시하고 있다. 어법적으로 "자연이여", "아버
지여", "지켜주오", "충만케 해 주오" 등의 명령조의 강한 외침과, 마지막
2행에서의 "이 머언 도정을 위해"의 반복이 일정한 리듬감을 형성하면서,
이 시의 주제인 미래의 삶에 대한 개척 의지를 부각시키고 있다. 문어정형
시와는 구별되는, 구어자유시 특유의 내재율(內在律)로, 예술적 완성도를 겸
비한 구어자유시의 가능성을 엿볼 수 있다.

한편 다카무라 고타로가 제시한 구어자유시의 예술성을 완성시킨 시

인으로, 일본 근대시사에서 가장 개성적인 시인으로 평가되는 하기와라 사쿠타로를 들 수 있다.

　　반짝이는 땅 위에 대가 돋아,
　　파란 대가 돋아,
　　땅 밑으로 대 뿌리가 돋아,
　　뿌리가 점점 가늘해져,
　　뿌리 끝에서 솜털이 돋아,
　　희미하게 아른대는 솜털이 돋아,
　　희미하게 떨려.

　　딱딱한 땅 위에 대가 돋아,
　　지상에 칼날처럼 대가 돋아,
　　솟구치듯 대가 돋아,
　　얼어붙은 마디마디 초롱초롱히,
　　파란 하늘 아래 대가 돋아,
　　대, 대, 대가 돋아.

　「光る地面に竹が生え,/青竹が生え,/地下には竹の根が生え,/根がしだ
いにほそらみ,/根の先より繊毛が生え,/かすかにけぶる繊毛が生え,/かす
かにふるへ.//かたき地面に竹が生え,/地上にするどく竹が生え,/まつしぐ
らに竹が生え,/凍れる節節りんりんと,/青空のもとに竹が生え,/竹, 竹, 竹
が生え.」

　　　　　　　　－하기와라 사쿠타로,「대(竹)」,『달에 짖다(月に吠える)』, 1917

제1시집인『달에 짖다(月に吠える)』(1917)의 특징은 언어가 설명이나 개념이 아닌, 영상 그 자체로 이미지화되고 형상화되고 있는 점에 있다. 이 시 또한 지면에 돋은 대나무의 줄기와 땅 밑으로 뻗은 뿌리의 모습을 상상 속의 실존적 존재로 포착하여, 이를 예리한 언어감각으로 승화시키고 있다. 기존 시의 특징인 종지형을 대신한 중지형 어법의 채택은 생명감의 표상으로서의 "대"의 줄기가 "땅 위"와 "땅 밑"으로 자라 뻗어나고 있음을 각인시킨다.

사쿠타로는 메이지 말기의 한 축인 난해한 관념적 상징시를 배격하는 한편, 반(反)자연주의 입장에서 새로운 시의 예술성과 서정성을 모색하고 있다. 그것은 인간의 본능적 욕구와 정서를 솔직하게 응시하는 것으로서, 『달에게 짖다』와『파란 고양이(靑猫)』(1923) 등의 초기 시집에서는 병적에 가까운 환상과 관능, 고독, 우울 등의 퇴폐적 분위기가 두드러진다. 이와 같은 정서적 이질성과 감각적 어휘 구사는, 구어체의 예술적 가치를 완성시킨 개성적인 시인으로서, 일본 근대시의 새로운 지평을 개척했다고 평가된다.

4) 전위파(前衛派)의 시절

다이쇼 말기인 1923년 9월 일본 근대사의 가장 큰 자연재해인 관동대지진이 발생하여, 도쿄와 요코하마 등의 대도시는 하루아침에 폐허로 변하고 말았다. 대지진 후 일본은 경제나 사회적으로 재건과 변혁에 박차를 가하게 되었고, 문학에서는 자연스럽게 기존의 전통적 요소를 부정하고, 새로운 것을 생성해 내려는 왕성한 에너지의 분출로 이어지게 된다.

가장 기억해야 할 것이 다이쇼 말기의 '아방가르드(avant-garde)'[15]로 불리는 전위적 예술운동이다. 핵심적 성격은 예술이나 사상에서 개인주의나 리얼리즘 등의 기존 관념과 이에 입각한 유파를 파괴, 부정함으로써 새로운 가치를 창조하려는 혁명적인 태도에 찾을 수 있다. 구체적으로는 제1차 세계대전경부터 유럽에서 발생한 입체파, 미래파, 표현파, 추상파, 초현실파 등의 혁신적 예술운동인 모더니즘문학 운동의 영향으로 성립되었다.

일본의 전위파 시 운동은 미래파 시인이자 사상가인 히라토 렌기치(平戸廉吉, 1893~1922)에 의해 시작되었다. 히라토는 제1차 세계대전 후 이탈리아에서 발생한 미래파의 영향 속에서 모든 기존 예술의 미적 가치의 파괴와 부정을 기치로 삼으려, 문자의 대소배열과 같은 언어의 시각적 효과를 염두에 둔 공간적 입체시를 주장하였다. 이를 계기로 당시의 일본 시단에서는 다다이즘,[16] 아나키즘[17] 등의 입장에 선 혁명적인 신시 운동이 잇따라 등장한다.

이들은 공통적으로 제1차 세계대전과 관동대지진 후의 정신적 황폐감 속에서 피로와 권태, 자포자기와 같은 근대인의 불안심리를 해결하려는 공통된 목적의식을 지니고 있다. 기존의 문명이나 지성을 부정하고 사회의 가치체계를 새롭게 인식하는 저항적 태도를 취하는 한편, 자기의 관능적 향락이외에는 어떠한 가치도 인정하지 않는 반역의 모습을 산문적 형식

---

15 전위(前衛)와 동의어. 전술한 대로 전위는 군대에서 본대(本隊)에 앞서 정찰이나 선제 공격을 맡는 작은 부대를 가리키던 말이었으나, 혁명운동가인 레닌에 의해 대중의 자연발생적인 반항을 표방한 혁명가 집단을 지칭하는 용어로 전용된 후, 다시 예술분 야로 그 적용이 확대되었다.

16 dadaïsme. 제1차 대전 후 루마니아의 시인 짜라(T·Tzara, 1896~1963)에 의해 일어난 파괴주의 예술운동으로, 전통의 부정, 이성의 멸시, 권위에 대한 반항을 주장

17 anarchism. 개인의 절대적 자유와 평등을 목표로, 모든 정치적 권위를 부정한 채, 무정부(無政府)의 이상을 실현하려는 운동

속에 표현하였다. 무기력한 실생활의 퇴폐적 단면을 다루거나 근대 자본주의 문명에 대한 저주와 절망감을 표현하는 등, 기존의 것에 대한 철저한 부정과 파괴로 대변된다. 다음은 『사형선고(死刑宣告)』(1925)의 하기와라 교지로(萩原恭次郎)와 함께, 대표적인 전위파 시인으로 일컬어지는 다카하시 신키치(高橋新吉, 1901~1987)의 「접시(皿)」라는 시이다.

　　접시접시접시접시접시접시접시접시접시접시접시접시접시
　接시접시접시접시접시접　시접시
　　　권태
　　　　이마에 지렁이가 기어가는 정열
　　　　백미색(白米色) 에이프런으로
　　　　접시를 닦지 마라
　　　콧집이 검은 여인
　　　　그곳에도 해학이 움틀대고 있다
　　　　　인생을 물에 녹여
　　　　차가운 스튜 냄비에
　　　　무료함이 뜬다
　　　　접시를 깨라
　　　　접시를 깨면
　　　권태의 울림이 나타난다

「ㅤ|||||||||||||||||||||||||||||||||||||||||||||||||||||||||||||||||||||||||||||||||| / 倦怠 / 額に蚯蚓

が這ふ情熱 / 白米色のエプロンで / 皿を拭くな / 鼻の巣の黒い女 / 其処

にも諧謔が燻すぶつてゐる / 　人生を水に溶かせ 　冷めたシチューの鍋に

／　退屈が浮く／　　皿を破れ／　　皿を破れば／　倦怠の響きが出る」

　　－다카하시 신키치, 「접시(皿)」, 『다다이스트 신키치의 시(ダダイスト新吉の詩)』, 1923

　　다다이즘적 성향의 시로, 서두에 "접시(皿)"를 연속적으로 22개 배치함
으로써, 실제로 접시가 끊임없이 나열되어 있는 듯한 착시 효과를 이끌어
내고 있다. 무미건조한 일상생활에 지친 근대인의 광기(狂気)적 권태감을
시각적으로 나타내려는 의도이다. 들쑥날쑥한 행의 배열은 당시의 전위
파 시들의 공통적 특징인 형식주의(formalism)[18]적 요소에 해당하며, 나열된
접시의 숫자만큼, 씻고 닦아야 하는 심적 부담감과 노동에 대한 혐오감이
느껴진다. 물질인 접시 뒤에 "권태"라는 관념적 명사를 내던지듯 배치한
절묘한 수사기교 또한 인상적이다. 제3행 이후는 실제로 식당에서 접시
를 닦으며 일하고 있는 근로자들의 모습이 떠오른다. 정감적 표현을 배제
하고, 지극히 간결한 이미지의 구사를 통한 해학적 요소는, 기존의 정감
과 정경을 결합한 서정적 묘사태도와는 확연히 구별된다.
　　물론 이 시는 최소한의 의미의 연관관계 없이 그냥 읽어 내려가도 무
방하다. 한없이 나열된 접시라는 시어가 독자로 하여금 인생의 "권태"와
"무료함"을 기호적으로 인상짓기 때문이다. 기존의 모든 시적 구성과 형
식을 파괴하려는 선구적이고 실험적인 정신의 결과물이다. 시 속 영상은
단어 간의 연결성을 단절하고 해체하면서, 권태와 무료함이 가득 찬 현대
물질사회의 단면을 "해학"으로 포착하고 있다.

---

18 formalism. 시의 내용보다 문자의 대소 배열이나 기호(記号)의 사용 등의 시각적 효과
　에 중점을 두거나, 불규칙한 들어 쓰기 등 기존의 형식적 틀을 파괴하는 입장. 이러한
　공간적 입체감은 전위파나 후술할 쇼와기의 모더니즘 계열 작품의 즉물적(即物的)
　묘사에 커다란 영향을 주었다고 지적된다.

이처럼 전위파의 시는 시각적 언어를 앞세운 기발한 표기가 감각적 신선함을 느끼게 하지만, 시의 소재나 언어적 유희에 치우친 나머지, 이데올로기적으로는 확실한 지평을 제시하지 못한 채, 쇼와 초기의 프롤레타리아 운동과 모더니즘 시 운동으로 이어지게 된다. 그러나 시의 형태와 정신을 근본적으로 변혁하려는 실험적 태도는 근대시로부터 현대시로의 시대적 전환을 의미한다는 점에서, 시사적 가치는 결코 작지 않다.

3. 쇼와 전기(前期)의 시

1) 쇼와시의 시작과 프롤레타리아 시

쇼와 전기는 시기적으로 쇼와의 시작부터 태평양전쟁을 비롯한 제2차 세계대전까지이며, 크게 프롤레타리아 시, 모더니즘 시, 현대 서정시, 전쟁시로 나눌 수 있다. 가장 먼저 등장한 프롤레타리아 시는 다이쇼기에 새로운 계층으로 부상한 노동자(프롤레타리아)의 투쟁 의식을 적극적으로 표현한 사상시로서의 면모를 지닌다. 도시 노동자들과 가난한 농민들의 삶의 애환을 직설적으로 묘사하는 가운데, 모든 전통적 서정이나 낭만성 및 시적 수사를 배제하고 있다. 그들은 시를 예술표현이 아닌, 오로지 자신들의 정치적 사상을 주장하는 도구로 인식하였기 때문이다.

문학적 완성도보다 이념과 사상을 강조하는 기본적 자세는 전술한 민중시파와 일맥상통하는 점으로서, 문학 본연의 예술적 가치에 근본적인 결함을 지닐 수밖에 없다. 그러나 민중시파의 시가 일반 민중들의 현실적 삶의 애환을 고발하는 것임에 비해, 프롤레타리아 시인들은 부르주아

계층에 맞서는 노동자들의 뚜렷한 계급적 자각과 투쟁의식을 전면에 내세우며, 문학(예술)과 이념(이데올로기)의 관계를 주체적으로 인식하였다. 그들에게 시(문학)는 계급투쟁의 도구이자 절대적 수단이며, 자신들의 이념과 정치적 자세를 표현하는 자체가 예술이라는 확고한 가치관을 지니고 있었다. 이른바 사상적 전위파로서, 이어 등장하는 예술적 전위파로서의 모더니즘 시 운동이나 그 전신인 다이쇼 말기의 전위파 시 운동과는 구별된다.

2) 모더니즘 시 운동과 『시와 시론』

제1차 세계대전 후 유럽에서는 새로운 문학의 형태와 정신을 모색하는 범세계적인 문예운동인 모더니즘(modernism) 운동이 확산되었다. 유럽의 모더니즘문학 운동은 정서 표현을 중시하는 낭만주의 등의 기존 문학에 반항적 태도를 취하면서, 새롭고 실험적인 문학적 방법론을 모색하였다. 무엇보다 시의 언어를, 시인의 감정이나 정서를 표현하는 도구로 여기는 것에 반감을 드러내며, 시에 있어 가장 중요한 것은 언어라는 공통된 인식을 바탕으로, 언어 자체의 감각적 이미지를 중시하는 언어유희적 수사기교를 추구하였다. 세부적으로는 기존의 전위파 운동을 발전시키는 형태로, 이미지즘, 주지주의, 미래파 운동, 다다이즘, 쉬르레알리슴, 표현주의 등 참신한 언어감각을 추구한 모던적 문예사조를 통칭한다.

한편 일본의 모더니즘 시 운동은 프롤레타리아 시에 대한 반기로부터 시작되었다. 프롤레타리아 시의 치명적 결함인 예술성의 결여와, 언어를 시인의 정치적 사상의 도구로 인식하는 자세에 거부감을 드러내면서, 언어를 시의 유일한 목적이자 행위 및 대상으로 여기는 순수시적 자각을 표방하였다. 구체적 성과는 계간지 『시와 시론(詩と詩論)』(1928~1933)을 통해 확인된다. 동 잡지는 유럽 모더니즘 운동에 관련된 갖가지 이론과 작품들을 속속 소개하면서, 쇼와 초기 시단의 흐름을 주도하게 된다. 프랑스어로 '에스프리 누보'(esprit nouveau)로 불리는 신시정신(新詩精神)을 기치로 삼아, 다양한 독창적 시론과 창작을 모색하였다. 구체적으로 메이지 낭만주의 시로 대변되는 주정적 서정시와, 상징시 본연의 음악성을 배제한 관념적 상징시, 그리고 다이쇼기의 민중시파의 장황한 구어시를 모두 무시학적(無詩學的) 태도의 산물로 규정하였다.

『시와 시론』의 주된 내용은 후술할 초현실주의를 비롯해, 문자의 크기 및 농담(濃淡), 기호 등의 시각적 표현을 중시한 형식주의적 시법, 『시와 시론』의 대표적 이론가인 기타가와 후유히코(北川冬彦, 1900~1990)가 주장한 일행시(一行詩) 및 단시(短詩)·신산문시(新散文詩) 운동, 시 속에 시나리오 형식을 도입하여 영화가 전개되듯이 시적 이미지를 구성해 나가는 영화시(cine-poem), 그리고 이미지즘(imagism) 시 등을 들 수 있다.

이 중 이미지즘은 중심적 시인이자 이론가인 흄(T. E. Hulme, 1883~1917), 에즈라 파운드(Ezra Pound, 1885~1972) 등의 영향을 받아, 전대 낭만주의의 주정적 묘사태도에 반기를 든 것이다. 이미지는 하나의 어휘가 마음속에서 즉각적으로 떠올리는 감각적 인상 즉 심상(心象)을 가리키며, 따라서 이미지즘 시인들은 명확한 시각적 영상의 제시를 통해, 감각적이고 회화적으로 시를 구성하였다. 그들에게 시의 어휘는 오직 지적(知的)으로 형상화될 뿐으로, 이를 통한 감각적 영상의 창출은 이미지즘 시의 본령이다. 참고로 이미지 중시의 감각적 형상화에 인간의 지성 및 이성을 조화시킨 것이 주지주의(主知主義, intellectualism)로, 감정이나 선입견을 배제한 채 대상을 지적으로 파악하는 태도이다.

『시와 시론』으로 대표되는 일본 모더니즘 시 운동의 가장 주목할 문예 사조로는 초현실주의 즉 쉬르레알리슴(surréalisme)을 들 수 있다. 시로부터 통속적인 의미나 관념, 상징을 박탈하고, 무의식과 투명한 시적 상상력을 토대로 비현실적이고 신비한 추상적 공간의 창출에 주력하였다. 대표적 이론가인 프랑스의 앙드레 부르통(Andre Breton, 1896~1970)은 '자동기술법(自動記述法)'[19]을 통해, 인간이 지적으로 추구하는 이성과 사회적 도덕에 억압된 내면의 무의식·잠재의식 등을 형상화하고 있다.

다음은 초현실주의를 비롯한 일본 모더니즘 시의 특징을 종합적으로 엿볼 수 있는 작품으로, 니시와키 준자브로(西脇順三郎, 1894~1982)는 대표적인 초현실주의 시인이자, 일본 모더니즘 시 운동의 지도자로 평가된다.

(뒤집혀진 보석)같은 아침
몇몇이 문 앞에서 누군가와 속삭인다
그것은 신이 탄생한 날

「(覆された宝石)のやうな朝 / 何人か戸口にて誰かとささやく / それは神
の生誕の日」

— 니시와키 준자브로, 「날씨(天気)」, 『Ambarvalia』, 1933

---

19 프로이드의 정신과학 학설을 응용하여 꿈이나 무의식의 상태를 언어를 통해 표현. 이때 시인은 외부의 그 어떤 영향도 배제한 심리상태에서 즉흥적 시적 서술을 도모하게 되며, 그것은 결국 논리적으로 인식되지 않는 대상의 원초적 이미지로서, 기존의 인습적 판단에 얽매여 온 모든 미적 판단이나 도덕적 사고를 제거하는 데 목적을 둔다.

화창한 아침 햇살에 촉발된 보석과 같은 청명한 시적 상상력이, 무의식적으로 "신이 탄생한 날"이라는 신비로운 공상적 분위기를 떠올린다. 제목인 "날씨"를 비롯해, "아침", "문", "신", "탄생" 등의 어휘 사이에는 어떤 논리적 연결고리도 인정되지 않는다. 특히 "뒤집혀진 보석"을 괄호 안에 넣음으로써, 단순히 아침을 수식하는 비유가 아닌, 독립적이고 원초적 이미지를 형성한다. "신이 탄생한 날"의 신화적 초현실의 세계가 "날씨", "아침", "문" 등의 현실 세계의 영상과의 긴밀한 조화 속에서 신비한 느낌으로 다가온다. 따라서 "날씨", "보석", "아침", "문 앞", "신" 등은 현실적 관념이나 의미와는 무관한 형태로 각각 독립적 이미지를 형성하면서, 이질적인 미의 세계를 구축하고 있다.

3) 쇼와 서정시의 요람 『사계(四季)』와 『역정(歷程)』

쇼와 초기의 모더니즘 시 운동이나 그 씨를 뿌린 다이쇼 말기의 전위시 운동은 시 형태의 변혁과 언어의 기교적 구사 등에 치우친 결과, 인간의 삶을 반영하려는 현실적 자세가 결여되어 있었다. 또한 다이쇼기의 민중시파나 쇼와 초기의 프롤레타리아 시 등 일련의 사회성과 사상성을 강조한 시들은 필연적으로 일본의 시가 속에서 오랜 전통으로 강조되어 온 서정성을 간과하게 되었다. 이러한 흐름에 대한 반성적 자각으로 시 잡지 『사계(四季)』와 『역정(歷程)』을 중심으로 한 쇼와 10년대의 시단이 형성되면서, 서정성과 현실성이 조화된 새로운 서정시를 추구하게 되었다. 흔히 '쇼와 서정시'로 불리며, 현대에까지 이르는 서정시의 성격과 골격을 제시하고 있다.

* 『사계(四季)』

계간지 『사계(四季)』는 1933년 5월에 창간되어 1987년까지 5차에 걸쳐 단속적으로 발행되었으며, 제2차가 끝나는 1944년 6월까지가 핵심적 시기에 해당한다. '사계파' 시인들의 주된 경향은 생에 대한 휴머니즘적 인식을 바탕으로, 자연이나 전원의 품속에서 이를 차분히 관조하고 음미하는 가운데, 낭만적 서정시로서의 전통과 신시대의 투명한 지성을 조화시킨 현대적 서정시를 모색하는 것이었다.

기법 면에서는 시각과 청각, 후각 등 오관(五官)의 조화 속에서, 참신한 공감각적 묘사와 사물에 임하는 주지적 태도 등의 모더니즘적 요소를 가미하였다. 세부적으로는 14행으로 이루어진 영시의 소네트(sonnet) 형식과, 중세 가요인 '이마요(今樣)[20]의 4행시 형식 등, 서양과 일본을 아우르는 개성적 리듬과 형태를 전개하였다. 이처럼 일본과 서양적 요소의 조화 속에서 새로운 서정시의 골격을 모색하려는 움직임은 일본의 고전에 회귀하려는 전통 취향성과, 메이지 이후 지속적으로 유입된 서양시의 흐름을 적절히 융합한 결과이다. 다음에 소개하는 시는 다치하라 미치조(立原道造, 1914~1939)와 함께 사계파의 중심시인인 미요시 다쓰지(三好達治, 1900~1964)의 작품이다.

다로가 잠들도록, 다로 집 지붕에 눈 내려쌓인다.
지로가 잠들도록, 지로 집 지붕에 눈 내려쌓인다.

---

20 헤이안 중기부터 가마쿠라 초기에 걸쳐 유행한 당세풍(当世風)의 가요로, 7·5조의 4구(句)로 이루어져 있다.

「太郎を眠らせ，太郎の屋根に雪ふりつむ. / 次郎を眠らせ，次郎の屋根に 雪ふりつむ.」

— 미요시 다쓰지, 「눈(雪)」, 『측량선(測量船)』, 1930

단 2행에 불과한 간결한 구성과 어휘의 구사에 『시와 시론』의 단시 운동의 영향을 엿볼 수 있다. "다로(太郎)"와 "지로(次郎)"는 일본인에게 흔한 이름으로, 남자아이를 떠올린다. 집 밖에 소리 없이 눈이 내려 쌓이고 있는 가운데, 하루 종일 뛰어놀다가 이제는 곤한 잠에 빠져있는 "다로"와 "지로"의 모습이 연상된다. 한적하고 평화로운 민화(民話)적 겨울 풍경을 참신한 시각적 영상미와 투명한 언어감각으로 압축하고 있다. "다로"와 "지로"를 같은 집의 형제로 보아도 무방하나, 다른 지붕 아래 잠들고 있는 아이로 보는 편이 효과적이다. 동일한 어구의 반복에 따른 운율적 효과가, 온통 하얀 눈으로 뒤덮인 마을 전체의 모습으로 확대되기 때문이다.

* 『역정(歷程)』

전통적 서정에 무게중심을 둔 『사계』와는 달리, 현실에 입각한 개성적 세계를 구축한 잡지로, 1935년에 창간되어 오늘날까지 간행되고 있는 『역정(歷程)』을 들 수 있다. 동 잡지는 특정한 시적 이념으로 통일되지 않는 개별적 성격 속에서도, 넘치는 생명감과 소탈한 서민적 감각이 두드러진다. 동인들의 대다수는 인도주의, 다다이즘, 모더니즘(주지주의) 등, 다이쇼 말기부터 쇼와 초기에 이르는 다양한 시적 경향을 추구하면서도, 전체적으로는 특정 주장이나 주의에 치우침 없이 창조적이고 개성적인 세계를 전개하고 있다. 사회나 국가, 민족, 전통 등의 기존 질서에 회의를 느끼며, 강인한 서민적 정신을 바탕으로 인간으로서의 존재나 삶의 의미를 응시한다. 이데올로기를 앞세운 프롤레타리아 시나 모더니즘의 과도한 기교를 부정하는 한편, 풍부한 감수성과 지적인 언어의 구사를 통해, 생명감(생명의식)에 관심을 기울인다.

춥구나.
아 춥구나.
벌레가 울고 있구나.
아 벌레가 울고 있구나.
이제 곧 땅 속이구나.
땅속은 싫구나.
야위었구나.
너도 무척 야위었구나.
무엇이 이토록 애달픈 걸까.
배일까.
배를 따면 죽는 건가.
죽고 싶지 않구나.
춥구나.
아 벌레가 울고 있구나.

「さむいね. / ああさむいね. / 虫がないてるね. / ああ虫がないてるね. / もうすぐ土の中だね. / 土の中はいやだね. / 痩せたね. / 君もずいぶん痩せたね. / どこがこんなに切ないんだらうね. / 腹だらうかね. / 腹とったら死ぬだらうね. / 死にたかあないね. / さむいね. / ああ虫がないてるね.」

—구사노 심페이, 「가을밤의 대화(秋の夜の会話)」, 『제백계급(第百階級)』, 1928

구사노 심페이(草野心平, 1903~1988)는 『역정』의 중심적 시인으로서, 유독 개구리 관련 시를 다수 남기고 있어, 흔히 개구리의 시인으로도 불린다. 시집 『제백계급』의 45편의 시는 모두 개구리와 관련된 것들로, 이 시는 동 시집의 서두시이자, 대표작이다. 참고로 시적 화자를 인간이 아닌, 동물이나 다른 대상을 등장시켜, 그 속에 시인의 사상이나 감정을 위탁하여 표현하는 것은 일본 근대시의 일 특징이다.

　제목이 암시하듯 겨울잠에 들어가기 직전의 두 마리 개구리의 대화를, 단순한 의인화를 넘어 마치 인간의 일상적 대화처럼 전개하고 있어, 동면(冬眠)을 앞 둔 개구리의 심정과 사고가 고스란히 인간의 것으로 전환된다. 대화의 내용은 음울하고 긴 가을밤의 추위와 배고픔 및 동면에 대한 두려움이다. 동면을 에워싼 개구리의 대화는 늦가을의 계절적 애수를 초월하여, 자연스럽게 인간 생활의 궁핍함으로 시적 의미를 확장한다. 제9행의 '애달프다'라는 감정적 시어를 배치한 이유가 여기에 있다. 개구리의 신체부위 중 가장 특징적인 "배"를 통해, 시 속 화자가 개구리임을 암시하는 한편, 추위와 배고픔이라는 인간을 포함한 생물체의 본능을 생생하게 부각시킨다. "땅 속"은 인간에게 죽음을 의미하는 공간으로서, 개구리들의 동면에 임하는 공포와 두려움을 상상적으로 읽어낼 수 있다. 전체적으로 우화적 발상 속에서 개구리의 심리와 감정을 인간의 것으로 유추하는 시적 기법은 『제백계급』을 비롯한 다수의 동물시가 지닌 리얼리즘적 서정시로서의 의미성 및 시사적 가치를 엿보게 한다.

　이처럼 『역정』과 『사계』의 시인들은 공통적으로 근대인의 보편적인 삶의 모습을 소재로, 고독감이나 비애, 허무 등 생활자로서의 정서와 의식을 서정적으로 표현하는 데 주력하였다. 자연을 대하는 태도에서도, 기존의 서정시처럼 단순히 자연의 아름다움이나 우아함 속에서 위로 받고 치유받으려는 의존적 자세보다는, 자연의 품속에서 인간의 상처와 아픔을 직시하고 극복하려는 의지를 드러낸다. 특히 감정의 분출을 지양하고, 절제된 서정성을 추구하는 태도는 『역정』 시인들의 공통적 성향이다.

4) 국책문학(国策文学)으로서의 전쟁시

1930년대에 접어들자 일본은 만주사변(1931)을 시작으로, 중일전쟁과 태평양전쟁 등 격동의 시기에 돌입하였고, 급변하는 상황은 전쟁참여시(애국시)와 반전시(反戰詩) 등, 문학과 전쟁과의 관계 등 다양한 문제의식을 지닌 시들의 등장을 초래하였다. 동 시기에는 국가의 권력이 개인의 사생활까지 간섭하거나 통제하는 우월적 입장의 전체주의(全体主義)가 만연하면서, 전제적 군국주의(軍国主義)의 이데올로기에 협력하는 국책문학(国策文学)이 등장하였다. 그러나 이러한 전체주의의 풍조 속에서, 대다수 시인들은 침묵을 지키거나 정치적 이념과는 무관한 전통적 서정시를 추구하게 된다. 동 기간을 역사적으로 문학적 침체기나 암흑기로 간주하는 이유가 여기에 있다. 일본의 군국주의는 중앙집권적인 독재정책을 추진하는 과정에서, 모든 노동운동이나 민주운동을 비롯해, 문학 등 예술을 이념적으로 철저히 탄압하였다. 나아가 국책문학의 입장에 선 일본문학보국회(日本文学報国会)[21] 등의 어용(御用)단체들은 전쟁을 찬양하는 시국색(時局色) 성격의 시집을 다수 간행하였고, 이로 인해 훗날 전쟁이 끝나자, 그들의 문학적 행보에 대한 비판이 문단의 화두로 대두되었다.

---

21 총력전시체제의 일환으로, 1942년 전(全)문단적으로 조직된 사단법인. 제2차대전하에서 일본주의적인 세계관의 확립과 국가정책(国策)의 선전을 목적으로 삼았다.

4. 쇼와 후기(後期)와 현대시

1) 전후시(戰後詩)의 성립과 전개

시기적으로 전후시는 태평양전쟁과 제2차 세계대전이 끝난 1945년부터 1960년대 전반(前半)까지를 대상으로 삼는 것이 일반적이다. 내용적으로는 직접적이든 간접적이든 전쟁이라는 인류사의 비극과 이에 대한 극복이 작품과 시인의 의식 속에 투영돼 있다. 전쟁 직후의 시단은, 전쟁기간 중에는 자의든 타의든 활동이 위축되었거나 정치적으로 우울한 입장에 처할 수밖에 없었던 시인들이, 전쟁의 아픔과 후유증 속에서 새로운 미래에 대한 희망을 안고 재출발하려는 움직임이 두드러진다. 이들의 주된 성격과 움직임을 요약하자면 우선 전쟁기의 획일적인 전체주의 사고 아래 붕괴해 버린 지식인·시인들의 사상적 결함과, 전쟁으로 파괴된 근대문명의 위기를 직시하고 극복하려는 자세가 눈에 띈다. 대다수의 시인들은 전쟁이 초래한 정신적 외상(外傷)을 문학으로 보상받으려는 적극적인 현실인식을 지니고 있었다. 한편으로는 시의 의미나 정신의 추구를 경시한 채, 기법에만 치우쳤던 전대의 모더니즘 시의 언어유희적 태도를 비판하면서, 동시대를 살아가는 인간의 존재성을 묻는 실존적이고 휴머니즘적인 태도를 추구하였다.

세부적으로 일본의 전후시는 크게 제1차 전후파와 제2차 전후파로 나눌 수 있다. 제1차 전후파는 시 잡지 『황지(荒地)』(1947~1958)와 『열도(列島)』(1952~1955) 등을 거점으로, 전쟁으로 상실된 인간성의 회복을 대명제로 삼았다.[22] 이에 비해 제2차 전후파는 1950년대부터 1960년대 초반의 시

---

22 「황지」가 전쟁으로 폐허가 된 일본의 사회적 현실을 전통이라는 토양의 문명이 결여

잡지 『노(櫓)』(1953~1957 / 1965년 복간)와 『악어(鰐)』(1959~1962) 등을 중심으로
활약한 시인들을 가리킨다. 이들은 제1차 전후파가 중시한 시대성이나
역사성과 같은 관념적 사고에서 벗어나, 전쟁에서 해방된 싱싱한 감수성
을 참신한 언어로 표현하였다.

정치화되지 않은 문학이라는 제2차 전후파의 흐름은 1960년대 이후부
터 오늘에 이르는 현대시의 흐름을 주도하고 있으며, 특히 60년대를 기
점으로 한 고도성장 · 고소비사회 속에서, 래디컬리즘(radicalism)과 저널리
즘, 페미니즘, 포스트모더니즘 등을 거치며 다양한 시적 변화를 주도하
게 된다.

> (전략)내가 가장 예뻤을 때
> 아무도 내게 다정한 선물 따위 바치지 않았다
> 남성들은 거수경례 밖에 모른 채
> 해맑은 눈동자만을 남기고 모두 떠나 버렸다
> (중략)
>
> 내가 가장 예뻤을 때
> 내 나라는 전쟁에 지고 말았다
> 그런 어처구니없는 일이 어디 있단 말인가
> 블라우스 소매를 걷어 붙이고 비굴한 거리를 활보하였다

된 황무지로 간주하고, 새로운 인간성의 회복이라는 시적 이상을 전대의 모더니즘
시법 속에서 추구했다면, 「열도」의 시인들은 전대의 프롤레타리아 시를 비판적으로
계승하면서, 이를 초월하기 위해 아방가르드적 수법의 도입과 민중으로의 연대를 시
도하였다.

내가 가장 예뻤을 때

라디오에선 재즈가 흘러 나왔다

금연을 깼을 때처럼 현기증을 느끼며

난 이국의 달콤한 음악에 빠져들었다

내가 가장 예뻤을 때

난 참으로 불행하였고

모든 것이 어긋나 버렸고

난 너무나 쓸쓸하였다

그래서 마음먹었다 가급적 오래 살기로

나이 들어 무척이나 아름다운 그림을 남긴

프랑스의 화가 루오 할아버지처럼

　　말이다

「(前略)わたしが一番きれいだったとき / だれもやさしい贈り物を捧げて
はくれなかった / 男たちは挙手の礼しか知らなくて / きれいな眼差だけを残
し皆発っていった // (中略) // わたしが一番きれいだったとき / わたしの国は
戦争で負けた / そんな馬鹿なことってあるものか / ブラウスの腕をまくり卑
屈な町をのし歩いた // わたしが一番きれいだったとき / ラジオからはジャズ
が溢れた / 禁煙を破ったときのようにくらくらしながら / わたしは異国の甘
い音楽をむさぼった // わたしが一番きれいだったとき / わたしはとてもふし
あわせ / わたしはとてもとんちんかん / わたしはめっぽうさびしかった // だ
から決めた できれば長生きすることに / 年とってから凄く美しい絵を描いた
/ フランスのルオー爺さんのように / 　ね」

제2차 전후파의 여류시인인 이바라기 노리코(茨木のり子, 1926~2006)의 대표 작 「내가 가장 예뻤을 때(わたしが一番きれいだったとき)」(1958)이다. 패전을 맞이 할 당시 대학 재학 중이었던 시인이 그로부터 약 10여년이 지난 후, 전쟁으로 상실한 청춘의 자화상을 회상하는 내용으로, 자신이 한창 아름다웠을 무렵, 그 아름다움을 정당하게 인정받을 수 없었던 애절하고도 안타까운 심정을 직설적으로 묘사하고 있다. 모든 여성들의 특권이자 간절한 소망인 아름다움은 타인 특히 남성들의 시선에 의해 수동적으로 부여되는 것이므로, 전쟁이 앗아간 청춘의 상실감은 클 수밖에 없다.

매 연 서두에 반복된 "내가 가장 예뻤을 때"는 시인에게 가장 아름다웠던 기억의 한 가운데에는 항상 전쟁이 위치하고 있었음을 암시한다. 전반부의 전쟁 중의 상황으로부터, 후반부에서의 전쟁이 끝난 후의 시간적 경과가 느껴지는 구성이다. 특히 젊은 여성들의 아름다움에 다정한 찬사와 사랑의 선물을 보내주어야 할 남성들이, 딱딱한 군대식 "거수경례"와 "해 맑은 눈동자" 만을 남기고 전장으로 떠나갔다는 부분이 인상적이다. "해 맑은 눈동자"는 당시 나라를 위해 출정한 무수한 젊은이들의 모습을 떠올리며, 전쟁의 목적이나 이데올로기와는 무관하게, 꽃다운 삶을 바쳐야 했던 전쟁의 비극성을 환기한다.

그러나 중요한 것은 청춘의 아름다움을 돌아보지 않는 시대 상황을 비관하거나 탄식하기보다는, 이에 당당히 맞서 저항하려는 태도를 취하고 있는 점이다. 이를테면 패전에 대한 비통함에 "비굴한 거리"를 거만스럽게 "활보"하고, "이국의 달콤한 음악"에 "빠져드"는 청춘의 정열과 고뇌를 강하게 분출하고 있다.

이렇게 보면 이 시 또한 전쟁 후의 암담한 현실을 드러내고 있는 점,

여느 전후시와 다르지 않아 보인다. 그러나 마지막 연에서의 "그래서 마음먹었다 가급적 오래 살기로"를 통해, 전쟁으로 상실된 아름다움을 충실한 미래의 삶으로 보상 받으려는 긍정적이고 적극적인 인생관을 제시한다. 참고로 "프랑스의 화가 루오"는 조르주 루오(Georges Rouault, 1871~1958)를 가리키며, 종교화와 인간애를 주로 표현한 실존 인물로, 늦은 나이에 활약하였다. 마지막 "말이지"는 시적 여운이 느껴지는 가장 인상적인 부분으로, 동시대 여성들은 물론, 젊은 나이에 전쟁을 체험한 많은 독자들의 공감과 감동을 효과적으로 이끌어 내고 있다.

2) 고도성장·고소비사회의 시

일본이 고도경제성장기에 접어든 1960년대부터 1970년대에 이르는 시기를 흔히 '래디컬리즘의 시대'로 부른다. 래디컬(radical)은 근원적, 급진적이란 뜻으로, 1960년의 안보투쟁[23]의 실패와 1968·9년을 정점으로 한 대학분쟁 등, 60년대에서 70년대 초반에 이르는 과격한 시대 분위기를 반영하고 있다.

한편 당시의 일본은 농업중심의 경제기반이 무너지고 공업중심의 경제구조로 재편되면서, 전통적 시가의 두드러진 특징이었던 사계절의 조화나 서정적 표현은 점차 시적 흡입력을 상실한 상태였다. 시인들은 거센 공업화에 기반을 둔 자본주의화의 파도에 쉽게 순응하지 못한 채, 이로 인한 혼란과 초조감을 시적 언어의 과잉 상태인 난해한 요설체(饒舌体)로 표출하게 된다.

---

23 당시의 기시(岸) 내각이 미국과의 군사적 관계의 강화를 목적으로 추진한 미일안전보장조약의 개정에 반대하는 범국민적인 운동

구체적으로는 전후시의 골격인 정신적, 사상적 요소보다는, 시 창작이라는 행위 자체의 근원을 모색함으로써 시적 돌파구를 모색하였다. 이러한 시대의 요구에 부응하듯 시의 내용이나 방법, 시인의 성향을 에워싼 래디컬리즘이 60·70년대에 걸쳐 시단의 흐름을 주도하게 된다. 당시의 시인들은 시를 만들어내는 절대적 주체는 시인이 아니며, 오직 시는 언어라는 매체를 통해 자연발생적으로 이루어진다는 의식을 드러내고 있다. 세부적으로는 무한한 시적 어휘의 증식을 통해, 일상과 비(非)일상의 세계를 자유롭게 넘나드는 초현실적인 기법이 두드러진다. 이를테면 1960년대의 시 잡지인 '흉구(凶区)', '드럼통(ドラムカン)', '폭주(暴走)'와 70년대의 '백경(白鯨)'과 같은 잡지들의 명칭만 봐도 이러한 시대적 분위기를 감지할 수 있다. 최근에도 왕성한 활동을 보이고 있는 요시마스 고조(吉增剛造, 1939~)의 다음과 같은 작품은 좋은 예가 될 것이다.

> 황금 대도(大刀)가 태양을 직시하는
> 아
> 항성(恒星)표면을 통과하는 배나무 꽃!
>
> 바람 부는
> 아시아의 한 지대
> 혼은 바퀴가 되어, 구름 위를 달리고 있다
>
> 나의 의지
> 그것은 눈이 머는 일이다
> 태양과 사과가 되는 일이다

닮는 것이 아니다
유방이, 태양이, 사과가, 종이가, 펜이, 잉크가, 꿈이! 되는 일이다
엄청난 운율(韻律)이 되면 돼

오늘밤, 그대
스포츠카를 타고
유성을 정면에서
얼굴에 문신이 가능한가, 그대는!

「黄金の太刀が太陽を直視する / ああ / 恒星面を通過する梨の花! // 風吹
く / アジアの一地帯 / 魂は車輪となって, 雲の上を走っている // ぼくの意思
/ それは盲ることだ / 太陽とリンゴになることだ / 似ることじゃない / 乳房
に, 太陽に, リンゴに, 紙に, ペンに, インクに, 夢に! なることだ / 凄い韻律に
なればいいのさ // 今夜, きみ / スポーツ・カーに乗って / 流星を正面から / 顔
に刺青できるか, きみは!」

− 요시마스 고조, 「타오르다(燃える)」, 『황금시편(黄金詩篇)』, 1970

시집 『황금시편』을 읽으면 마치 엔진의 파워를 최대한으로 끌어올린
자동차가, 시라는 고속도로를 질주하고 있는 인상을 받는다. 느닷없이 등
장한 "배나무 꽃"과 그것이 통과하는 "항성표면", "스포츠카" 등은 요시마
스가 추구하던 왕성한 속도감과 시적 에너지를 여과 없이 분출하고 있다.
일반적으로 요시마스 시의 특징은 일상성을 초월한 장대한 우주적 스케
일 속에서, 종횡무진 역동적으로 전개되는 대담하고 선명한 언어의 구사
에 찾을 수 있다. 위 시를 포함한 『황금시편』의 모든 작품에는 '태양'이

등장하고, '바람'이 불며, 마지막 연에서 느껴지듯, 독자를 선동하는 목소리를 연발하는 가운데, 느낌표를 비롯한 점선이나 파선 등의 시각적 기호가 어지럽게 교차한다. 제목 그대로 마치 타오르듯 질주하는 시 속 어휘들이, 시인이 추구한 현대시의 역동성을 유감없이 표현하고 있으며, 그 배후에는 1960 · 70년대의 왕성한 사회적 에너지가 투영되어 있다.

3) 저널리즘 · 상업화의 시대

1970대 이후 오늘날에 이르는 일본 시단의 추이는 1960년대에 독점 자본주의하의 공업화를 기반으로 시작된 고도경제성장과 고소비사회의 풍요로움을 반영한 시단 저널리즘으로 요약된다. 이를 뒷받침하는 가장 핵심적 성격은 대중성의 중시에 찾을 수 있다. 1956년 창간되어 오늘날까지 시단의 주도적 잡지의 위치를 차지하고 있는『현대시수첩(現代詩手帖)』(思潮社刊)은 이른바 상업지(商業誌) 시대의 개막을 알리는 서곡으로서, 현대시의 대중화 · 보편화에 크게 기여하고 있다.

잡지 외에도 TV 등의 첨단 영상 매체의 보급도 두드러진다. 고소비사회를 살아가는 현대인들의 문화적 욕구는 다양한 시적 정서의 대두로 이어졌고, 1980년대 이후, 정치적 상황이나 사회의 가치성, 도덕성에 무관심한 신세대의 등장은 소위 포스트모더니즘의 유행과 맞물려, 시적 스펙트럼을 확대시켰다. 1980년대와 1990년대의 시적 경향을 한마디로 요약한다면 대중적 성격의 저널리즘 시로 규정되며, 역사성이나 시대성의 추구 등, 시의 고전적 관심사에서 탈피하여, 세대를 초월한 다양하고 개성적인 시의 필요성을 자각하면서 오늘에 이르고 있다.

메이지 이후의 일본의 근대시가 어떤 형태로든 특정 유파나 잡지 혹은 문예사조의 영향하에서 전개돼 왔다면, 오늘날의 시는 그 어떤 그룹이나 사조로 통괄할 수 없는, 오히려 그러한 획일적 경계선을 의식적으로 초월한, 개별적이고 자유로운 시풍을 추구한다. 또한 기존의 시가 궁극적으로 무엇을 어떻게 표현할 것인가의, 시를 쓰는 행위의 목적성에 초점을 두었다면, 최근의 시는 시를 쓰는 행위 자체의 의미를 반문하면서, 시는 과연 무엇인가, 시는 왜 써야 하는가, 시에 있어 언어란 무엇인가와 같은, 시의 전반적 '원리'를 재조명하려는 근원적 의식이 두드러진다. 시법 면에서는 전통적인 서정시를 비롯해, 쉬르레알리슴이나 상징시 등 특정 시법에 치우침 없이, 다방면에서 활발한 창작이 행해지고 있다.

제3부

일본문학의
미의식과 가치관

일본의 사회와 문학

제1장

일본인의 자연관

근대시와 단카, 하이쿠 등 일본의 시가는 자연과 인간 감정과의 조화라는 전통적 틀이 오늘날까지 계승되고 있다. 자연관은 한 민족의 미의식을 구성하는 근원적 요소이므로, 어떤 형태로는 일본인들의 자연관에 대한 규명이 필수적이다. 일반적으로 일본인의 자연관은 서양인과는 대조적인 성격을 지닌다.

1. 서양인과 일본인의 자연관

* 서양인의 자연관

서양의 전통적 세계관이나 자연관은 '신(神, god)'이 기본적인 출발점이다. 신이 있으므로 이 세계가 존재하며, 신이 세상을 창조했으므로 우주의 천지만물이 생성되었다는 것이다. 신에 의한 피조물(被造物) 중에서 인간은 특별한 존재이다. 이유는 신(조물주)이 창조한 피조물 중 인간은 유일하게 신의 형상과 닮은 형태로 만들어졌으며, 영혼(spirit)을 지니기 때문이다. 환언하자면, 인간과 그 밖의 피조물을 구별하는 분명한 잣대가 영혼이며, 이로 인해 인간과 그 밖의 피조물 사이에는 절대적인 차이가 인정된다. 따라서 신이 모든 피조물 위에 군림하듯이, 인간은 그 밖의 피조물에 대해 군림적 태도를 취한다는 논리이다. 군림적 태도에 입각해, 수많은 피조물 중의 하나인 자연을 객체적(客体的), 즉 객관적 대상으로 바라다보고, 이를 연구의 대상 혹은 이용의 수단으로 삼는 가운데, 서양인들의 자연을 대하는 태도가 결정되었다고 할 수 있다.

한편 여기서 말하는 신은 유태교·기독교의 신으로서, 절대적 권위와 수미일관된 합리성을 지닌 인격적 존재이다. 서양인들은 신이 창조한 피조물이 일관된 질서와 합리성을 지니며, 그러한 질서와 합리성은 자연 속에서도 발견 가능하다고 여겨왔다. 요약하자면 서양의 전통적 세계관 혹은 자연관은 자연을 객체적으로 바라보고, 파악하는 기본적 태도를 확립시켰고, 자연 속에 일정한 합리적 질서가 존재함을 인식함으로써, 마침내 과학이라는 서양 학문의 가장 괄목할 성과를 거두었다는 것이다. 문예사조에서 서양의 자연주의가 과학적이고 논리적 사고를 중시하고 있는 이유도 여기에 있다.

* 일본인의 자연관

일본인의 자연관은 서양인의 '객체적 자연관'과 상반되는 '주체적(主体的) 자연관'에 해당한다. 자연을 군림과 정복의 대상이 아닌, 인생의 반려로 인식하고, 자연 속에 몰입하는 가운데 자연과 하나가 되려는 합일(合一)의 태도를 드러낸다.

"나팔꽃에 두레박 줄 감겨 물을 얻는다"
「朝顔に 釣瓶とられて もらひ水」

ㅡ 가가노 치요(加賀千代, 1703~1775)

　　일본인들의 자연관을 설명할 때 흔히 인용되는 하이쿠이다. 아침 식사 준비에 필요한 물을 얻기 위해 마을의 공동 우물가를 찾았더니, 밤새 자라난 나팔꽃 덩굴이 아름다운 꽃과 함께 우물의 두레박줄을 휘감고 있어, 차마 이를 잘라낼 수가 없었으므로 이웃집에 물 동냥(もらひ水)을 했다는 내용이다. 자연을 아끼고 사랑하는 일본인들의 기본적 태도를 여실히 나타내고 있으며, 일본인들은 이와 같은 자연에 대한 그윽한 마음을 풍류(風流)로 여겨왔다.

　　서양인들의 입장에서는 우물이 고장 나서 못쓰게 된 것도 아닌데, 단지 나팔꽃이 두레박줄을 감고 있다는 이유로 아침 일찍부터 이웃에게 민폐를 끼치는 것은 이해하기 어려운 행위이며, 공동체의 구성원으로서 실격이라고 여길 수도 있다. 이러한 해석의 차이는 서양인과 일본인의 자연관의 차이에서 비롯된다. 자연을 인간의 삶의 동반자로 여기는 주체적 자연관은 문학작품 속에 그대로 반영되어, 자연감과 계절감을 중시하는 와카나 하이쿠로 제시되어 왔다. 그 밖에도 정원(庭園), 다도(茶道), 꽃꽂이(生花, いけばな) 등 일본의 전통문화 속에는 그들의 자연을 바라다보는 그윽한 태도가 그대로 녹아있다.

2. 자연관과 문예이념

일본의 대표적 문예이념은 주체적 자연관과 밀접한 관계가 있다. 모두가 자연이라는 대상을 특별한 존재로 인식하고, 미적 가치를 부여하는 일관된 태도를 견지하고 있기 때문이다. 일본의 문예이념은 크게 귀족적 성향과 서민적 성향으로 나누어지며, 귀족적 성향은 와카와 하이쿠를 중심으로 한 운문문학에서, 서민적 경향은 근세의 초닌문학에서 나타난다.

귀족적 성향은 공통적으로 철학적이고 사변적인 성격을 지닌다. 전술한 하이쿠의 인생시로서의 호젓함과 쓸쓸한 감상적 정서를 지탱하는 '와비', '사비'의 미의식을 비롯해, 중세 와카의 출발점으로서, 어떤 대상을 보았을 때, 그것이 인간이든 자연이든 아름답다거나 슬프다고 느낄 수 있는 그윽한 인간적 정취의 '우신(有心)', 우아한 정적(靜寂)을 기초로 애수(哀愁)와 같은 언외(言外)의 여정을 형성하는 '유겐(幽玄)'과 전술한 '요엔(妖艶)', 그리고 애상감과 무상감, 허무감으로 점철된 '모노노아와레(もののあはれ)' 등은 모두 귀족적 성향의 문예이념에 속한다. 이 가운데 중세를 대표하는 가장 핵심적 문예이념인 유겐은 정적(靜的) 시정을 즐기는 귀족적 성향의 정수로서, 와카를 비롯해, 중세의 귀족적 연극인 노(能)의 미의식으로도 거론된다. 다음은 유겐의 주창자인 후지와라노 슌제이(藤原俊成, 1114~1204)의 작품이다.

> "저녁이 되니 들에 부는 가을바람 몸에 스미고
> 메추라기 울어대는 풀 우거진 마을"
> 「夕されば 野べの秋風 身にしみて うづらなくなり 深草の里」(1187)

땅거미가 지기 시작한 저녁 무렵, 잡초로 무성한 썰렁한 가을 들판에 차갑게 불어오는 바람이 뼈에 스며들고, 한편에서는 메추라기가 처량히 울고 있다. 한없이 건조하고 쓸쓸한 풍경이지만, 고담(枯淡)에 가까운 적막과 정적 속에 오히려 촉촉한 시적 정취를 느낄 수 있다. 유겐은 황량하게 느껴지는 자연의 표정에 삶의 진리나 우주의 섭리를 철학적으로 추구하며, 중국의 도교(道教)나 노장사상(老莊思想)의 영향이 지적된다. 전체적으로 어둡고 가라앉은 무거운 시적 분위기는 동(動)보다는 정(靜)을, 경쾌함보다는 장중함에 그윽함과 가치를 두며, 소박한 자연의 정경이 자아내는 형이상학적 사변성에 집중한다. 당시 중세 가인들의 귀족적 성향은 이러한 은은함과 한적함, 고담의 세계로 압축된다.

이에 비해 서민적 성향의 미의식은 현세적이고 풍류적 속성을 지니며, 에도시대의 초닌문학을 지탱하는 핵심적 미의식으로서, 훗날 근대문학으로 계승되고 있다. 세부적으로는 해학적 성향의 '골계(滑稽)'를 비롯해, 담백하고도 세련된 언행을 통해 멋을 추구하는 '우가치(穿ち)', 전술한 세상의 인심과 인정에 정통함을 자부하는 '쓰(通)', 서민으로서의 기개, 호탕함을 의미하는 '이키(意気)', 속물적 세태에 때 묻지 않은 순수함의 '스이(粋)' 등은 삶에 대한 담백한 서민적 풍류를 즐기는 초닌들의 공통된 특성으로서, 흔히 '에독코(江戸っ子)'의 전형적 기질로 대변된다.

제2장

초닌과 초닌문학

일본인들의 주체적 자연관은 자연에 대한 친화의식을 수반하면서, 일상생활은 물론 문학작품 속에서도 다양하게 나타나고 있다. 특히 자연관은 일본인의 문예이념 혹은 미의식과의 밀접한 상관관계 속에서, 에도시대의 산문문학이나 전통예능 속에 투영된다. 따라서 당시의 문학을 비롯한 문화와 예술의 주요 계층인 초닌의 풍류적 기질을 바탕으로, 미의식과 자연과의 관계 등을 살펴볼 필요가 있다.

1. 초닌의 특징

전술한 대로 초닌(町人)은 근세에 성립된 도시의 상공업자를 가리키며, 무사계급의 소비생활을 지탱하는 버팀목의 역할을 수행하면서, 훗날 도시의 성립과 유통경제의 확산을 주도한 서민계층이다. 그들의 경제적 능력과 막부의 문치정책(文治政策)에 따른 높은 교육 수준은 훗날 근대의 시민계층으로 성장하는 원동력이 된다. 초닌들은 경제적 지위 향상을 기반으로 자연스럽게 문화적 욕구를 갖게 되었고, 문학과 예능의 창작과 소비를 동시에 수행하게 된다. 그러나 에도막부가 실시한 핵심적 정책 중의 하나인 사농공상의 엄격한 신분제도는 자의적인 신분상승을 불허하였다. 따라서 초닌들은 신분의 고착에 따른 폐쇄적인 사회의 불합리를, 문화적 욕구의 충족을 통해 해소하려 하였고, 향락적 성격의 문학과 예능을 성립시켰다. 기존의 귀족중심의 문학의 생산·소비체제가 귀족과 서민으로 이분화되는 가운데, 서민들의 통속성을 강조하였다. 인형극 분라쿠(文楽)와 서민극 가부키(歌舞伎)로 대표되는 전통예능의 유행은 이를 공연하고 관람하는 극장(劇場)문화의 성립으로 이어지면서, 훗날 극문학으로 계승되고 있다.

2. 에로스(eros)와 유리(遊里)의 세계

무사나 승려 등의 보수적인 중세적 교양의 틀을 뛰어 넘는 현세적이고 오락적인 성향과 이를 풍자와 웃음으로 표현하는 해학성은 초닌문학의 핵심적 성격으로서, 흔히 웃음(笑い)과 유희(遊び)의 문화코드로 요약된다. 무사로 대표되는 지배계급의 충(忠)과 효(孝) 등의 도덕적 사회규범이나 가치체계에 속박되지 않은 채, 인간으로서의 본능적 감정을 중시하는 일관된 풍토를 형성하고 있다. 이러한 본능적 감정은 후술할 무사계급의 '기리(義理, ぎり)'의 영역에 대비되는 '닌조(人情, にんじょう)'의 영역으로서, 근대 이후의 연애 감정, 그 중에서도 성애(性愛)을 중시하는 에로스적 기본 성향으로 이어진다.

에로스의 문화를 드러내는 단적인 예로, 에도시대의 풍속화인 '우키요

에(浮世絵, うきよえ)'를 들 수 있다. 춘화(春画), 미인화(美人画), 민화(民画)의 다양한 영역에 걸쳐, 당시 초닌을 포함한 서민들의 모습을 사실적으로 묘사한 대표적 회화 장르이다. 우키요(浮世)는 뜬 구름 같은 세상을 말하며, 단 하나뿐인 현세의 삶을 만끽하려는 점에서 쾌락적 성향을 지닌다. 현세를 의미하는 우키요는 에도시대의 대표적 산문문학 장르인 '우키요조시(浮世草子)'에도 들어가 있다. 17세기 말부터 약 100년간 교토를 중심으로 유행한 풍속소설로서, 일반적으로 에로스의 쾌락을 소재로 한 '호색물(好色物)'과 부(富)의 축적 과정에 얽힌 희비극을 사실적으로 묘사한 '초닌물(町人物)'로 나누어진다.

호색물의 핵심적 작가로 초닌 출신인 이하라 사이카쿠(井原西鶴, 1642~1693)를 들 수 있다. 대표작 『호색일대남(好色一代男)』(1682)을 비롯해, 『호색이대남(好色二代男)』, 『호색일대녀(好色一代女)』, 『호색오인녀(好色五人女)』 등 일련의 작품들이 주목을 끈다. 『호색일대남』은 7살에 색에 눈이 뜬 주인공 요노스케(世之介)의 인생을 여성편력의 일대기로 묘사하고 있다. 아버지와의 의절, 방랑, 유산 상속 등의 제반사 속에서 성장한 요노스케가, 전국의 유곽지대에서 마음껏 풍류를 즐긴 후, 환갑이 되어 마지막으로 기량이 뛰어나다고 소문난 어느 섬의 천하절세의 여인을 찾아 가는 내용이다. 이 작품의 주안점은 주인공 요노스케의 향락 행보의 의미성으로, 색즉시공(色即是空)의 불교적 교훈에서 벗어나, 인간의 본능인 향락적 성애의 의미를 주체적으로 응시한다.

이처럼 향락적 삶의 모습을 다룬 호색물과, 경제적 부의 축적과 실패를 묘사한 초닌물은 일견 대조적인 것으로 보이지만, 초닌의 일상과 그 근저에 있는 세속적 삶의 모습을 사실적으로 묘사하고 있는 점에 공통점이 있다. 스스로를 솔직하고 가감 없이 드러내는데 주저하지 않는 태도는, 에도사회의 중추적 계층으로 성장한 초닌들의 자부심과 자기과시적 욕구의 결과물로 여겨진다.

한편 호색물의 주요 무대인 '유곽(遊廓)'은 '유리(遊里)'로도 불리며, 일본 문학의 향락성을 나타내는 주요 공간이다. 에도와 교토 등의 대도시를 중심으로 한 유곽문화의 융성은 산토 교산(山東京山, 1769~1858)으로 대표되는 산문문학인 '샤레본(洒落本, しゃれぼん)'에 영향을 미치는 한편, 다이쇼기의 탐미파 문학가인 나가이 가후(永井荷風, 1879~1959)의 화류계(花柳界) 소설로 발전하게 된다.

무엇보다 유곽은 초닌들이 주체성을 발휘할 수 있는 대표적 공간으로서, 이곳에 출입하는 초닌들의 진술한 삶의 표정과 인간적 감정을 사실적으로 재현하고 있다. 특히 유녀(遊女)들과의 인간적 교류와 교양인으로서의 미의식은 초닌들이 추구하는 인생의 참된 도락(道樂)과 인정·세태(世態)에 정통한 풍류적 인간상을 엿보게 한다. 풍류는 자연의 아름다움을 논하고 인생의 의미를 되새기며 자연과 인간 삶의 오묘한 이치를 음미하는 태도로서, 전술한 에도시대의 서민적 미의식으로서의 '쓰', '이키', '스이', 그리고 이를 겸비한 '에도코'의 기질로 드러난다. 특히 에도코 기질은 근대소설 속 등장인물의 캐릭터를 이해하는 주요 요소이다.

제3장
'이키(意気)'와 '에독코(江戸っ子)'의 미학

1. '에독코'의 기질로서의 '이키'

> "깃스이(生粋, きっすい)'한 에도인(江戸人). 보통의 에도인보다 근성이
> 있음을 강조하고 있는 느낌. 주로 '초닌'에 대해 사용하며, 세세한 것에 구애
> 받지 않고, 기개('意地')와 고집('張り')으로 살아가는 반면, 성급하고 경박하
> 다는 단점이 있음."

에독코에 대한 일본의 대표적 국어사전인 『고지엔(広辞苑)』의 설명이다.
'깃스이(生粋)'에서, '스이(粋)'는 '이키(意気)'와 동의어로서, '(세상에)때묻지 않
은 순수(純粋)함' 정도로 볼 수 있다. 결국 에독코는 스이나 이키의 미의식
을 지닌 존재로 간주된다. 특히 이키는 세상의 인심이나 상황에 정통하
고, 세상을 살아가는데 각박하지 않은, 풍류를 아는 인물이 겸비하게 되
는 삶의 철학이나 미학을 의미하며, 초닌들의 현세적인 향락 기질과 에독
코의 솔직 담백한 성격을 이해하는 핵심적 용어이다.
　미의식으로서의 이키에 대해서는 구키 슈죠(九鬼周造, 1888~1941)의 『「이

키」의 구조(「いきの構造」)』(1930)를 시작으로 현재에 이르기까지 다양한 학술적 분석이 제시되고 있는데, 가장 두드러진 특징은 광범위한 분야에 적용되는 개념이라는 것이다.

> "에도시대에 유곽의 발달과 함께 성장한 개념이다. '이키'는 미태(媚態)를 내포하면서도 순수함, 프라이드를 읽지 않고, 꼴불견스럽게 상대에 집착하지 않는 일종의 깨달음의 경지에 도달한 사랑의 미학을 의미한다. 즉, 유녀나 게이샤의 사랑의 특징으로서, 일본의 남녀관계의 미학을 표현하는 것이었으나, 더불어 멋스러움이나 패션까지도 '이키'로 표현하고 있다."
>
> —사에키 준코 외, 『일본을 이해하는 101장』, 平凡社, 1995, p.10

이키의 근원이 유곽이라는 주장은 '미태'와 더불어, 에도 서민들의 성적 사랑 등 향락적 성향과 밀접히 연관되어 있음을 지적하면서, 한편에서는 "순수함(潔さ), 프라이드를 읽지 않고, 꼴불견스럽게 상대에 집착하지 않는 일종의 깨달음"을 통해, 이키의 영역이 초닌들의 일상생활 전반에 걸쳐있음을 강조한다. 결론적으로 세상을 살아가는 '멋'을 알고 음미하는 그윽하고도 담백한 미적 성향 정도로 요약 가능하다. 그러나 일본의 문학이나 예술 속에서 느끼는 이키는 에도코의 기질과 매우 밀접한 관계가 있다는 것이다. 양자의 관계성을 파악해 보는 자료로서, 가부키 「이발사 신자(髮結新三)」를 들 수 있다.

주인공 신자는 각지를 떠돌아다니는 이발사이다. 에도시대에는 오늘날과 같은 이발소가 아직 존재하지 않았으므로, 이발사는 직접 도구를 가지고 손님을 찾아 다녀야 했고, 거의 그날그날 하루를 벌어 먹고사는 가난하고 고달픈 직업이었다. 어느 날 저녁 무렵 신자가 에도의 한 서민가를 지나던 중, 평상시 안면이 있는 생선가게 주인으로부터 오늘 마침 이 계절 들어 첫 가다랭이(鰹)가 들어왔으니, 한 마리 사가라는 권유를 받는다. 가다랭이는 일본인들이 애호하는 생선의 하나로, 여름을 대표하는 풍물시적 존재이기도 하다. 당시의 에도코에게는 그 계절에 처음으로 나온 생선을 즐기는 것이 그들만의 도락이요, 풍류를 아는 행위였다.

생선가게 주인의 권유를 받은 주인공은 자신이 지금 몇 달째 집세를 못 내고 있는 가난뱅이 신세라는 것도 잊은 채, 그 가다랭이를 구입한다. 그런데 그 가격은 오늘 하루 자신이 번 돈의 거의 전부에 해당하는 비싼 것이었다. 그럼에도 신자는 선뜻 가다랭이를 구입하고, 게다가 생선가게 주인에게 잔돈은 팁으로 주는 호기까지 부린다. 이 때 이 연극에서 변사 (太夫)가 내뱉는 대사가 있다.

"하룻밤 넘긴 돈은 갖지 않는 법이라고 멋(粹)을 부리는 에도코"
「宵越しの銭はもたねえと粋がる江戸っ子」

그날 번 돈은 그날로 써버리는 것이 에도코의 감각이요 풍류라는 뜻이다. 이러한 호기는 금전적으로 세상살이에 인색하지 않으며, 첫 가다랭이와 같은 계절적 풍물이나 자연의 감각에 미적 가치를 두는 에도코의 기질을 단적으로 드러낸다. 내일보다는 오늘 지금 이 순간의 찰나의 멋과 풍류를 즐기는 에도코의 성향이, 가다랭이로 표상된 계절감의 중시로 나타나고 있다. 결국 이키 혹은 스이는 일본인의 자연친화적 의식에 입각한 것으로, 일본인들의 일상적 삶의 의미, 특히 에도코의 성향을 논하는 데 불가결하다.

2. 나쓰메 소세키(夏目漱石) 『도련님(坊っちゃん)』

근대문학자 중 에독코적 기질을 자임한 작가로 나쓰메 소세키(夏目漱石, 1867~1916)를 들 수 있다. 『도련님(坊っちゃん)』(1906)은 전형적 예로서, 동 소설에서는 작가 자신의 지방 중학교 영어교사 체험을 소재로, 도쿄 출신의 주인공이 시골 한 중학교의 수학교사로 부임하여, 그곳에서 펼치는 정의에 찬 활약상을 특유의 해학적 문체로 묘사하고 있다.

흥미로운 점은 소설 속 선생들이 본명이 아닌 별명으로 등장하고 있는 점이다. 주인공처럼 무뚝뚝하지만 정의파인 멧돼지 수학선생과 능글맞은 너구리 교장, 교활함과 아첨, 권모술수로 살아가는 교감인 빨간 셔츠, 그리고 그를 추종하는 메뚜기 미술선생 등, 소설 속 등장인물 들은 선과 악의 권선징악적 이중구도 속에서 극명한 대조를 이루며, 소설 전체의 갈등 구조를 형성하고 있다. 그런데 주인공은 용감하지만 매우 단순한 정의감의 소유자로, 융통성 없는 정의감으로 인해 자신을 둘러싸고 있는 부정부패와 항상 충돌을 벌이는 돈키호테적 캐릭터에 가깝다. 현실 속 불의와 타협할 줄 모르는 올곧은 정의감은, 미학적 기질보다는 생활파적 인물로서의 에독코에 가깝다. 봇창은 계절의 풍미를 즐기고 도락을 추구하는 전통적 이키의 미의식을 드러내지만, 소설의 주안점은 불의의 세태에 야합하지 않고 타산적이지 않으며, 항상 올곧음을 추구하는 순수한 행동파적 요소에 집중되어 있다. 세상의 인심이나 인정에도 정통하고, 그의 행동에는 뒤끝이 없지만, 지나치게 강직하고 융통성이 없어, 전체적으로 단순하고 소박한 느낌으로 다가온다. 이러한 주인공의 캐릭터는 소세키가 제시한 근대적 의미의 에독코의 모습이다. 동 소설이 무려 100년을 훌쩍 넘긴,

고전에 속하는 작품임에도 불구하고, 아직도 많은 일본인들의 사랑 속에 애독되고 있는 배경에는 에독코를 바라보는 일본인들의 긍정적 시선을 읽어낼 수 있다. 다음은 시골 학교에 부임한 주인공이 첫 출근하여 아침 꾼인 미술선생과 인사를 나누는 장면으로, 에독코임을 자임하는 주인공의 자긍심이 드러난다.

> "미술교사는 완전히 연예인 같다. 얇은 홑겹 상의를 걸치고, 부채질을 해대며, "고향은 워디라요? 옛? 도쿄? 이것 기쁘네요, 동향 출신이 생겨서, 나도 이래 뵈도 에독코랍니다"고 말했다. 이런 자가 에독코라면 에도에서 태어나고 싶지 않네, 속으로 이렇게 생각했다."
>
> — 『도련님』 중에서

한편 전체적으로 주인공의 행동은 지극히 무모하다는 인상을 주는데, 동 소설의 서두가 이러한 캐릭터를 단적으로 나타내고 있다.

> "부모로부터 물려받은 무모함으로 인해 어렸을 때부터 손해만 보고 있다. 초등학교 시절 학교 2층에서 뛰어 내려 허리를 삐어 일주일 정도 고생한 적이 있다. 왜 그런 무모한 짓을 했는가 묻는 자가 있을지도 모르겠다. 특별히 큰 이유가 있어서가 아니다. 새로 지은 교사(校舍) 2층에서 얼굴을 내밀고 있자니, 동급생 녀석 하나가 농담 삼아 "아무리 니가 잘난 체 해도 거기서 뛰어내리지는 못할 걸, 야이 겁쟁아"라고 지껄여댔기 때문이다. 그날 학교 사환에게 업혀 집에 오자, 아버지가 눈을 크게 뜨고 "2층 정도에서 뛰어내려 허리를 다치는 얼간이가 어디 있냐"고 하기에, "다음번에는 삐지 않고 뛰어내려 보이겠습니다"고 대답했다.

친척으로부터 서양식 단도(短刀)를 선물로 받아 예리한 칼날을 햇빛에
비추며 친구에게 보여주고 있었는데, 한 녀석이 "번쩍대기는 하는데 잘 들것
같지는 않군" 하길래 "잘 안 든다니, 뭐든지 잘라주마"고 장담을 했다. "그럼
네 손가락을 베어 봐"라는 주문이었으므로 "뭐야, 기껏 손가락 정도를, 자
봐" 하면서 오른 쪽 엄지를 비스듬히 그었다. 다행히 칼이 작은 것이었고,
엄지손가락 뼈가 두꺼웠기 때문에 아직까지 엄지는 손에 붙어 있다. 그러나
베인 흉터는 죽을 때까지 남아 있다."

— 『도련님』 중에서

이와 같은 주인공의 무모하고 황당한 행동을 야기한 몇 가지 요인에
주목할 필요가 있다. 인용문 속 주인공의 엉뚱한 행동에는 모두 주인공을
향한 주변 인물의 비아냥이 자신의 자존심을 손상시켰다는 판단이 작용
하고 있다. 자신을 향한 "겁쟁이"라는 놀림과, 칼이 잘 든다는 자신의 말
을 믿지 않는 친구에 대한 모욕감 등이 그것이다. 여기에는 에독코로서의
명예나 자긍심이 손상되었다는 수치(恥)의식이 잠재되어 있다. 이에 대한
논리적 근거로는 세계적인 문화인류학자인 루스 베네딕트(Ruth Benedict,
1887~1948)가 『국화와 칼(The Chrysanthemum and the Sword)』(1946)에서 제시한
'기리(義理, ぎり)'나 '하지(恥, はじ)', '온(恩, おん)', '닌조(人情, にんじょう)' 등 일본
문화의 핵심적 키워드를 들 수 있으며, 이를 이해하기 위해서는 문학이나
예술을 비롯한 일본인들의 정신문화 전통 가운데 확고한 뿌리를 내리고
있는 무사도 정신을 살펴 볼 필요가 있다. 우선 『도련님』 속에는 작자가
주인공의 입을 빌려, 일본의 전통적 무사도 정신을 긍정하는 부분이 등장
한다.

"교육의 정신은 단순히 학문을 전수하는 것만은 아니다. 고상한, 정직한, 무사도적 혈기를 의미하는 동시에, 야비한, 경멸해야할, 오만한 악풍(惡風)을 소탕함에 있다."

— 『도련님』 중에서

작자는 세태와 야합하는 간사한 교육자들에 의해 좌지우지되는 교육 현장의 현실을 "무사도적 혈기"로 타파할 수 있다는 실천적 교육의 가치 관을 제시하고 있다. 주인공의 정의감을 앞세운 혈기왕성한 행동의 배후 에는 일본의 전통적 무사도 정신이 내재돼 있다는 반증이다.

제4장

무사도(武士道)와 일본문학

무사도는 12세기말부터 19세기말까지 지속된 일본의 무사사회의 문화적 산물이다. 일본의 무사도를 학술적으로 접근한 대표적 저술에 니토베 이나조(新渡戸稲造, 1862~1944)의 『BUSHIDO, THE SOUL OF JAPAN』(1899)[1]이 있으며, 니토베는 이 속에서 일본 무사도 정신의 3요소로 할복·복수·순사(殉死)를 들고 있다.

1. 「추신구라(忠臣蔵)」와 무사도

1) 「추신구라」

「추신구라(忠臣蔵, ちゅうしんぐら)」는 일본인들이 가장 즐기는 역사물로, 니토베가 제시한 일본 무사도의 3요소를 두루 엿볼 수 있는 문화 텍스트이다. 뜻하지 않은 굴욕을 당해 스스로 죽은 주군의 복수를 부하들이 실

---

1 영문 저술로, 일본어로는 『무사도(武士道)』로 번역됨.

행한 역사적 실화에 입각하고 있다. 정식 명칭은 「가나데혼 추신구라(仮名手本忠臣藏)」이다. 학교 교과서에도 등장하며, 현재도 가부키, 분라쿠 등의 전통예능이나 영화로 반복적으로 상연될 정도로, 일본인이면 누구나 알고 있는 국민적 영웅담이다.

에도막부 중기인 1701년 3월 14일, 쇼군(将軍)의 거처인 에도성(江戸城)에서 궁중 의전관을 수행하게 된 효고현(兵庫県) 아코번(赤穂藩)의 번주(藩主)인 아사노 나가노리(浅野長矩, 1667~1701)가 자신의 상관인 기라 요시나카(吉良義央, 1641~1702)에게 칼을 빼어들어, 경미하나마 부상을 입히는 사건이 발생한다. 군신간의 상하 위계질서를 중시하는 당시의 무사사회에서는 용납될 수 없는 하극상(下剋上)의 행위였다.

아사노가 기라에게 칼을 빼어든 이유는 불분명하나, 현재 추정되는 바로는 기라가 뇌물을 탐하고 강압적인 권위를 내세워 아사노를 박대했으므로, 원래부터 성격이 급한 아사노가 이를 참지 못해 대항했다는 것이 통설이다. 기라는 지방 영주인 아사노에게 궁중의식에 필요한 예절을 제대로 가르쳐주지 않았고, 고의로 격식에 어긋나는 복장으로 쇼군 이하 막부의 고위 인사가 참석하는 공식적 행사에 임하게 만든다. 아사노의 입장에서는 무사로서의 명예가 크게 손상됨은 물론, 씻을 수 없는 치욕(恥)을 입은 것이었다.

사건이 발생하자 쇼군인 도쿠가와 쓰나요시(徳川綱吉, 1646~1709)는 당일 심문을 한 뒤 아사노에게 할복(切腹)을 명하였으나, 또 한명의 당사자인 기라에게는 아무런 제재를 가하지 않았다. 이러한 쇼군의 조치에 대해 뜻있는 사람들은 무사사회의 전통인, 분쟁 발생 시에는 양쪽 모두에게 벌을 내리는 규칙에 위배된 편파적 처사라고 비판한다. 특히 당사자인 아사노 집안의 가신(家臣)들에게는 더할 나위 없는 굴욕으로서, 그들은 주군의 원수인 기라를 베는 것이 억울하게 죽은 주군의 뜻을 계승하는 것이 되며, 한편으로는 막부의 부당한 처분에 불만과 항의의 뜻을 전하는 것이라고 판단하고 복수를 결의한다. 이것은 가신으로서, 주군에 대한 충(忠)의 표현이자, 무사로서의 가장 큰 덕목인 기리(義理)의 완수를 의미하는 것이기 때문이다.

그러나 복수의 수행은 적지 않은 난관에 봉착하게 된다. 무사의 경우 자신이 섬기던 주군이 죄를 지어 죽으면, 가신들은 섬길 주군이 없는 낭인(浪人) 신분으로 전락하게 되고, 그동안 주군으로부터 받아왔던 녹봉(祿俸)도 받을 수 없었다. 이러한 혼란 속에서 주군의 복수를 최종적으로 수행하게 된 가신은 오이시 요시오(大石義雄, 1659~1703) 등 47명이었다. 이들은 다음 해인 1702년 12월 14일 밤 기라의 저택에 은밀히 잠입하여 기라를 죽인 후, 막부에 자발적으로 투항하게 된다.

한편 이 사건의 처리를 놓고 막부 내에서는 갖가지 의견이 제시되었으나, 이듬해 2월 47명 모두에게 할복의 명령이 내려지고 전원 죽음을 맞게 되면서 일단락된다. 당대의 커다란 정치적 사건으로, 훗날 쇼군 요시쓰나가 죽고 세월이 흐르자, 가부키나 분라쿠 등으로 극화되면서 오늘에 이르고 있다. 47명의 가신들이 자신들의 주군을 죽음으로 몰아넣은 기라를 죽이는 행위는 주군이 기라에게 받은 불명예, 즉 수치를 청산하는 복수가 되며, 그 자체가 무사로서의 최고의 덕목인 기리를 수행하는 것이었다. 47명의 복수담이 오늘날에도 애호되는 이유는 기리로 대표되는 무사도 정신이 일본인들의 전통적 정신체계에서 중요한 위치를 차지하고 있기 때문이다.

2) 할복의 정신성

할복은 일본인들의 전통적 사생관(死生観)을 이해하는 중요한 단서를 제공한다. 무사들의 전통적인 미의식의 표출이며, 한 순간에 일생을 마감한다는 점에서 일종의 '찰나(刹那)의 미학'을 즐기는 일본인들의 미의식을 반영하고 있기 때문이다. 스스로 목숨을 끊는다는 점에서 자살행위이지만, 당시의 무사들은 이를 도덕적 관념에서 말하는 악(悪)으로 보지 않았다. 할복은 무사들의 특권인 동시에 명예로운 죽음의 방식이자, 개인에게 부과된 사회적 책임의 표현으로서, 선(善)의 영역에 속한다는 것이 『국화와 칼』의 시각이기도 하다. 참고로 할복이 시작된 것은 16세기 후반의 전국시대 무렵에서 에도시대 초기이며, 가이샤쿠(介錯)[2]를 비롯하여 엄숙한 의식으로서의 작법(作法)이 확립된 것은 18세기 초 무렵이다.

전술한 니토베 이나조의 『무사도』에서는 에도시대에 고베(神戸)에서 발생한 외국인 총격사건으로 할복하게 된 한 죄인의 할복 광경을, 당시 직접 목격한 한 외국인의 시선으로 다음과 같이 서술하고 있다.

"우리들 7명의 외국인 대표자는 일본 관리에게 안내되어, 의식이 집행되는 사원 본당으로 들어갔다. 그것은 차분하고도 엄숙한 광경이었다. 본당은 천정으로부터 불교사원 특유의 거대한 금색 등롱(灯籠)과 그 밖의 화려한 장식이 아래로 드리워져 있었다. 높다란 불단(仏壇) 전면에는 마루 위 약 10여cm 정도의 높이에 자리가 마련되어 있었고, 깨끗한 새 다타미(畳)를 깔

---

2 할복 수행자의 육체적 고통을 완화시키기 위해, 할복 직후 목을 내리치는 행위나 그 임무를 수행하는 사람. 통상적으로 할복 수행자와 친밀한 관계의 사람이 이 역할을 담당하고, 매우 의로운 역할로 인식된다는 점에서 『국화와 칼』에서는 단순한 서양의 사형집행인과 구분하고 있다.

아 놓았으며, 빨간 융단이 펼쳐져 있었다. 적당한 간격을 두고 배치된 촛대는 희미하고도 신비로운 빛을 발하며, 모든 의식의 준비를 마친 상태였다. 7명의 일본 관리는 자리의 좌측에, 7명의 외국인 관리는 우측에 착석하였다, 그 외의 참관인들은 거의 없었다.

긴장된 마음으로 기다리기를 몇 분, 마침내 다키 젠자부로(滝善三郎)가 하얀 모시로 된 예복 차림으로 조용히 본당으로 들어왔다. 나이는 32살, 기품이 느껴지는 대장부였다. 한 사람의 가이샤쿠(介錯)와, 금으로 자수를 넣은 상의를 입은 세 사람의 관리가 그를 따라 들어왔다. '가이샤쿠'란 영어의 'executioner(처형인)'이라는 말이 있지만, 이것과는 다르다는 것을 알아 둘 필요가 있다. 그 임무는 신사(紳士)의 역할로, 대부분의 경우 죄인의 친척이나 친구가 이를 수행하며, 양자의 경우는 죄인과 처형인보다는 오히려 주역과 보좌역의 관계이다. 오늘의 경우 가이샤쿠는 다키 젠자부로의 문하생으로, 검도의 달인이라는 이유에서 그의 많은 친구 가운데 뽑힌 자였다.

다키 젠자부로는 가이샤쿠를 왼쪽에 거느린 채, 조용히 일본 관리들 쪽으로 다가가, 가이샤쿠와 함께 공손히 머리를 숙이고 나서, 이번에는 외국인 관리들에게 다가가 같은 식으로, 아니 더욱 공손한 자세로 예를 표하였다. 양쪽 모두로부터 정중한 답례가 있었음은 물론이다. 조용히 그러나 결코 위엄을 잃지 않은 채, 젠자부로는 자리로 올라가 불단 앞에 두 번 큰 절을 한 후, 불단을 등진 채 융단 위에 단좌하고, 가이샤쿠는 그의 왼쪽에 무릎을 구부린 채 앉아 있었다. 세 사람의 집행관 중 한사람이 이윽고 흰 종이에 싼 칼을 의식용 쟁반위에 올려 앞으로 나왔다. 이 칼의 길이는 약 30cm 정도로, 칼끝과 칼날은 매우 예리한 것이다. 집행관이 목례를 한 후 이를 죄인에게 건네자, 그는 공손하게 이것을 받은 후, 양손으로 자신의 머리 높이까지 쳐들고 조심스럽게 자신의 앞에 내려놓았다.

재차 공손하게 인사를 한 후, 다키 젠자부로의 목소리에는 처절한 고백을 하는 자에게 기대되는 애절한 감정과 주저의 기색이 엿보였지만, 얼굴색과 그의 태도에는 추호의 흐트러짐 없이 다음과 같은 자신의 죄상을 나열하였다. "못난 이 몸 무분별하게도 고베에 거주하는 외국인에게 발포의 명령을 내려, 그자가 도망치려하는 것을 보고 또다시 총격을 가하였사옵니다. 못난 이 몸 지금 그 죄를 입어 할복하고자 합니다. 저로 인해 수고하실 여러분들께 심심한 사의를 표합니다."

다시 정중하게 인사를 한 그는 상의를 허리까지 벗어 내려 허리 부분까지 몸을 드러내고는, (얼굴이)하늘을 보며 쓰러지는 일이 없도록 자세와 옷맵시를 주의 깊게 가다듬었다. 그것은 고귀한 일본의 무사는 앞으로 엎드려 쓰러져야 한다고 일컬어지기 때문이다. 그는 마음을 가다듬으며 손에 힘을 주어 칼을 들어 올린 후, 기꺼운 표정으로 자못 애착을 느끼듯이 이를 바라보고는, 잠시 최후의 관념(觀念)을 집중하는 것처럼 보였다. 이윽고 왼쪽 배를 깊게 찔러 서서히 오른쪽으로 칼을 훑은 후, 다시 원래의 위치로 칼을 가져오고는 약간 위로 칼을 훑었다. 이 처절하고도 고통스러운 동작을 펼치는 동안, 그는 얼굴 표정 하나 바뀌지 않았다. 그는 단도를 자신의 배로부터 빼고는 앞으로 몸을 숙인 채 목을 내밀었다. 고통의 표정이 처음으로 그의 얼굴을 스쳤지만, 조금도 소리를 내지 않았다. 이때까지 그의 곁에 무릎을 구부린 채 그의 일거수일투족을 미동(微動)도 없이 응시하던 가이샤쿠는 조용히 일어나 큰 칼을 허공을 향해 휘둘렀다. 그리고는 크게 소리를 지르고는 그의 일격과 함께 순식간에 다키 젠자부로의 몸뚱이와 목은 분리되어 각각 다른 위치에 자리를 잡았다.

장내를 감싸는 적막감은 마치 죽음의 정적을 나타내듯이, 오직 그들 앞에 놓인 죽은 자의 목으로부터 솟구쳐 흐르는 처절한 피의 소리만이 들려올 뿐이었다. 이 목의 주인이야말로 오늘 이 순간까지 용감무쌍한 장부로 살아왔으리라! 무시무시한 일이었다.

가이샤쿠는 바닥에 엎드려 공손히 예를 표한 후, 미리 준비해 둔 흰 종이를 꺼내 대강 칼에 묻은 피를 닦아내고는 '자리'에서 내려왔다. 피로 물든

칼은 의식이 수행된 증거로써 엄숙하게 운반되었다.

　　이윽고 두 사람의 관리가 외국인 관리들 앞에 다가와, "다키 젠자부로의 처형이 무사히 끝났으니, 검시하시오"라는 말을 건넸다. 모든 의식은 이것으로 끝이 나고, 우리들은 사원을 떠났다."

─니토베 이나조, 야노하라 다다오 역, 『무사도』, 岩波書店, 1938, pp.101-103

　　인용문에서 드러나듯, 할복의 정신은 한마디로 '비겁하지 않음'에 있다. 그러나 한편에서 할복은 전장에서 행해지는 경우 최후까지 싸우다 죽을 것인가, 아니면 살아남아 훗날을 기약할 것인가라는 절체절명의 순간에서 이중성을 드러낸다. 실제로 후술할 순사(殉死)를 에워싸고는 무사도 정신의 모순성이 지적되기도 한다.

　　한편 할복을 바라보는 외국인의 시각에 대해, 이어령씨는 다음과 같이 적고 있다.

　　"자살의 방법 중 진짜 자살은 할복 밖에 없습니다. 음독자살이나, 가스를 마시는 일, 투신자살 등은 반은 자살, 반은 사고이지요. 투신하는 사람은 물에 뛰어든 순간부터 헤엄을 치려고 하고, 가스로 자살하는 사람은 숨을 쉬려고 필사적으로 가슴을 퍼덕입니다. 살려고 하는 자기와 죽으려고 하는 자기가 마지막까지 싸우는 거죠. 그러니까 그 자살을 향한 의지는 자신의 반 밖에 대표할 수 없어요. 그러나 할복은 자기 손으로 자기 몸을 자르는 행위죠. 그리고 그 칼끝에서 죽이는 자와 죽어가는 자기의 두 개의 모습을 함께 보는 거예요. 어떻게 그렇게 할 수 있냐고요? 할복은 일종의 의식(儀式)이기 때문이죠."

─이어령, 『축소지향의 일본인』, 갑인출판사, 1982, p.212

"죽이는 자와 죽어가는 자기의 두 개의 모습을 함께" 바라보는 처절한 "의식(儀式)", 즉 할복은 죽음의 고통이라는 신체의 본능적 무의식의 극복을 요구한다. 신체적 훼손을 터부시하는 유교사상의 관점에서 보면, 할복은 일본 무사도의 극한의 정신을 드러내고 있는 점, 강인함을 동경하는 일본인들의 정신성의 상징으로 요약할 수 있다. 흥미로운 점은 이와 같은 무사도 정신이 일본 근대문학에서도 중요한 소재를 차지하고 있는 점이다. 비록 무사도가 역사적으로 사농공상의 신분계층 중 '사'에 국한된 것이었지만, 나머지 '농공상'의 계층은 그것을 몸소 행하지는 않았을 뿐, 그 정신에 대해 일종의 민족적 자긍심과 낭만적 환상을 내포하고 있다고 볼 수 있다.

할복은 일본적 사생관의 핵심인, 죽음에 대한 친화의식을 엿보게 한다는 점에서 특징적이다. 일본인들의 죽음에 대한 친화의식에 대해 김용운 씨는 『한국인과 일본인-정착과 정복』(1994, 한길사) 속에서, 일본의 무사와 한국의 선비를 예로 들면서, 한국인의 생애(生愛)와 대비되는 사애(死愛)의 사생관으로 접근하고 있다. 한국인의 유교적 전통에서는 신체에 대한 가혹 행위를 금기시하며, 사상의 틀은 다르지만 기독교의 휴머니즘도 인간의 생명을 가장 유가치하게 여기고 있는 점, 생애적(生愛的) 사생관에 해당한다. 이에 비해 일본인들의 무의식 속에는 죽음을 인간 행위의 가장 아름다운 것으로 여기는 경향이 있으며, 죽음의 미학이야말로 일본적 사생관의 중추적 요소이다. 할복·복수·순사 등의 일본 무사도 정신과 후술할 일반인들의 동반자살(心中)은 모두 죽음, 그것도 자살이라는 행위자의 주체적 의지를 강조하고 있으며, 이러한 극단적 행동은 죽음에 대한 미적 혹은 친화적 가치의 부여 없이는 불가능하기 때문이다.

3) 복수의 미학

관점을 다시 복수로 돌려보면, 일본의 경우 복수의 범위가 부모나 자식 등 친족에 머물지 않고, 자신이 섬기던 주군에까지 미친다는 점이 주목을 끈다. 니토베 이나조는 복수를 '인간으로서의 정의감을 만족시키는 것'으로 정의하면서, 복수를 수행하는 자의 심리에 대해, 아버지를 잃은 어느 자식의 예를 들어 다음과 같이 설명한다.

> "나의 선량한 아버지는 죽을 이유가 없었다. 그를 죽인 자는 커다란 악(惡)을 저지른 것이다. 내 아버지가 만일 살아있다면 이런 행위를 용납하지 않았을 것이다. 하늘(天) 또한 악행을 증오한다. 악을 행하는 자에게 그것을 중단하도록 하는 것은 내 아버지의 의지이며, 하늘의 의지이다. 그는 내 손에 죽어야 한다. 그는 내 아버지의 피를 흘리게 했으므로, 아버지의 혈육인 내가 그 살인자의 피를 흘리게 하지 않으면 안 된다. 그는 하늘을 우러러 볼 수 없는 원수이다."
>
> ─『무사도』, p.107

죽음에는 죽음으로 응수한다는 복수의 확고한 평등의식이 눈에 띈다. 복수를 "하늘(天)"의 도리로까지 설명하고 있는 부분은, 단순히 개인의 원한을 초월하여, 사회도덕적으로 반드시 수행해야 할 공적 의무임을 암시한다.

일본인들이 지금까지도 「추신구라」를 높이 평가하는 이유는, 오늘날과 같은 근대적 형법체계가 존재하는 사회에서, 잔인하고 야만적이라 할 수 있는 할복이나 복수가 더 이상 성립될 수 없는 것에 대한 일종의 막연한 향수가 작용하고 있기 때문으로 볼 수 있다. 즉 일본인들의 전통적 정신세계 속에 무사도가 뿌리 깊게 존재하고 있을 개연성이다. 자신이 섬기던 주군에 대한 충성, 그 충성을 관철시키기 위해 스스로 사지를 택하는 희생정신, 뜻을 같이하는 동지끼리의 맹약을 끝까지 지키는 신의 등, 「추신구라」는 무사도의 귀감인 모든 도의적 조건을 갖추고 있다. 결론적으로 일본인들이 일본적 '모럴'로서, 그리고 일본적 뉘앙스로서 무사도 정신을 얼마나 높이 평가하고 있는가를 알 수 있는 절호의 텍스트이다.

복수가 살생이라는 극단적 행위를 수반하면서도, 그것을 미적으로 응시하는 이유를 이해하기 위해서는, 전술한 대로 루스 베네딕트가 『국화와 칼』(1946)에서 일본인의 정신문화의 키워드로 주목한 기리(義理), 하지(恥), 온(恩), 닌조(人情)의 상관관계에 대해 살펴볼 필요가 있다.

4) 『국화와 칼』 속의 '기리(義理)'

『국화와 칼』의 제7장 「기리보다 쓰라린 것은 없다」에서는 기리의 종류를 크게 '세상(世間)에 대한 기리'와 '자기 이름에 대한 기리'로 나눈 후, 양자의 상반된 성격을 설명하고 있다. 먼저 '세상(世間)에 대한 기리'는 우리가 일반적으로 여기는 '의리'에 비교적 가까우며, 근저에는 온(恩)의 의식이 존재한다.

'온'이란 인간이 태어나 세상을 살아가는 동안 자의든 타의든 타인으로부터 받게 되는 호의, 신세 등 다양한 경우를 가리키며, 일본인들은 이에 대해 반드시 갚아야할 변제(弁済)의 의무를 지닌다. 온은 다시 무한적인 것과 유한적인 것으로 구분되며, 우선 무한적인 온은 받은 양이나 깊이에 상관없이, 상대에게 무한적으로 갚아야 할 '무한변제'의 의무를 지니고,

무사의 경우는 자신이 섬기는 군주 혹은 주군으로부터 받은 것, 일반인은 자신을 낳고 길러준 부모 등의 근친(近親)으로부터 받은 것을 말한다. 다음으로 유한적인 온은 타인, 즉 남으로부터 받은 온이다. 자신이 타인으로부터 금전적으로 호의를 입었거나 어떤 일에 도움을 받은 경우, 일본인들은 그 받은 크기만큼 그것을 갚아야 하는 '유한변제', 그리고 '등량(等量)변제'의 의무가 발생한다는 것이다. 이때 자신이 입은(받은) 온을 갚는 행위가 바로 '세상'에 대해 마땅히 지불해야 할 기리가 된다는 것이다.

이에 비해 '자기 이름에 대한 기리'는 기리의 일본적 성격을 드러낸다. 본의 아니게 자신이 타인으로부터 '불명예'를 당했을 때, 반드시 되갚아야 하는 의무가 발생한다. 이를테면 타인으로부터 뜻하지 않게 모욕이나 핀잔을 받는다면, 자신이 입은 오명(汚名) 즉 '하지'를 청산해야 할 '의무(duty)'가 발생하며, 이것은 보복 혹은 복수로 이어진다. 중요한 것은 보복, 또는 복수의 행위가 전혀 도덕적으로 불법적이거나 비난받지 않고, 오히려 그것을 선에 가까운 것으로 여긴다는 점이다. 결국 '자기 이름에 대한 기리'는 자신의 이름, 즉 명예에 저촉되는 어떤 행위도 용납하지 않으려는 일본인들의 강한 자긍심의 발로에 다름 아니다. 특히 명예를 목숨처럼 중시하는 무사들의 경우는 더욱 그렇다. 오늘날 나날이 심각한 사회문제로 지적되는 자살도, 자신이 다하지 못한 공동체(조직)에 대한 기리로 인해 발생하며, 공동체의 구성원으로서, 구성체의 '하지'를 씻기 위한 가장 일본적 특성의 행위라는 것이 베네딕트의 견해이다. 참고로 이때의 기리는 '세상에 대한 기리'에 해당한다.

5) 「추신구라」 속의 '기리'

전술한 대로 아사노는 공적 석상에서, 자신이 기라의 술책으로 모욕을 당했다는 것을 깨닫고 기라에게 칼을 휘두른다. 아사노의 입장에서 자신이 받은 모욕에 대해 보복을 하는 것은, 명예를 목숨보다 중요시하는 무사에게는 당연히 수행해야 할 '의무'이자, '자기 이름에 대란 기리'에 부합되는 것이었다. 그러나 쇼군의 어전에서 칼을 뽑아 든 행위는, 무사의 또 다른 덕목인, 주군에 대한 '충'이라는 '기무(義務)'에 반하는 것이었다. 이 상황에서 베네딕트가 지적한 '자기 이름에 대한 기리'와, 베네딕트가 '기무'로 표현한 '충'과의 갈등구조가 형성된다. 결국 아사노는 할복을 수행함으로써, 기리와 기무(충)와의 갈등을 봉합한 것이다.

한편 아사노는 하극상의 죄를 짓고 할복을 한 상황이었으므로, 당시의 무사사회의 규율에 따라, 그가 막부로부터 통치를 허가받아 다스려온 영지인 번(藩)은 자연히 막부에 귀속되었고, 오이시를 비롯한 그의 가신들은 낭인의 신분으로 전락하고 만다. 베네딕트도 지적하고 있지만, 이 시점에서 아사노의 가신들은 주군과 마찬가지로 할복할 의무를 지니고 있었다. 주군이 죽으면 따라죽는 순사(殉死)의 의무가 발생하기 때문이다. 그러나 만일 그들이 주군에 대한 '충'과 무사로서의 '자기 이름에 대한 기리'를 앞세워 죽음을 택한다면, 주군에게 내린 막부의 결정에 대해 항의를 표하는 결과가 되며, 이는 막부에 대한 충에 위배하는 행동이 된다. 여기서 오이시는 할복(죽음)은 자신들의 주군을 향한 충과 무사로서의 기리를 표현하기에는 너무나 부족하고 의미 없는 행위로 판단하고, 자신들보다 신분이 높은 적(기라)에게, 주군이 관철하지 못했던 복수를 완수하지 않으면 안 된다고 여긴다. 결국 기라에 대한 복수를 수행함으로써, 무사로서의 충보다 기리를 우선시하기로 결정한 것이다.

그런데 기라는 막부와 매우 긴밀한 관계에 있었으므로, 낭인의 신분인 아사노의 가신들이 막부로부터 주군의 원수를 갚아도 좋다는 허가를 받아내는 것은 현실적으로 불가능한 일이었다. 참고로 당시 막부의 규율에 따르면, 복수를 수행하기 위해서는 사전에 막부의 허가가 필요했으며, 만약 허가 없이 복수를 완료하거나 복수를 포기할 경우에는, 기한을 정해 그 계획을 막부에 제출하게 되어 있었다. 이것이 막부에 대한 충과, 무사로서의 기리를 화해시킬 수 있는 유일한 방법이었다.

이런 상황에서 오이시는 아사노의 가신 약 300명을 전부 불러 모으고, 자신들의 앞으로의 행보를 논의하는 자리를 가진다. 물론 오이시는 그들에게 자신이 기라를 칠 계획임을 내색하지 않았다. 가신들의 대다수는 주군을 따라 할복(순사)하자는 의견이었으나, 오이시는 300명 전원이 진심에서 우러나온 기리를 갖고 있다고는 여기지 않았으므로, 구성원 간의 완벽한 신뢰와 철저한 보안이 필요한 이 위험한 거사에, 전원이 참여할 수는 없다고 판단한다. 따라서 그는 '표면적인 기리' 밖에 지니고 있지 않은 무리와, 마음속에서 우러나온 순수한 '진심의 기리'를 지닌 동지를 구별하기 위해, 주군의 개인 재산의 분배 방식과 기준을 놓고 의견을 구한다. 재산 따위 죽음을 각오한 자들에게는 일고의 가치도 없는 문제였으나, 자신들의 가족의 이익에 관계되는 민감한 사안이므로, 격렬한 의견 대립이 발생한다. 한 쪽은 지위 면에서 가신들의 우두머리에 속하는 집사격의 무사가 중심이 되어, 자신들이 가신들 중 최고의 봉록을 받고 있던 만큼, 기존의 봉록의 액수에 비례하여 차등적으로 나누자는 의견을 주장한 반면, 오이시는 봉록을 지위 고하에 관계없이 전원 균등하게 분배하자고 주장한다.

이러한 논쟁을 통해, 그들 중 누가 표면적인 기리와 진심의 기리를 지니고 있는 가가 밝혀졌으므로, 오이시는 일부러 집사격 무사의 분할 안에 찬성하고 재산을 분배한다. 자신들의 의견을 관철시킨 무리들이 재산 분배를 마치고 승리감에 도취하여 집단으로부터 이탈해 가는 것을 일부러 묵인했던 것이다. 이들은 훗날 오이시 일행이 거사를 마친 후, 세상 사람들로부터 무사로서의 기리를 모르는 부도덕한 자들이라는 오명을 얻게 된다.

마지막까지 남은 가신의 수가 47명, 그들이야 말로 거사를 함께 도모할 수 있는 동지들이라고 확신한 오이시는, 그들로부터 거사의 성공을 위해 신의나 인간적 감정, 그리고 충 같은 '기무'까지도, 거사의 성공에 방해가 된다면 모든 것을 다 버릴 수 있다는 서약을 받는다. 이 순간 그들에게 기리는 무사로서 최고의 법도로 자리하게 된 것이다. 이제 47명에게 가장 큰 일은 우선 기라로 하여금 복수의 계획을 눈치 채지 못하게 하는 것이었다. 기라 입장에서는 당시의 무사들의 모럴인 복수가 행해질 개연성을 짐작하고 있었기 때문이다.

여기서 오이시는 일부러 술집에 틀어박혀 주정과 싸움질을 일삼는 등 방종한 생활을 하게 되고, 나머지 가신들도 유사한 행보를 취한다. 그들의 방탕한 생활은 아내와도 부부의 연을 해소하는 등 가족사에도 영향을 미치는데, 이것은 앞으로 자신들이 수행할 행위(복수)가 충에 위배됨은 물론, 그것이 가족들에게 초래할 재산 몰수 등 경제적 제재를 사전에 방지하기 위한 정당한 수단이었다고 베네딕트는 지적하고 있다.

한편 47명의 낭인들에게 평소 좋은 감정을 가지고 있던 주위 사람들은 아마도 그들이 기라를 죽여 복수할 것이라고 확신하지만, 자신들은 전혀 그럴 생각이 없다고 주장한다. 오이시 등 47명은 일부러 기리를 모르는 사람처럼 행동하고, 이를 본 주위 사람들은 이들의 행동에 분개하면서, 결혼한 사람들의 장인들의 다수는 자신의 딸과의 결혼을 해소시킨다. 참고로 「추신구라」에서는 그들의 철저한 위장된 행동의 서술에 상당부분을 할애하고 있다. 이를테면 친한 친구에게도 자신의 계획을 철저히 숨겨 그 친구에게 폭행을 당하거나, 복수에 드는 비용을 충당하기 위해 아내를 창녀로 팔아넘기기도 하고, 복수에 도움이 되려고 자신의 누이동생을 기라 집에 첩으로 들여보내는 내용의 일화는, 「추신구라」의 핵심적 가치구조인 기리의 수행을 위해서는 닌조(人情)의 희생조차 불사하는 태도를 드러내고 있다. '닌조'는 사랑(愛) 등, 인간의 감정의 영역을 총괄하는 개념으로, 적어도 47명에게는 무사로서의 기리가 인간으로서의 닌조보다 우선된다는 인식을 읽어낼 수 있다. 훗날 이 거사가 성공하자, 이를 위해 스스로를 희생한 여인들은 비록 자신들의 행위가 목적을 완수하기 위한 위장된 행동이었지만, 기라를 섬겼다는 불명예가 무사 집안의 '하지'에 해당한다는 판단하에 자살의 길을 택하기도 한다.

이렇게 해서 주도면밀하게 거사를 준비한 오이시 등 47명의 의사(義士)들은 약 1년 후 명절날 거사를 실행에 옮기고, 주연이 한창인 기라의 저택을 습격하여 기라를 생포한다. 그들은 기라에게 즉시 무사로서의 명예로운 죽음인 할복을 요구하나, 기라는 이를 거절했으므로, 주군이 할복할 때 쓰던 칼로 기라의 목을 친다. 이어 그들은 대오를 정비한 후, 자신의 주군과 기라의 피로 얼룩진 칼과 기라의 머리와 함께, 주군 아사노가 묻혀 있는 묘소로 행군한다. 기록에 따르면 이때 에도의 시민들은 그들의 행렬을 열렬히 환영하였다고 한다. 그동안 그들의 의로운 마음을 의심했던 주위 사람들이나 일반인은 물론, 그들이 지나는 지역의 다이묘들까지 마중 나와 후하게 대접을 하기도 한다. 마침내 주군의 묘소에 도착한 47명은 기라의 목과 그를 베인 칼, 그리고 주군에게 올리는 문장을 바치게 되는데, 그 내용은 주군이 미처 이루지 못한 복수를 마쳤다는 것, 이제 기라의 목과 주군이 애용하시던 칼을 바치니, 이 칼로 기라의 목을 쳐서 원한을 풀고 극락왕생(極楽往生)하라는 내용으로서, 그 문장은 지금도 전해지고 있다.

47명의 아코낭사(赤穂浪士)들의 주군을 향한 충, 그리고 무사로서의 자신의 이름에 대한 기리의 수행은 이것으로 끝을 맺게 되었지만, 아직 그들에게는 남은 일이 있었다. 다름 아닌 쇼군으로 상징되는 막부에 대한 충의 수행이었다. 무사의 충은 자신이 섬기는 주군은 물론, 막부에 대해서도 수행되어야 했기 때문이다. 전술한 대로 그들은 막부의 사전허가가 없는 복수를 금하는 국법을 어겼고, 이에 대해 현실적으로 충(기무)과 기리 양쪽의 갈등을 봉합하고 일치시키는 유일한 방법은 죽음뿐이었다. 결국 막부는 숙고 끝에 47명에게 무사로서의 명예로운 죽음의 방식인 할복 명령을 내리고, 그들은 이를 수행하게 된다. 이러한 막부의 결정은 주군의 원수를 갚은 47명의 행위를 영구불멸의 귀감으로 여기는 한편, 막부에 대한 충의 완수까지 염두에 둔 절묘한 정치적 판단이었다.

한 가지 흥미로운 것은 이 일본의 국민적 서사시가 근대 이후의 영화나 연극 속에서는 다양한 내용으로 각색되고 있는 점이다. 이를테면 사건의 발단은 뇌물이 아니라, 기라가 아사노의 부인에게 사랑을 호소하는 장면을 아사노가 목격하였고, 부인을 향한 기라의 짝사랑이 아사노에게 틀린 예법을 가르쳐 준 이유라는 것이다. 그 배후에는 기리보다는 닌조의 영역을 중시하는 근대적 특성의 반영이 지적되며, 이와 관련된 문학작품의 등장을 예고하고 있다.

2. 근대소설 속의 복수

1) '기리'와 '닌조(人情)'의 충돌

일본 근대소설에서 주인공을 비롯한 등장인물의 행동방식을 에워싼 대인관계의 갈등에는 기리와 닌조의 대립이 중요한 모티브를 형성하고 있다. 기존의 무사 계층을 중심으로 집중적으로 조명해 온 기리의 개념을 근대적 시각으로 확장해 보면, 닌조가 기리보다 우선시됨을 알 수 있다. 이를테면 사랑의 감정에 얽힌 삼각관계 속에서 친구와의 우정을 일종의 기리의 개념으로 파악 가능하다면, 닌조의 영역에 속하는 사랑의 감정을 우선시하는 태도가 두드러진다. 소설 속에서 주인공이 친구를 배반하고 사랑을 취하거나, 사랑을 위해 혈연관계인 부모에 대한 기무인 효(孝)를 저버리는 경우가 흔히 나타난다. 우정은 남성중심사회에서는 꼭 지켜야 할 신의(信義)로서, 이성과의 닌조보다 우위에 두거나 중시해야 할 기리의 덕목으로 상정 가능하기 때문이다. 나아가 한 여성을 사이에 둔 우정과 연정의 갈등구조 속에서, 친구에게 배반당한 자가 행하는 자살은 신의를 저버린 상대 친구나 자신을 배반한 여인에 대한 일종의 복수로서, 그들에게는 평생 씻을 수 없는 정신적 고통과 죄의식을 초래한다. 물론 자신을 죽음으로 몰아넣은 상대에 대한 의도적 복수는 아니라 해도, 육체적 고통 이상의 정신적 고통을 수반하며, 그 고통을 에워싼 내면의 응시는 일본 근대소설의 핵심적 테마로 볼 수 있다.

나쓰메 소세키의 소설 『그 후(それから)』(1909)에서 주인공 다이스케(代助)는 과거에는 자신의 연인이었으나 현재는 친구의 부인이 된 옛사랑과 해후한 후, 연인을 친구에게 양보한 과거의 행위가 인간으로서의 본연의 감정인 '자연(自然)'에 충실하지 못한 것임을 깨닫고, 마침내 친구를 배반하고 그 여인을 아내로 맞이하는 비윤리적 행동을 취하고 있다. 이로 인해 자신을 지탱해온 경제적 지원처이자 혈연적 연결고리인 아버지와 형 등 고향의 가족과도 관계를 단절하지만, 다이스케는 사회적 신의를 저버린 자신에 대한 비난을 감수하고자 결심한다.

이러한 행동의 배경에는 근대사회의 구성원으로서, 도덕이나 윤리 등의 덕목을 중시하는 집단적 자아보다는, 사회의 구성원이기 이전에 한 인간으로서의 개인적(개별적) 자아에 입각해, 순수한 감정의 추구와 완수를 유가치한 것으로 여기는 개인주의 사상이 자리하고 있다. 이은 『문(門)』(1910)에서는 『그 후』의 연장선상에서, 과거의 비윤리적 행위에 대한 죄의식이 소스케(宗助) 부부의 불행한 현실상황과 소스케 자신의 씻을 수 없는 내면의 정신적 고통을 수반하면서, 작품 전체의 분위기를 주도하고 있다. 결국 다이스케, 소스케로 이어지는 소세키 작품 속 엘리트 주인공들의 고뇌는 근본적으로 사회나 집단보다는 자신을 우선시하는 개인주의 사고가 위치하고 있으며, 근본적으로는 닌조의 중요성을 웅변해 준다. 참고로 개인주의 사상은 근대 이후 일본에 유입된 서양의 정신문화 중 가장 대표적인 것으로서, 문학작품의 관심이 윤리나 도덕 등의 사회적 규율을 초월하여, 닌조의 영역에 뿌리를 둔 개인의 내면과 이를 에워싼 대인관계, 즉 자기와 타자(他者)와의 대립과 갈등의 심층적 탐구로 전개되고 있음을 시사한다. 이처럼 기리와 닌조의 갈등은 단순한 무사사회의 전유물이 아닌, 일본인의 인간관계 속에서 폭넓게 드러나는 근대적 테마로 간주할 수 있다.

2) 기쿠치 칸(菊池寛) 『은수의 저 편에』(恩讐の彼方に)

일본 무사도의 핵심의 하나인 복수의 경우, 근대소설에서는 「추신구라」와는 다른 양상으로 나타난다. 이른바 복수의 근대적 양상과 의미를 다룬 작품으로 기쿠치 칸(1888~1948)의 소설 『은수의 저 편에』(1919)를 들 수 있다. 복수의 비(非)인간성을 비판하고, 닌조의 비중을 직시한 작품으로, 규슈 오이타현(大分県)에 실존하는 거대한 암벽 동굴인 '아오노 동문(青の洞門)'의 성립 유래기(由来記)에서 제재를 딴 단편소설이다. 우선 개략적 줄거리는 다음과 같다

자신이 섬기던 주군의 애첩과 정을 통하다가 주군에게 발각되어, 주군을 죽이고 도망친 주인공 이치구로(市九郎)는 자신의 죄를 뉘우치게 되고, 불도에 입문하여 료카이(了海)라는 법명(法名)의 고행승이 된다. 료카이는 남을 위해 자신의 생을 바칠 수 있는 힘든 일을 찾아 전국 각지를 떠돌아다닌다. 그런 어려운 작업에 매진함으로써 속죄하려는 염원을 갖고 있었기 때문이다. 그러던 어느 날 우연히 규슈의 한 산골을 지나다가, 길목에 위치한 두께가 약 300m에 이르는 거대한 암벽 때문에, 이곳을 지나는 통행인들의 낙마사고가 끊이지 않고 있음을 알게 되고, 그로부터 이 암벽에 굴을 뚫어 길을 내는 엄청난 작업에 임하게 된다.

이런 료카이의 모습을 보고 처음에는 제 정신이 아니라고 여기던 마을 사람들도 조금씩 그의 진정성을 확인하고 작업에 협조한다. 그러나 거의

실현이 불가능했으므로 도중에 하나 둘 포기하게 되고, 나중에는 주인공만 홀로 남아 묵묵히 작업을 계속한다. 굴 뚫기를 시작한지 19년이 지나, 전체의 반 정도 작업이 진척되었을 무렵, 죽은 아버지의 복수를 하기 위해 9년간 주인공을 찾아 전국을 헤매던 주군의 아들인 지쓰노스케(実之助)가 주인공 앞에 나타난다. 지쓰노스케의 눈에 비친 료카이의 모습은 사람이라기보다는 해골에 가까운 형상이었다. 지쓰노스케는 아버지의 복수를 굴이 완성되기까지만 기다려 달라는 마을사람들의 간곡한 요청을 받아들이고, 자신도 주인공을 도와 작업에 매진한다. 주인공이 작업에 임한지 21년째 되던 해, 다시 말해 지쓰노스케가 주인공과 함께 일을 한지 1년 반이 지날 무렵, 마침내 동문이 완성된다. 료카이는 지쓰노스케를 향해 이제 자신을 베어달라고 말하지만, 자신의 염원이 이루어져 환희의 눈물을 흘리는 주인공의 얼굴을 바라본 지쓰노스케는 아버지의 복수를 단념하고 그를 용서한다.

이 소설은 인간의 증오는 영구불변의 절대적인 것이 아니며, 어떤 계기가 되면 얼마든지 망각될 수 있는 상대적이고 가변적인 것임을 표현하고 있다. 이것을 기리와 닌조의 측면에서 바라보면, 「추신구라」의 구조와는 차별되는 근대적 특성을 발견할 수 있다. 주인공은 무사 출신이므로, 자신이 저지른 악행에 대한 참회는 할복만이 유일한 방법이었다. 그러나 주인공이 할복이 아닌, 고행을 통한 참회와 속죄를 택한 배경에는 근대적 틀 속에서 할복을 더 이상 도덕적으로 유가치한 것으로 바라볼 수 없는 시대상황과 인식체계가 반영돼 있다. 한편 지쓰노스케의 입장에서 아버지에 대한 복수는 자식으로서의 당연히 수행해야 할 기무(孝)이자, 무사로서 자신의 이름에 대한 기리를 완수하는 것이 된다. 그럼에도 주인공의 헌신적 행동에 감동하여 동문이 완성될 때까지 복수를 유보하고 결국은 단념한 배경에는, 주인공에 대한 인간적 연민이라는 근대문학의 휴머 즘적 사고가 내재되어 있다. 무엇보다 이 소설에서는 복수를 에워싼 인간 적 갈등과 현실적 이해관계가 첨예하게 대립하고 있다. 다음은 지쓰노스 케를 만난 료카이가 죽여주기를 청하나, 오랜 작업으로 반송장이 된 그를 보고 복수를 유보하는 부분이다.

"주군을 죽이고 도망친 비도(非道)의 그대를 치기 위해, 10년 가까운 세월 을 고난 속에서 지냈소. 더 이상 도망칠 곳은 없으니 멋지게 승부합시다"고 말했다. 이치구로(市九郎)는 조금도 두렵지 않았다. 해가 바뀌는 동안 성취해 야 할 일생의 소원을 완수하지 못하고 죽는 것이 다소 슬펐지만, 그것도 자신 의 악행에 따른 업보라고 생각하고, 그는 죽기로 결심했다.

"지쓰노스케 님, 어서 베어 주시오. 이미 들으셨겠지만, 이것은 이 료카이 놈이 속죄를 위해 뚫으려고 마음먹은 동문으로, 19년의 세월을 들여, 9할까 지는 준공을 했사옵니다. 료카이, 비록 몸은 죽더라도 더 이상 해를 넘기지 않을 것이옵니다. 당신의 손에 의해, 이 동문 입구에서 피를 흘려 인간 기둥 이 된다면, 조금도 여한이 없사옵니다"고 말하며, 그는 보이지 않는 눈을 깜박거리는 것이었다.

지쓰노스케는, 이 반 송장과 같은 노승을 접하고 보니, 부모의 원수에 대 해 품어왔던 증오가, 어느 사이엔가, 사라지고 없음을 느꼈다. 원수는, 아버 지를 죽인 죄의 참회로, 분골쇄신하여, 반평생을 오직 고통 속에서 지내왔다. 더구나 자신이 신분을 밝히자, 공손하게, 목숨을 버리려 하고 있었다. 이러 한 반(半) 송장의 노승의 목숨을 거두는 것이, 무슨 복수인가라고, 지쓰네노 스케는 생각했다. 그러나 이 원수의 목을 치지 않는 한, 오랜 방랑의 생활을 끝내고 에도(고향)로 돌아갈 명분이 없었다. 하물며 집안의 재건 등은, 생각할 수도 없는 일이었다. 지쓰노스케는, 증오보다도, 오히려 <u>이해타산적인 마음</u>에서, 이 노승의 목숨을 거두려고 생각해 왔었다. 그러나 격한, 타오르는 증오를 느끼지도 않으면서, 이해타산에서 인간을 죽이는 것은, 지쓰노스케에게 견딜 수 없는 일이었다. 그는 사라져 없어지려는 증오의 마음을 억지로 부추기면서, 죽여도 아무런 보람 없는 원수를 죽이려고 했던 것이다."(밑줄은 인용자)

지쓰노스케가 복수를 유보한 배경에는 주인공의 헌신적 행동에 대한 인간적 감동이 있었다는 점에서, 아들로서의 기무(효) 및 무사로서의 기리와, 인간적 연민의 감정으로서의 닌조와의 갈등구조를 드러낸다. 그러나 더욱 주목할 것은 인용문 끝부분에서 알 수 있듯이 지쓰노스케가 복수를 수행하려는 가장 큰 이유가 주인공에 대한 증오심보다는 집안의 부흥이라는 현실적 판단에 입각한, 이른바 '이해타산적인 마음'에 기인하고 있는 점이다. 지쓰노스케의 복수는 억울하게 죽은 아버지의 명예를 회복하여 집안을 재건하고, 나아가 장남으로서 아버지의 후사를 잇는 유산승계(家督相続)의 경제적 권리를 확보하는 필연적인 행위로서, 무사로서의 기리의 수행과 가독상속의 현실적 이익을 동시에 충족시키는 방법이었다. 그럼에도 불구하고, 10년 가까운 시간이 흐르자, 증오심보다는 경제적 이익을 위해 복수를 수행하려는 '이해타산적인 마음'이 자리하고 있음을 자각한다. 작자는 도덕이나 윤리와 같은 사회의 집단적 가치체계보다, 개인의 감정과 정신을 중시하는 근대적 사고방식 속에서, 기리 등의 전시대의 정신문화의 순수성은 더 이상 지켜낼 수 없는 구시대의 유물임을 우회적으로 암시하고 있다. 복수를 바라보는 인식의 측면에서, 근대 이전의 권선 징악적 가치관 속에서는 무사사회의 성격상 무조건적인 복수만이 절대 불변의 진리였음에 비해, 근대 이후의 개인주의 사회에서는 상황에 따른 가변성과 상대적 성격이 작용하고 있음을 시사한다. 전술한 대로 닌조와 기리의 갈등 시, 닌조가 우선시되는 경향을 엿볼 수 있다.

3. 순사(殉死)의 미학과 근대소설

1) 순사의 모순성과 『아베 일족(阿部一族)』

순사(殉死)는 자기가 섬기던 주군이 병으로 죽으면 뒤를 이어 죽는 것으로서, 전장에서 패하여 주군이 전사할 경우 할복으로 뒤를 따르는 '오이바라(追腹)'와 구별된다. 우리나라를 비롯해 고대 이집트나 메소포타미아, 중국 등에서 행해졌던 순장(殉葬)은 왕이 죽은 후 부하나 시중을 들던 자들을 같이 매장하던 풍습으로, 강제성의 유무에 차이가 있다. 일본의 무사들은 어디까지나 '자발적인' 형태의 죽음(할복)을 통해, 자신이 섬기는 주군에 대한 충성심을 표현하였고, 무사들에게는 큰 영광이자 용기 있는 행동으로 추앙되었다. 일본의 근대소설 중 순사를 주요 소재로 다룬 대표적 작품에 모리 오가이(森鴎外, 1862~1922)의 『아베 일족(阿部一族)』(1913)이 있다. 근대적 관점에서 본 순사의 모순점을 오가이 스스로 주장한 역사소설의 기술방식의 하나인 '역사 그대로(歴史そのまま)'[3]의 객관적 관점에서 묘사

---

3 작자의 주관을 개입시키지 않고 역사적 사실을 실증적으로 재현하는 객관적 역사소설이며, 이에 비해 '역사 벗어나기('歴史離れ)'는 역사적 사실에 제재를 구하면서도, 작자

한 작품이다. 작자가 순사에 관심을 가진 계기는, 동 소설이 발표되기 1
년 전인 1912년, 메이지천황(明治天皇, 1852~1912) 사망 후 권총으로 자살한
러일전쟁의 영웅 노기 마레스케(乃木希典. 1849~1912)의 죽음이었다.

* 모리 오가이 『아베 일족』

1641년 3월 히고(肥後) 구마모토번(熊本藩) 초대 번주(藩主)인 호소카와 다
다토시(細川忠利, 1586~1641)가 병사하자, 그 뒤를 좇아 순사하는 자가 속출하
였다. 순사는 당시 무사들의 모럴로, 이를 실행하기 위해서는 사전에 군
주의 허가가 있어야 했다. 다다토시 생존 시, 순사를 요청하고 허가된 자
는 18명으로, 평소에 호소카와가 총애하던 가신들이었다. 다다토시의 입
장에서는 모두 신뢰할 수 있는 인물들이었으므로, 자신의 뒤를 이을 아들
의 가신으로 남겨두고 싶었으나, 만약 그들의 순사를 허가하지 않으면,
그들은 일생을 비겁자로 살아가야 했으므로 결국 순사를 허락한다. 한편
다다토시에게 순사를 요청했으나 허가 받지 못한 자가 있었는데, 평소 주
군의 총애를 받지 못하던 아베 야이치에몬(阿部弥一右衛門)이란 자였다.

마침내 18명이 순사한 며칠 후, 사람들은 아베가 주군의 허락이 없이도
죽으려면 얼마든지 죽을 수 있었는데, 허락이 없었음을 구실로 구차하게
살고 있다며, 무사답지 못한 행위라고 비아냥거린다. 전투 상황은 아니지
만, 주군의 허락이 필요 없는 '오이바라'는 가능하다는 인식이었다. 이러
한 소문을 들은 야이치에몬은 자신의 집으로 돌아와 분가한 자신의 5명

의 자유로운 상상력과 해석을 가미한 주관적 역사소설로서 현대 역사소설의 대다수가
이에 속한다. 오가이는 두 가지의 상반된 기술방식에 입각해, 다수의 작품들을 창작하
게 된다.

의 아들을 부른 후, "순사의 허가를 받지 못한 내가 죽으면 그 자식이라고 너희들을 업신여기겠지만, 너희들이 내 자식으로 태어난 것도 팔자니 어쩔 수 없다. 창피를 당하더라도 같이 당하고, 형제끼리 다투어서는 안 된다"는 유언을 남기고 마침내 할복한다.

한편 다다토시의 아들(미쓰토시, 光尚)이 정식으로 가독상속을 마치자, 순사한 18명의 아들에 대해서도 그대로 아버지의 뒤를 잇는 유산상속 절차가 진행되었다. 그러나 아베의 장남인 곤베(権兵衛)는 아버지가 주군의 허락 없는 할복을 했으므로, 정식으로 상속을 받지 못한 채, 아버지의 봉록인 쌀 1,500석은 남은 동생들에게 분배된다. 시간이 흘러 호소카와 다다토시가 병사한지 1년이 되는 날, 순사자의 유족으로서 일주기 의식에 참가한 곤베가, 머리를 잘라 풀어 헤친 낭인의 모습으로 호소카와 다다토시의 위패 앞에 서는 전대미문의 사건이 발생한다. 이를 본 미쓰토시는 격노하고, 그를 도적들에게나 가하는 치욕적 형벌에 처해 죽여 버린다. 주군의 처사에 분노를 느낀 나머지 동생들은 당일 죽은 큰 형 집에 모여 아버지의 유언을 새삼 떠올린다.

한편 아베 일족의 불순한 움직임을 감지한 미쓰토시 측은 그들을 잡아들이기 위해 추격대를 결성하여 파견하는데, 그 속에는 평소 아베 집안사람들과 친했던 자들이 다수 포함돼 있었다. 추격대가 도착하기 전날, 아베 일족은 집안을 깨끗이 청소한 후, 남녀노소가 한자리에 모여 마지막 주연을 갖는다. 주연이 끝나자 노인과 여자는 자살하고 아이들도 모두 죽인 후, 싸울 수 있는 젊은이들만 남아, 새벽녘 날이 밝을 때까지 염불을 외며 추격대를 기다린다. 이윽고 추격대가 도착하고, 아베 집안은 순식간에 처절한 전장으로 변하고 만다. 그러나 처음부터 수적 열세에 있던 아베 일족은 결국 전멸을 당하고, 온 집안이 불길에 휩싸인 채, 역사의 구석으로 사라져버리게 된다. 다음 인용문은 주군으로부터 순사를 허가 받지 못한 아베 야이치에몬이 무사로서 치욕(恥)을 느끼며, 순사를 결심하는 부분이다.

"야이치에몬(弥一右衛門)은 곰곰이 생각하고 결심했다. 자신의 신분에서, 이 경우 순사하지 않고 살아남아, 집안 사람들과 얼굴을 마주치는 것은, 백 명이면 백 명 모두 불가능하다고 여길 것이다. 개죽음이라고 여기고 할복하거나, 낭인으로서 구마모토를 떠나는 것 외에, 방법은 없다. 그러나 나는 나다. 좋다. 무사는 첩과는 다르다. 주군의 마음에 들지 않는다 해서, 입장이 없어지는 일은 없다. 이렇게 생각하며 하루하루를 여느 때처럼 보내고 있었다.

그러는 사이 5월 6일이 되자, 18명 전원이 순사했다. 구마모토는 온통 그 이야기로 떠들썩했다. 아무개는 이런 말을 남기고 죽었다, 아무개의 죽음이 누구보다 훌륭했다는 식의 이야기 외에는 아무런 이야기도 들려오지 않았다. 이전부터 사람들은 야이치에몬에게 업무상의 일 외에는 말을 걸어오는 경우가 많지 않았지만, 5월 7일부터는 관아 부서에 나가 있어도, 더욱 쓸쓸했다. 게다가 동료 무사가 애써 자신의 얼굴을 쳐다 보지 않으려는 것이 느껴졌다. 살짝 옆에서 보거나, 등 뒤에서 보고 있음을 알 수 있었다. 불쾌해서 견딜 수가 없었다. 그래도 자신은 목숨이 아까워서 살아있는 것은 아니었다. 자신을 아무리 나쁘게 여기는 자라도 설마 목숨을 아끼는 남자라고 말 할 수는 없을 것이다. 지금 이 순간에도 죽어도 된다면 죽어 보이겠다고 생각하므로, 당당하게 고개를 들고 관아로 나가서는, 당당하게 고개를 들고 관아로부터 퇴청했다.

2, 3일이 지나자, 야이치에몬의 귀에 불쾌한 소문이 들려오게 되었다. 누

가 떠들어대기 시작했는지는 모르나, "아베는 주군의 허가가 없었음을 다행으로 여기며 살고 있는 것 같다, 허가가 없어도 오이바라는 못할 리가 없다, 아베의 뱃가죽은 다른 사람들과는 다른 모양이다, 표주박에 기름칠이라도 하고 가르면 될 것을"[4]이라는 식이다. 야이치에몬은 이 이야기에 대해 뜻밖이라고 여겼다. 악담을 하고 싶으면 얼마든지 해도 좋다. 그러나 이 야이치에몬이 어디로 보나, 목숨을 아깝게 여기는 남자로 보인단 말인가. 잘도 말을 한다. 좋다. 그렇다면 이 뱃가죽을, 표주박에 기름을 쳐서 갈라 보이겠다."

소설 『아베 일족』은 아베 야이치에몬이 순사를 요청했음에도 허가 되지 않은 상황과, 18명의 순사 후 결국은 야이치에몬이 오이바라를 수행하기에 이르렀다는 실제의 역사적 사실에 입각해, 야이치에몬의 정신적 고뇌와 할복을 결심하게 된 과정을, 작자의 추측에 입각해, 객관적이고 논리적인 심리묘사로 재현하고 있다. 야이치에몬이 주위 사람들에게 목숨을 아까워하는 것으로 비추어진 점은 작자에 의한 각색이며, 순사의 허가는 전 주군 생존 시가 아닌, 새로운 주군에 의해 내려지는 명령이라는 점, 그리고 곤베가 파면당한 후 봉록이 형제에게 분할된 것은 사실이지만, 그것이 순사와는 직접적으로는 무관하다는 점 등이 소설과 실제 역사적 사실과의 차이점으로 지적된다. 그럼에도 불구하고 동 작품은 당시의 순사 사건을 '역사 그대로'의 기술방식에 입각해, 등장인물의 감정 상태를 마치 한편의 심리소설과 같은 예리한 필체로 엮어낸 오가이 역사소설의 걸작으로 평가된다. 『아베 일족』의 주안점은 무사의 전통적 의식으로서의 순사의 모순성과 비극성을 낱낱이 고발하는 데 있으며, 실제로 이러한 시대착오적인 행위에

---

4 용기가 없어 오이바라가 도저히 불가능하다면, 사람의 배와 비슷한 모양의 표주박이라도 매끈매끈하게 기름칠을 한 후 가르라는 뜻의 비아냥

문제점을 인식한 에도막부는, 1663년 정식으로 순사를 금하는 법률을 공표하였다. 위정자 입장에서는 유능한 가신을 잃게 된다는 현실적 손실과, 순사자 입장에서의 후손의 영예와 경제적 이익을 염두에 둔 불가항력적인 이해타산적 순사의 불합리성을 충분히 고려한 결과였다.

2) 노기 마레스케(乃木希典)의 순사와 『마음(心)』

1663년 막부에 의해 무사들의 순사가 금지된 후, 할복에 의한 순사는 공식적으로 자취를 감추었다. 그러나 근대에 접어들어, 메이지천황의 국장 당일에 발생한 노기 마레스케(乃木希典, 1849~1912)의 자살은 역사의 뒤안길로 사라졌던 순사의 정신성을 재차 환기시키는 일대 사건으로서, 문학작품에도 직접적인 영향을 미치게 된다. 노기 마레스케는 청일전쟁과 러일전쟁에서 활약한 육군대장으로, 특히 러일전쟁 당시 일본을 승리로 이끈 여순공략(旅順攻略)을 주도하였다. 현재도 거의 군신(軍神)적 존재로 추앙되는 인물로, 서구의 새로운 문물이 뿌리를 내린 시기에 발생한 이 충격적 사건은 엄청난 반향을 불러일으켰다. 일본인들에게는 일개 군인의 개별적 죽음을 초월하여, 이미 구시대의 유물이 되어버린 무사도적 정신에 대한 자긍심을 환기한 사건으로 기억된다. 노기의 자살은 자신이 메이지천황의 무사임을 자임한 행위로서, 그의 전근대적 충성심을 에워싼 일본인들의 호의적 시선을 읽어낼 수 있기 때문이다. 1970년 도쿄의 자위대 본부에서 천황제 국가의 부활을 위한 헌법의 개정을 외치며 할복한 소설가 미시마 유키오(三島由紀夫, 1925~1970)의 죽음과 함께, 순사를 향한 일본인들의 막연한 향수를 불러 일으켰을 개연성을 상정해 볼 수 있다. 미시마는 다양한 소재의 작품 중에서도, 특히 우아하고 기품 있는 일본적 미의식을 동경한 쇼와기의 소설가이다. 1961년에 발표한 『우국(憂国)』에서는 무사도를 전통적 정신문화 유산으로 간주하고, 이에 경도하는 자세를 취하고 있다. 전후(戰後)의 미국식 민주주의 사상에 대한 위화감과 이념적 갈등을 다루면서, 천황을 향한 충성심을 증명하기 위해 할복자살하는 청년장교의 이야기를 다루고 있다. 미시마 자신이 추구하던 문학적 이상과 미의식을 실제의 행동으로 묘사한 문제작으로, 노기의 자살의 연장선상에 위치한다고 볼 수 있다. 그러나 노기의 순사가 보다 직접적 영향을 미친 작품에 소세키의 대표작으로 평가되는 『마음(心)』(1914)이 있다.

* 나쓰메 소세키 『마음』

서생(書生)인 '나(私)'는 우연히 가마쿠라의 어느 해변에서 이 소설의 실질적 주인공인 '선생(先生)'을 만나게 되고, 교류를 쌓아가는 사이에 그의 인간적 매력에 점점 끌리게 된다. 그 후 대학을 졸업한 '나'는 고향으로 내려가 지내게 되는데, 여전히 구태의연한 과거의 인습에 얽매여 생활하는 자신의 부모님과 선생을 비교하며 지낸다. 그러던 어느 날 나에게 한 통의 편지가 배달되는데, 그것은 선생의 유서로, 편지에는 자신의 과거에 대한 고백과, 자살을 결심하게 된 경위가 자세히 적혀 있었다. 동 소설의 핵심적 부분이다.

유서에 따르면 선생은 일찍 부모를 여의고 숙부 손에 맡겨져 생활하였으나, 신뢰하고 의지해 온 숙부가 사실은 부모가 자신에게 남긴 유산을 가로챈 사실을 훗날 알게 된다. 이에 선생은 인간에 대한 깊은 회의와, 이 세상에서 신뢰할 수 있는 것은 오직 자신뿐이라는 사실을 새삼 자각한다. 소설 속 선생의 사고와 심리의 배후에는 소세키 소설의 중요한 요소인 개인주의 사고가 투영돼 있다. 한편 숙부의 과거 행적을 알게 된 선생은 숙부의 집을 나와 하숙생활을 하게 되었고, 그곳에서 하숙집 딸에게 호감을 느끼고 사랑을 하게 된다. 그런데 선생에게는 둘도 없는 친구인 'K'가 있었는데, 어느 날 K로부터 그녀를 사랑한다는 고백을 듣게 되자 내심 당황한다. 우정과 사랑 사이에서 고민하던 선생은 결국 K를 빼돌린 채 하숙집 딸과 혼약을 맺게 되었고, 이 사실을 안 K는 세상을 비관하여 자살을 하고 만다. 선생은 자신의 불의와 불신의 행동이 친구를 죽게 만들었다는 죄의식에 시달리며, 하숙집 딸과의 결혼 후에도 고뇌와 번민의 나날을 보내게 된다.

이와 같은 선생의 심리에는 숙부로 대표되는 사회의 부조리에 대해, 자신만큼은 순수하고 신의를 지킬 줄 아는 유일한 존재라고 자임해왔던 것이, 결국은 자신도 다른 사람들과 마찬가지로 비열하고 신의를 모르는 인간에 불과하다는 자성의 심리가 작용하고 있다. 선생은 시간이 지날수록 깊은 절망감에 빠져들고, 자신의 삶을 "살아있지만 죽은 것과 마찬가지"의 자포자기적 심정으로 영위한다. 소설 속 선생의 평소 생활은 평온하고 단순하게 보였지만, 내면 깊숙이에는 항상 자신의 과거의 죄를 자각하는 심리적 고통과의 처절한 싸움이 지속되고 있었던 것이다. 그러던 중 선생은 우연히 메이지천황의 국장 날 노기 마레스케의 자살 소식을 접하게 되고, 자신도 마침내 자살을 실행한다. 다음에 소개하는 인용문은 소설의 마지막 부분으로, 선생이 자살을 결심하는 부분이다.

"(전략)그러자 한창 더운 여름에 메이지천황이 붕어하셨습니다. 그 때 나는 메이지의 정신이 천황에 의해 시작되어 천황에 의해 끝났다는 생각이

들었습니다. 가장 강하게 메이지의 영향을 받은 우리가, 그 후에도 살아 남아있다는 것은 필시 시대착오라는 느낌이 강하게 내 가슴을 엄습해 왔습니다. 나는 분명하게 아내에게 그렇게 말했습니다. 아내는 웃으며 내 말을 받아주지 않았지만, 무슨 생각을 했는지, 느닷없이 나에게, 그럼 순사라도 하면 되겠네 라며 놀리는 것이었습니다.

나는 순사라는 말을 거의 잊고 있었습니다. 평생 사용할 필요가 없는 단어이므로, 기억 깊숙이 침전된 채, 썩기 시작하고 있었던 것으로 보입니다. 아내의 웃음 섞인 말을 듣고 비로소 그것을 생각해 냈을 때, 나는 아내에게 만약 내가 순사를 한다면, 메이지의 정신에 순사할 생각이라고 대답했습니다. 내 대답 또한 웃음 섞인 말에 지나지 않았지만, 나는 그때, 왠지 오랫동안 쓸모없던 단어가 새로운 의미를 가득 담고 있는 기분이 들었습니다.

그로부터 약 한 달 정도가 지났습니다. 국장이 있던 날 밤 평소처럼 서재에 앉아, 추모의 대포소리를 들었습니다. 내게는 그 소리가 메이지가 영원히 사라져가는 것을 알리는 소리로도 들렸습니다. 나는 호외(号外)를 손에 들고, 문득 아내에게 순사다! 순사야! 라고 말했습니다.

나는 신문에서 노기 대장이 죽기 전에 남긴 유서를 읽었습니다. 서남전쟁(西南戦争)[5] 때 적에게 군기(軍旗)를 빼앗긴 이후, 불충의 송구스러움으로 죽으려고, 죽으려고 하다가, 결국은 지금까지 살아왔다는 의미의 문장을 읽었을 때, 나는 문득 손가락으로, 노기 장군이 죽을 각오를 하면서 연명해 온 세월을 헤아려 보았습니다. 서남전쟁은 1877년이었으므로, 1912년까지는 35년의 거리가 존재합니다. 노기 장군은 이 35년 동안 죽으려고, 죽으려고 마음먹으며, 죽을 기회를 기다리고 있었던 모양입니다. 나는 그런 사람에게, 살아있던 35년이 괴로웠을까, 또는 칼을 배에 찌른 그 찰나가 괴로웠을까, 어느 쪽이 고통이었을까 생각했습니다.

5 1877년 메이지유신의 개혁에 대해 불만을 가진 귀족(士族)들이 일으킨 전쟁

그리고 2, 3일이 지나고, 나는 마침내 자살할 결심을 한 것입니다. 내게 노기 장군의 죽은 이유가 잘 알 수 없듯이, 당신에게도 내가 자살하는 이유가 명확히 이해되지 않을지도 모르지만, 만약 그렇다면, 그것은 시대의 추이가 초래한 인간의 다른 점이므로 도리가 없습니다. 혹은 개인이 가지고 태어난 성격의 차이라고 하는 편이 확실할지도 모릅니다. 나는 가능한 한 이 불가사의한 나라는 존재를, 당신에게 이해시키려고, 이제까지 서술에 힘을 쏟은 것입니다."

동 소설의 주제는 인간에 대한 불신, 나아가 주위 사람들과 격리된 삶 속에서 인간(先生)이 느끼는 고독감, 그리고 인간이 자신의 삶을 우선시할 때 필연적으로 타인에게 상처를 줄 수밖에 없다는 죄의식을 응시한 점에 있다. 선생의 죄의식은 기본적으로 인간이 자신이 처한 상황에서 취하게 되는 가변적이고 이기적인 삶의 방식(egoism)에 의해 파생된 것으로, 작자는 이러한 이기적 자아를, 인간이 숙명적으로 지니게 되는 원죄(原罪)로 파악하고 죄악시하는 한편, 죽음으로 해소시키려 한다. 소세키 문학의 전형적인 문제의식을 드러낸 정신구조이다. 인용문에서도 나타나듯이, 선생이 "메이지의 영향을 받은 우리가, 그 후에도 살아 남아있다는 것은 필시 시대착오"라는 결론에 도달했을 때, 주인공은 자살로 자기를 소멸시키고, 죽음으로 인간의 죄를 보상받으려는 근대적인 윤리적 가치판단을 내리게 된다.

한편 순사의 관점에서 보면, 소설 속 선생을 통해, 메이지의 인간으로서 새로운 시대인 다이쇼가 시작되는 시점에서, 스스로를 과거의 구시대적 존재로 인식하고, 메이지의 정신에 '순사'함으로써 시대의 획에 마침표를 찍으려는 작자의 의도를 읽을 수 있다. 나아가 나(私)로 상징되는 후배

세대 혹은 작가들에게, 다이쇼라는 새로운 시대의 사명을 받아들일 정신적 태세를 갖추도록 주위를 환기하려는 메시지를 담고 있다. 육체적 행위로서의 순사의 실천 의지보다, 그것을 초래한 정신적 의미성을 작품이라는 매개체를 통해 강조하고 부각시킨 것으로 볼 수 있다.

제5장

'닌조(人情)'의 미학과
일본적 사생관(死生観)

에도시대 무사들의 의식체계에서 기리가 닌조보다 우위에 있다고 한다면, 서민들의 경우는 닌조를 우선시하는 경향이 두드러지며, 이러한 전통은 시민사회로 대변되는 근대사회로 계승되고 있다. 전술한 대로 닌조는 육체적·정신적 쾌락 등 인간의 생활 전반에 걸쳐 있다. 구체적으로 수면, 식욕, 성욕 등의 본능적 욕구를 비롯해, 가족과 이성을 향한 애정 등 감정 활동과 밀접히 연관된 영역으로서, 인간의 본연적 모습과 생활을 응시하는 근대문학의 중요 소재이다. 그러나 그 출발점은 이미 에도시대에 비롯되었으며, 당시 서민들의 생활의 모습과 감정을 다룬 '닌조본(人情本)'[6]은 직접적으로 '닌조'라는 명칭을 사용하고 있다.

---

6 에도후기 풍속소설의 한 형태로, 초닌들의 관능적 애정 행각을 중심으로 한 일상생활을 그림을 곁들여 사실적으로 표현하였다. 같은 풍속소설인 골계본(滑稽本)이나 샤레본(洒落本)이 대화체임에 비해, 대화와 지문(地文)이 분리되어 있다.

1. '신주(心中)'의 미의식

1) 고전문학 속의 '닌조'

닌조의 수행은 근본적으로 남녀 간의 사랑에 집중될 수밖에 없으며, 사랑을 위해 죽음도 불사하는 정열적인 이야기는 일본의 고전과 근대문학을 관통하는 핵심적 소재이다. 죽음을 에워싼 사랑 이야기는 동반자살인 '신주(心中)'의 형태로 구체화되는데, 신주는 무사들의 죽음과 대비되는, 서민들의 죽음에 대한 미의식을 읽어낼 수 있는 키워드이다. 신주의 미학이 예술작품으로 형상화된 대표적 예로 지카마쓰 몬자에몬(近松門左衛門, 1653~1724)의 「소네자키 신주(曾根崎心中)」를 들 수 있다. 1703년 오사카에서 발생한 정사(情死) 사건을 각색한 예능으로서, 분라쿠의 전신인 '조루리(淨瑠璃, じょうるり)[7]로 유행하였다. 오사카의 환락가 유곽에서 춤과 노래로 손님을 접대하는 유녀(遊女) 오하쓰(お初)와, 가난한 간장가게 종업원인 도쿠베이(德兵衛)와의 비극적 사랑 이야기로, 현재에도 많은 일본인이 즐기는 고전적 명작이다.

신주는 무사들의 할복과 대비되는 일반인들의 대표적 자살 방식이며, 일본인들의 자살에 대한 특별한 의식을 내포하고 있는 점에서 특징적이다. 참고로 「소네자키 신주」가 조루리로 상연된 1703년부터 1704년 7월까지 약 1년 반 동안, 오사카와 교토에서는 실제로 900명의 남녀가 동반자살을 했다는 기록이 전해진다. 작자인 지카마쓰는 정사사건이 일어날 때마다 직접 사고 현장을 찾아가 사건의 전모를 취재한 후, 이를 대본으로 만들어 연극으로 상연하였다.

---

7 전통 현악기인 샤미센(三味線) 반주에 맞추어 이야기(物語)를 낭독하는 형태

지카마쓰는 신주를, "의리를 따라 죽어가는 자의 슬픔과 숭고한 아름다움을 표현한 자살로, 인간 감정의 극치"로 표현하고 있다. 여기서 '의리'는 무사들의 덕목으로서의 기리와는 달리, 사랑하는 사람과 생사를 같이하는 입장에서의 감정적 책무 정도를 의미한다. 무엇보다 신주는 일반인들의 죽음의 미학을 드러내는 전형적인 예이며, 무사들이 기리나 충을 중시하는 만큼, 닌조의 영역을 중시하는 서민적 성향을 드러내고 있다.

그렇다면 당시 동반자살이 성행한 이유는 무엇일까. 에도막부가 성립되고 약 100년이 지나자, 일본사회는 내란도 없이 크게 안정되고 상업이 발달하는 태평시대를 맞이하였다. 한편 사농공상의 철저한 계층제도는 신분의 정체현상을 초래하였고, 필연적으로 신분의 상승이 용납되지 않는 폐쇄적인 사회의 틀 속에서, 신분의 고착을 비관하여 자살하는 남녀가 속출하게 된다.

「소네자키 신주」의 경우 오하쓰는 유녀의 신분이었으므로, 이로부터 벗어나기 위해서는 상당한 액수의 돈이 필요했다. 이를 마련하기 위해 밤낮으로 열심히 일하던 도쿠베이는 친구에게 사기를 당하고, 하루아침에 빈털터리가 된다. 깊은 절망에 빠진 두 사람은 자신들의 현실적 운명을 비관하다가, 은밀히 유곽을 탈출하여 경치가 좋기로 소문난 '소네자키' 절벽을 찾아가고, 서로의 손목을 빨간 띠인 '오비(帶)'로 묶은 후 절벽 밑으로 몸을 던진다. 이때의 빨간 오비는 두 사람의 운명이 이어져 있음을 암시하는 것으로서, 내세에서의 만남을 기약하는 의미를 담고 있다.

2) 근대문학 속의 '신주'와 『실낙원(失樂園)』

소재로서의 신주는 근대문학 속에서도 유효하며, 근대의 작가 중에는 이를 몸소 실행한 경우가 적지 않다. 신주를 정면에서 다룬 대표적 작품에 와타나베 준이치(渡辺淳一, 1938~2014)의 장편 연애소설 『실낙원』(1997)이 있으며, 다이쇼기 시라카바파(白樺派) 소설가인 아리시마 다케오(有島武郎, 1878~1923)의 실제 정사사건(1923)을 모티브로 삼고 있다. 아리시마의 신주 이유는 평론 『선언 하나(宣言一つ)』(1922)를 통해 엿볼 수 있다. 동 평론에서 아리시마는 당시의 무산자계급에 의한 투쟁의 격화와, 프롤레타리아문학이 문단의 흐름을 주도하던 상황에 복잡한 심정을 토로하면서, 지식인으로서 양심의 가책과 완수해야 할 임무를 피력하고 있다.

한편 『실낙원』에서는 불륜과 자살이 구성의 중심축을 형성하고 있다. 단행본으로 발표되기 이전 『일본경제신문』에 연재(1995~1996)되었으며, 신문소설로는 드물게 노골적인 성 묘사가 등장하여 화제가 되었다. 단행본 발간 후 약 300만부가 팔릴 정도의 큰 호응 속에서 '실락원 신드롬'을 형성하였고, 같은 해 영화와 TV드라마로 방영되었다. 소설 유행 당시의 일본사회는 1995년 무렵부터 시작된 이른바 '버블경제'의 여파 속에 있었으며, 경제적 풍요로움에 따른 전업주부들의 가정으로부터의 이탈이 불륜의 증가로 이어진 것으로 지적된다.

* 와타나베 준이치 『실낙원』

모 출판사의 능력 있는 편집자인 구키 쇼이치로(久木祥一郎)는 어느 날 갑자기 편집 업무의 일선에서 한직으로 밀려난다. 그런 구키 앞에 친구가 근무하는 문화센터에서 서예 강사로 일하는 마쓰바라 린코(松原凛子)라는 아름다운 유부녀가 나타난다. 린코는 원래 품행이 단정하고 정숙한 여성이었으나, 구키의 적극적이고 한결같은 사랑의 고백으로 결국은 그를 받아들이고, 두 사람은 주말마다 만남을 거듭한다. 린코는 자신도 모르게 점점 성적 쾌락에 사로잡혀 빠져들게 되고, 유부남과 유부녀로서의 부적절한 관계는 점점 농도를 더해간다. 아버지의 장례식 전날 밤, 구키가 관계를 요구하자, 린코는 남편과 어머니의 눈을 피해, 상복 차림으로 호텔에서 밀회를 나눈다. 린코는 죄악감에 괴로워하면서도, 극도의 긴장감이 초래한 격렬한 사랑의 희열을 최고조로 격앙시킨다.

두 사람의 사랑의 행각은 날이 갈수록 대담해지고, 이윽고 구키는 시내에 아파트를 얻어 린코와의 사랑의 보금자리를 장만하기에 이른다. 그러나 이와 같은 두 사람의 은밀한 애정 행각이 언제까지나 지속될 리는 없었다. 흥신소 조사를 통해 아내의 불륜을 알게 된 린코의 남편은 의도적으로 이혼을 하지 않음으로써 린코에게 정신적 고통을 가한다. 이에 비해 구키의 아내는 깨끗하게 이혼해 달라고 요구한다. 점점 가정과 사회로부터의 고립이 깊어가는 와중에서도, 두 사람은 만남을 지속한다. 이제는 평범한 일상생활이 상실된 만큼, 오히려 그들만의 성과 사랑의 충족은 순도를 더욱 고조시킨다. 그 무렵 구키의 회사에 그의 행동을 폭로하는 고발문이 공개되었고, 회사를 사직하기로 결심한 구키는 아내와의 이혼도 받아들인다. 린코 또한 남편과 어머니와의 연을 끊은 후, 구키의 품으로 달려간다. 그러나 두 사람의 사랑은 이제 세상에 알려진 상태로, 그들을 향한 부도덕한 시선에서 자유로울 수 있는 현실적 해결책은 존재하지 않았다.

린코의 평소 소원은 "지고지순한 사랑의 순간에서 죽을 수 있다면"이었다. 이에 공감한 구키는 린코에게 은밀하게 오직 둘이서 이 세상을 떠나자고 제안하고, 린코도 이를 받아들인다. 그해 겨울 함박눈이 쌓인 한 온천여관을 찾은 두 사람은, 자신들의 생명을 남김없이 쏟아붓듯이 격렬하게 서로의 육체를 요구하면서, 상대에게 독이 든 와인을 마시게 한다. 다음 날 발견된 두 사람의 모습은 국부가 결합된 자세로, 사랑의 절정에 이른 상황을 암시하고 있었다. 다음에 인용하는 부분은 동 소설의 마지막 장으로, 두 사람의 사체를 검안한 검시관의 보고서이다.

"구키 쇼이치로(55세), 마쓰바라 린코(38세), 양자에 대한, 사망 전후의 상황 및 검안 소견에 대한 고찰

양자의 사인은, 침대 옆에 떨어진 와인 잔 속의 액체에 청산가리 반응이 인정되는 바, 청산가리에 의한 급성 호흡정지로 추정됨. 아울러 현 시점에서는 독극물의 입수 경로는 불명이나, 적색 와인 속에 치사량을 초과한, 상당량을 혼입시킨 것으로 여겨짐.

발견 당시 양자는 함께 강하게 포옹하여 간단히 격리시킬 수 없었으며, 최초 발견자는 일찌감치 시간을 지정받아 별장을 방문하여 동반자살 현장과 조우(遭遇)함.

즉 별장 관리인 가사하라 겐지는 전날, 난로용 장작이 없으므로 내일 오후 1시에 배달해 달라는 연락을 받고 당일 오후 1시 반에 방문하였으나, 응답이 없어 안으로 들어가 처음으로 이상상황을 목격, 신고함. 특히 관리인은 귀에 익은 마쓰바라 린코의 목소리로 몇 번이나 확인 다짐을 받은 바, 사전에 사후 경직(死後硬直)이 가장 강하게 나타나 양자가 분리되기 어려운 시간을 계산하여 관리인을 부른 것으로 추측됨.

사망 직전 두 사람은 성적 교섭을 가졌고, 사후도 양자가 포옹한 채, 국부 또한 결합되어 있었는데, 이러한 상태는 지극히 드묾. 사후, 대다수는 초기

이완에 의해 분리되지만, 그래도 여전히 결합되어 있던 것은, 남자가 사정 직후 환희의 정점에서 독극물을 삼켜, 고통을 견디며 상당히 강렬하게 포옹하고 있었기 때문으로 추측됨. 한편 여성의 표정에는 희미한 미소가 엿보임.

유류품은 남녀 모두 왼쪽 약지(薬指)에 동일한 디자인의 백금반지를 끼고 있음.

유서는 침대 베개 부근에 세 통이 있었고, 한 통은 남자의 처인 구키 후미에와 딸 지카, 한 통은 여자의 모친인 에토 구니코에게 보내는 것으로, 그 위에, 「모든 분에게」라고 적힌 유서가 있고, 내용은 다음과 같음.

"마지막 무례를 용서해 주세요 두 사람을 반드시 함께 묻어 주세요 소원은 그것뿐입니다."

글자체는 여성의 필적으로 보이며, 끝에 구키 쇼이치로, 마쓰바라 린코 각각의 서명이 있음.

이상의 소견에 따라, 함께 합의한 바에 따른 동반자살(心中)임은 명백하며, 사건성은 없고, 해부도 불필요."

동 소설에서는 사랑의 감정을 중시하는 전통적인 닌조의 가치체계가 반영돼 있으며, 무엇보다 불륜 커플의 신주라는 근대적 동반자살의 전형적인 형태를 취하고 있는 것이 특징이다. 에도시대와는 달리, 신분제도의 제약이 없는 상황에서의 신주는 결국 불륜에 기인할 가능성이 가장 크다. 나아가 두 사람에 있어 불륜에 대한 죄의식이 미약하다는 점도 인상적이다. 참고로 일본은 간통죄가 성립되지 않으므로, 두 사람의 사랑은 단지 인습적인 도덕관념에 위배될 뿐이다. 이처럼 사랑의 감정이 사회적 윤리를 초월하고 있는 점에 동 소설의 메시지를 발견할 수 있다.

두 사람의 성애적 사랑은 육체적 요소에 집중되고 있으며, 여기에 정신적 사랑이 완벽하게 결합된 현대적 연애관을 제시하고 있다. 정신적 사랑만으로는 만족할 수 없는 인간의 순수한 본능의 자각과 긍정을 통해, 작자가 추구하는 완벽한 사랑의 완성과 실현을 추구하고 있다. 죽음을 매개로 한 영원한 사랑의 실현은 린코가 남긴 유서 속에서 두 사람을 '같이 묻어달라'는 요청에 반영돼 있다. 이것은 내세의 만남을 신봉하는 일본인들의 전통적 사생관에서 비롯된 것으로, 시공을 초월한 영원한 사랑의 실현이 신주임을 암시한다.

소설의 마지막을 검시관의 보고서 형식을 채택하고 있는 점도 주목을 끈다. 기존의 소설 속에서 터부시돼 온 정사의 현장을 객관적 시각으로 포착하여, 생생한 리얼리티를 창출하려는 의도에 다름 아니다. 죽음의 공포와 육체적 결합에 따른 찰나의 희열을 동시에 응시함으로써, 생과 사의 관념적 경계를 파괴하는 효과가 있다. 사랑의 환희가 죽음의 비극성을 압도하는 한편, 죽음에 대한 낭만적 동경을 통해, 성애지상주의적 요소를 부각시키고 있다. 참고로 동 소설의 성립 배경으로 1936년 도쿄에서 발생한 아베 사다 사건(阿部定事件)이 언급된다. 성교 중에 애인 남성을 살해하고 상대의 국부를 잘라낸 엽기적 사건으로, 당시 일반 서민들의 커다란 반향을 불러일으켰다. 상황의 유사성 속에서도 동 사건과는 달리 육체적 사랑의 희열을 긍정적으로 승화시킨 작가의 시선에는 아베 사다 사건의 비극적 결말에 대한 문학자로서의 감성적 재인식이 작용했을 개연성이 있다.

또 다른 감상 포인트는 죽음에 대한 낭만적 환상 내지는 동경이다. 와타나베 준이치는 유독 죽음을 미적으로 접근하고 응시한 작가로, 1987년에 발표한 단편소설 『자살을 권함(自殺のすすめ)』에는 다음과 같은 구절이 등장한다.

"죽은 자의 얼굴이 아름다운 것은 가스 자살과 눈 속에서의 동사(凍死)이다. 그러나 죽을 때 자신의 죽는 표정까지 생각하며 죽는 것일까. 만약 그렇다면 죽어 간 자에 대해 질투가 나고 화가 난다."

2. '닌조'의 세계와 죽음의 미의식

1) '닌조'의 이론적 근거

일본 최초의 소설론으로 일컬어지는 쓰보우치 쇼요(坪内逍遥, 1859~1935)의 『소설신수(小説神髄)』(1885)는 다음과 같은 문장으로 시작된다.

"소설의 주뇌(主脳)는 '인정(人情)'이다. 세태풍속(世態風俗)은 그 다음이다. 인정이란 어떤 것인가. 무릇 인정이란 인간의 정욕(情慾)으로, 이른바 백팔번뇌(百八煩悩)이다. (중략)이러한 인정의 내면을 파헤쳐서, 현자(賢者), 군자(君子) 할 것 없이, 남녀노소, 선악정사(善悪正邪)의 마음속의 내막을 남김없이 묘사하여, 주도면밀하게 인정을 뚜렷하게 드러나도록 하는 것이 우리 소설가의 사명이다."

작자는 인간의 내면을 충분히 묘사하지 않은 채 사회나 세상의 인습적 모습인 세태풍속만을 기술해 온 전대의 소설(物語文学)을 비판하고 있다. 세태풍속은 사회의 관습적 도적체계인 권선징악적 요소만을 부각시켜 왔으나, 앞으로의 소설은 인간과 사회를 독립적으로 분리시켜 인식하는 가운데, 도덕에 얽매이지 않는 인간의 자유롭고 다양한 감정의 세부를 자율적으로 묘사할 필요가 있음을 역설하고 있다. 닌조 중심의 근대소설의 서술 태도를 가늠해 볼 수 있는 부분이다.

한편 다음에 소개하는 기타무라 도코쿠(北村透谷, 1868~1894)의 평론 「염세시가와 여성(厭世詩家と女性)」(1892)에서는 닌조의 핵심으로 연애를 주목하고 있다.

> "연애는 인생의 비약(秘鑰)[8]이다. 연애가 있고나서 인간세상이 있다. 연애를 제외해 버리면 인생에 무슨 맛이 있단 말인가. 그럼에도, 가장 많이 인간세상을 관찰하고, 가장 많이 인간 세상의 비오(秘奧)[9]를 규명하는 시인이라는 사람들이 연애에 대해 과오(罪業)를 저지르고 있음은 무슨 연유인가. 동서고금의 시가(詩家) 중 연애를 상실한 자 이루 헤아릴 수 없이 많아라. 이에 마침내 여성들에게 시가의 아내가 되는 것을 경계하기에 이르렀어라."

연애가 인간의 삶에서 가장 가치 있고 소중한 존재임에도 불구하고, 이를 몸소 실천하고 표현해야 할 시인(詩家)들이 연애의 참된 의미를 제대로 인식하고 있지 못하고 있음을 꼬집고 있다. 남녀 간의 연애의 의미를 세속적 잣대인 결혼으로만 바라본 결과, 의미 있는 인간적 생활을 영위하지 못하는 과오(罪業)를 저지르고 있다는 것이다. 인용문 마지막의 "여성들에게 시가의 아내가 되는 것을 경계하기에 이르렀"음은 과거의 봉건적 연애관에 입각해 연애를 결혼의 도구로 인식하는 시인들의 보수적 성향을 비판한 것으로, 결혼에 구애받지 않는 연애지상주의(至上主義)의 입장을 나타내고 있다. 반(半)봉건적 사회도덕에 얽매이지 않는 자유로운 연애사상을 추구하여, 연애, 그 중에서도 성적 사랑을 신성시한 낭만주의적 성

---

8 비밀을 푸는 열쇠, 즉 핵심
9 사물의 본질에 은밀히 담겨진 진리

향의 일본 최초의 근대적 연애관이자 연애 담론이다. 도코쿠는 『문학계』로 대표되는 메이지기의 낭만주의 운동을 주도한 인물로, 이 밖에서 평론 「미적 생활을 논함(美的生活を論ず)」(1901)에서는 인간이 살아가는 가치, 즉 인생의 가치에서 도덕이나 지식은 상대적인 것이며, 인간 본연의 욕구인 본능이야말로 절대적인 것임을 강조한다. 에로스에 입각한 미적 생활의 추구 속에서 기존의 관습적 도덕을 철저히 배척하는 한편, 인간의 감정 표현을 중시하는 낭만주의 사고와 개인의 자아인식을 최대의 목표로 삼는 개인주의를 긍정하고 있다.

2) 가마쿠라불교와 일본인의 사생관

전술한 무사도 정신을 비롯한 신주 등의 전통요소를 살펴볼 때, 죽음은 일본문학의 전체적 특징을 이해하는 매우 중요한 소재이다. 고전과 근대문학 외에도 귀족적 가면극인 노의 대표격인 몽환능(夢幻能)[10]에서도 알 수 있듯이, 죽음은 문학과 예술 전반에 폭넓게 그림자를 드리우고 있다. 그 배후에는 일본인들 특유의 죽음에 대한 친화의식이 존재하며, 이를 규명하기 위한 전통적 사생관의 고찰이 필수적이다.

일본인의 사생관을 이해하는 기본 자료로, 가마쿠라시대인 11세기 중반에 성립된 말법사상(末法思想)을 들 수 있다. 동 사상은 석가모니의 열반 후 시간이 흐르면서, 세상에는 올바른 가르침이 없는 혼란의 시기에 휩싸인다는 일종의 종말론이다. 종말론은 불교에만 국한된 것은 아니지만, 이

---

10 나그네나 승려가 한을 품고 죽은 유령이나 귀신과 접한 후, 그들의 죽음에 얽힌 사연을 듣고 왕생하도록 인도하여, 마침내 사자(死者)가 승천하기 전에 춤(舞)을 펼쳐 보이는 신비스러운 분위기의 노. 이승과 저승의 이중구조를 드러내고 있는 점에서, 이승의 상황을 단층구조로 다루는 '현재능(現在能)'과 구별된다.

에 대한 구원이 가마쿠라불교(鎌倉仏教)로 불리는 일본적 불교의 성립으로 이어지고 있는 점에 주목할 필요가 있다.

　말법사상은 불교 용어인 정법(正法)·상법(像法)·말법(末法)의 세 시기 중 마지막 단계에서의 구원에 주목한다. 일본의 경우는 헤이안시대 말기인 1050년경을 말법의 시작으로 보는 인식이 당시의 귀족사회에 널리 유포되었다. 말법사상의 유행은 당시의 혼란한 사회상과 밀접한 관계가 있다. 정치적으로 무사사회로의 지각변동과 더불어, 일본 전국을 엄습한 각종 천재지변은 현세에 대한 염세주의(厭世主義)적 사고를 초래하였고, 필연적으로 종교적 치유심리를 유발하였다.

　임제종(臨済宗)·일연종(日蓮宗)·조동종(曹洞宗)·시종(時宗) 등 다양한 제종파가 가마쿠라불교를 형성하고 있으나, 가장 핵심은 헤이안 말기에 대두된 정토종(浄土宗)이다. 그 바탕이 되는 정토신앙은 염불(念仏)과 참선(参禅)에 입각한 득도를 통해, 아미타여래(阿弥陀如来)가 지배하는 극락정토로의 왕생(往生)과 성불(成仏)을 지향한다. 혼탁한 현세의 고통에서 벗어나 내세를 기약할 수 있다는 신념은, 필연적으로 내세로의 중간 통로인 죽음에 대한 미련이나 공포를 배제, 완화하는 원동력이 되었다. 기존의 일본불교의 핵심축인 미륵신앙(弥勒信仰)[11]이, 현세신앙으로서 혼탁한 사회로의 미륵보살의 재림(再臨)을 기원하고 있는 것과는 대조적이다.

---

11 미륵보살을 본존(本尊)으로 여기는 신앙. 인간이 죽은 후 미륵이 사는 도솔천(兜率天)으로 왕생하려는 상생(上生)사상과, 부처가 죽은 후 56억 7천만년 후 다시 미륵이 이 세상에 나타나, 석가의 설법을 깨닫지 못한 중생을 구제한다는 하생(下生)사상의 두 종류로 나뉜다. 일본에서는 스이코천황(推古天皇)기에 전파되어, 나라(奈良)·헤이안시대에는 귀족사회를 중심으로 한 상생사상이, 전국시대 말기에는 동쪽 지역에서 하생사상이 크게 유행하였다.

3. 근대문학과 자살

1) 아쿠타가와 류노스케(芥川竜之介)와 자살

죽음 특히 자살은 연애와 함께, 일본 근대문학의 가장 특징적 테마 혹은 소재를 이루고 있으며, 자살자의 심리를 드러낸 대표적 작품에 아쿠타가와 류노스케(芥川竜之介)의『톱니바퀴(歯車)』(1927)가 있다. 작가의 자살 직전에 발표되었다는 점에서, 아쿠타가와의 자살에 이른 심리를 유추해 볼 수 있는 사소설(私小説) 풍의 심경소설이다.

* 아쿠타가와 류노스케『톱니바퀴』

주인공 '나(僕)'는 어느 지인의 결혼식 피로연에 참석하기 위해 상경하는 도중, 몇 번이나 철지난 레인 코트 차림의 행인을 보면서, 왠지 삶의 불길한 면을 느낀다. 같은 날 여동생의 남편이 레인 코트 차림으로 목을 매 자살했기 때문이다. 나는 도쿄로 상경하여 호텔에 틀어박혀 원고 작성에 임하지만, 호텔은 마치 감옥 같이 답답하고 우울한 느낌으로, 지옥에 떨어진 기분이었다. 나는 정체를 알 수 없는 "복수(復讐)의 신(神)"이 자신의 목숨을 노리고 있다는 자의식에 시달린다. 이런 자신에 대해, 나는 자신이 정신장애자의 아들인 만큼 당연한 현상으로 여긴다.

그러는 동안 기독교 신자인 한 노인에게 신앙을 가져보라는 권유를 받지만, "빛이 없는 어둠" 속에 있을 수밖에 없는 자신을 자각한다. 그 후 나는 그럭저럭 작품을 완성하고, 처자식이 기다리는 도쿄 교외의 집으로 돌아가나, 그곳에서 접하는 광경 또한 죄악과 비극에 찬 것들로, 하루 종일 서재에 틀어박혀 우울한 나날을 보낸다. 그러던 어느 날 서재가 있는 다락방으로 허둥대며 사다리를 올라온 아내로부터 "당신이 죽어버릴 것 같은 기분이 들었다"는 말을 듣고 전율을 느낀다.

"30분 정도 지난 후, 나는 2층에 드러누워 지그시 눈을 감은 채, 격렬한 두통을 참고 있었다. 그러자 내 눈꺼풀 속으로 은색 날개를 비늘처럼 포갠 날개 하나가 보이기 시작했다. 그것은 실제로 망막 위에 뚜렷하게 비치고 있었다. 나는 눈을 뜨고 천정을 올려다보고는 역시 천정에는 아무것도 없음을 확인한 후, 한 번 더 눈을 감기로 하였다. 그러나 여전히 은색 날개는 분명히 어둠 속에 비치고 있었다. 나는 문득 얼마 전 탄 자동차의 라디에이터 덮개에도 날개가 달려 있었던 기억이 났다.

그러던 중 누군가 사다리를 황급히 올라오는가 싶더니, 다시 황급히 내려갔다. 나는 그 누군가가 아내라는 것을 알고, 놀라 몸을 일으키자마자, 사다리 앞에 위치한 응접실로 얼굴을 내밀었다. 그러나 아내는 엎드린 채로, 헐떡거리는 숨을 참고 있는 것처럼 쉴 새 없이 어깨를 떨고 있었다.

「왜 그래?」

「아녜요, 아무 일도 없어요……」

아내는 겨우 얼굴을 들고는 억지로 미소를 띠며 말을 계속했다.

「특별히 무슨 일이 있는 것은 아니지만요, 단지 뭐랄까 당신이 죽어 버릴 것 같은 기분이 들어서요……」

그것은 내 일생에서 가장 무서운 경험이었다. ─나는 이미 다음 말을 써 내려갈 힘을 갖고 있지 않았다. 이런 기분으로 살아 있다는 것은 이루 말할 수 없는 고통이다. 누군가 내가 잠자고 있는 동안 살며시 내 목을 졸라 죽여 줄 자는 없는 걸까?'

1927년 1월의 여동생 남편의 실제 자살사건으로부터, 같은 해 생애 마지막 작품이 된 『갓파(河童)』를 탈고하기까지의 약 한 달여의 기간을 중심으로, 작자의 실생활 모습을 심상풍경처럼 서술하고 있다. 스스로 "정신적 파산" 상태로 표현한, 자살 직전의 심경을 특유의 섬세한 필치로 생생하고 예리하게 묘사하고 있다.

　　"신경질적 존재"인 나는 자신을 에워싼 냉정한 현실 속을 허무하게 떠돌고 있을 뿐으로, 그 배후에는 암울한 삶을 에워싼 일종의 세기말적 공포가 숙명적으로 잠재되어 있다. 주인공의 공포와 회의의 바탕에는 근대인으로서 현실의식이 존재한다. 현실의식은 존재의 주체로서의 '자기(나)'가 '인간'으로서 살아갈 필연성과 의미를 자각할 때 비로소 성립되는 것으로서, 작품에 드러난 자기와 인간과의 관계의 단절은 곧 현실의 붕괴라는 '아쿠타가와 리얼리즘', 나아가 현대소설의 전형적인 논리구조를 제시하고 있다. 나아가 이러한 현실의 붕괴는 아쿠타가와의 경우 자의식의 과잉으로 나타난다.

　　아쿠타가와에게는 자기와 타자(他者)를 이어주는 연결고리가 붕괴된 상태에서, 자신이 살아야 할 현실의 논리가 상실된 상태로 나타나고 있으며, 작중 주인공, 나아가 작자 자신에게 현실 속의 인간이란 존재하지 않는다. 이러한 아쿠타가와의 자의식의 과잉은 소설 속에서 자신은 "신에게 버림받은 인간"이며, 이런 자신을 "복수의 신"이 기다리고 있다는 상념에 시달리게 만든다. 현대인 특유의 과대망상·피해망상적 사고를 엿볼 수 있는 부분이다. 작자가 제시하고 있는 "신경질적 존재", "정신적 파산자"란 더 이상 인간이 아닌, 나아가 인간이 될 수 없는 자기를 발견했을 때의 극한의 심리상태로서, 이로부터 벗어나는 유일한 길은 자살뿐이라는 극단적 논리로 발전한다. 소설 끝 부분의 "누군가 내가 잠자고 있는 동안 살며시 내 목을 졸라 죽여줄 자는 없는 걸까"의 처절한 외침이 이를 뒷받침한다. 동 소설은 아쿠타가와가 자살에 이르게 된 심리의 추이 과정을 매우 지적이고 논리적으로 묘사한 이색작이다.

2) 『몽십야(夢十夜)』 속의 자살

자살자의 심리를 다룬 또 다른 작품으로 나쓰메 소세키의 소품(小品)적 성격의 소설인 『몽십야(夢十夜)』(1908) 속의 「제7야」를 들 수 있다. 어디로 향하는지 목적지를 가늠할 수 없는, 맹목적으로 서쪽으로만 향해 가는 정체불명의 배에 탄 '나(自分)'는 극도의 불안심리에 싸이게 되며, 결국은 자살을 결심하고 배에서 바다를 향해 투신한다. 다음은 배에서 몸을 던진 나의 입을 통해, 자살에 임하는 인간의 심리를 유추한 부분이다.

"나는 점점 더 따분해졌다. 드디어 죽기로 결심했다. 그래서 어느 날 밤, 주변에 사람이 없는 시간, 과감히 바다 속으로 뛰어 들었다. 하지만─내 다리가 갑판을 떠나 배와 인연이 끊긴 그 찰나에, 갑자기 목숨이 아까워졌다. 마음속으로 '그만두었으면 좋았을 걸'이라고 생각했다. 하지만 이미 늦었다. 나는 싫든 좋든 바다 속으로 들어가지 않으면 안 된다. 단지 매우 높게 만들어진 배인 듯, 몸은 배를 떠났지만, 발은 쉽사리 물에 닿지 않는다. 그러나 붙잡을 것이 없으므로, 점점 물이 다가온다. 아무리 발을 움츠려도 다가온다. 물색은 검었다.

그러는 사이 배는 여느 때처럼 연기를 뱉으며 지나가 버렸다. 나는 어디에 가는지 모르는 배라도, 역시 타고 있는 편이 좋았다고 비로소 깨달으면서,

그러나 그 깨달음을 이용할 수 없이, 한없는 후회와 공포를 안고 검은 파도 쪽으로 조용히 떨어져 갔다."

'나'의 자살 동기로 제시된 본문의 표현은 "따분해졌다(つまらなくなった)", "불안하다(心細い)" 등의 어휘이다. 목적지를 가늠할 수 없는 배에 타고 있는 한, '따분함'과 '불안함'에서 벗어날 수 없음을 깨달은 나는 마침내 자살을 결심한다. 인용문에서 가장 인상적인 것은 배에서 몸을 던져 바다에 빠지기까지의 체공시간을 절묘하게 활용하고 있는 점이다. 체공시간이 길면 길수록 주인공의 "후회"와 "공포"의 강도는 배가된다. 결국 나는 마지막 부분에 이르러 죽기 위해 바다로 뛰어든 행위를 후회하고, 곧 맞이할 죽음의 공포심리를 가감 없이 드러낸다. 인간의 삶이 아무리 '따분'하고 '불안'해도, 죽는 것 보다는 사는 것이 났다는 작자의 인생관을 엿볼 수 있다. 찰나의 고통으로 관념화시킬 수 있는 죽음 직전의 정신적 공포 상황을 독자들이 상상할 수 있도록 유도하고 있는 점에 「제7야」의 특징이 있다.

3) 에밀 뒤르켐 『자살론』

자살의 역사는 인류문명의 발생과 축을 같이 한다고 해도 과언이 아니다. 4,000년 전의 것으로 보이는 원시인의 유서가 최근 이집트에서 발견된 것도 이를 뒷받침한다. 참고로 일본의 자살율도 버블경제가 심화된 1990년대 후반부터 현저한 증가추세에 있다. 2006년 일본의 '격차(隔差)탈출연구소'가 발표한 자료에 의하면, 1997년 24,391명이던 자살자 수가 98년에는 32,863명으로, 현재도 꾸준히 3만 명을 상회하고 있다고 한다.

일반적으로 근대 이후의 자살의 요인으로는 사회적 환경의 변화에 따른 정신적 균형감의 붕괴가 지적되며, 인간은 철저하게 사회적 동물인 만큼, 사회적 요인에서 근본적 원인을 찾으려는 접근방식이 두드러진다. 이와 같은 입장의 대표적 자살 담론으로, 프랑스의 사회학자 에밀 뒤르켐(Émile Durkheim, 1858~1917)의 『자살론(Le Suicide)』(1897)을 들 수 있다.

『자살론』은 19세기 후반 유럽에서 자살률이 급등한 현상에 대해, 자살을 야기하는 사회의 특성을 객관적·실증적으로 분석한 저술이다. 뒤르켐은 사회적 특성과 자살과의 상관관계를 구체적 사례로 파악하면서, 인간 개개인의 심리가 아닌, 사회적 요인에 입각한 네 가지 자살의 유형을 제시하고 있다. 비록 종교와 예술, 사생관, 가치관, 미의식 등 '비사회적 요인'에 대한 고려는 결여되어 있으나, 자살을 사회학적으로 접근한 기초적 저술인 점에서 학술적 가치는 매우 크다.

* **이타적**(利他的) **자살**(집단본위적 자살)

집단의 가치체계에 절대적으로 복종할 것을 강요하는 사회나 개인이, 사회의 가치체계와 규범에 대한 자발적이고 적극적인 복종을 긍정함으로써 나타나는 자살의 형태로, 헌신이나 자기희생이 강조되는 전통적 도덕구조의 근대 이전의 사회나, 그 연장선상에 위치한 군대조직에서 두드러진다.

* **이기적**(利己的) **자살**(자기본위적 자살)

과도한 고독감이나 초조감 등으로, 개인과 집단과의 유대감이 약화됨에 따라 발생하는 형태로, 개인주의 사상의 확대를 증가의 원인으로 간주한다. 농촌보다는 도시, 기혼자보다는 미혼자의 자살률이 높다는 특징을 지닌다. 주된 원인으로는 개인의 고립을 초래하기 쉬운 환경적 요인을 거론한다.

* 아노미(anomie)적 자살

'아노미'는 근대사회의 병리(病理)를 의미하며, 원래는 사회질서가 문란해지고, 혼란한 상태에 있음을 가리키는 '아노모스(anomos)'에서 유래된 종교학 용어였다가, 뒤르켐에 의해 사회학 용어로 일반화 되었다. 뒤르켐은 사회의 규제나 규칙이 완화되어도 개인이 자유로워지는 것은 아니며, 오히려 불안정한 상태에 빠지기 쉽다고 지적한다. 사회적 규칙이나 규제가 없거나 적은 상태에서 발생하는 자살의 형태로, 집단이나 사회의 규범이 완화되면 보다 많은 자유가 보장되어, 개인의 욕망은 비례적으로 증가하지만, 이것이 실현 불가능한 상황에 처할 때, 이에 환멸을 느끼고 허무감에 빠져 자살에 이른다는 주장이다. 환언하자면 무규제 상태에서 스스로의 욕망을 제어할 수 없게 된 개인의 자살을 가리킨다. 구체적으로 불황기보다는 호경기 때에 욕망이 과도하게 팽창하므로, 자살률이 높다는 것이다.

* 숙명적 자살

집단이나 사회의 규범에 의한 구속력이 높아, 개인의 욕구나 욕망을 과도하게 억압하는 경우의 자살이다. 뒤르켐은 이에 대해 구체적 사례를 들고 있지 않으나, 일본적 시각에서 보면 일본의 신주가 여기에 해당한다고 볼 수 있다.

4) 프로이드의 정신분석학과 죽음

오스트리아의 정신과 의사 출신인 프로이드(Sigmund Freud, 1856~1939)는 자살을 포함한 죽음을 인간의 본능적 요소로 간주한 것으로 알려져 있다.

그는 인간의 정신적 에너지를 '생'의 본능인 '에로스(eros)'와 '죽음'의 본능인 '타나토스(thanatos)'의 대립으로 파악한다.

우선 에로스는 인간의 생명을 유지, 발전시키고 사랑을 하게 만드는 삶의 본능으로서, 이로 인해 인간은 생명을 지속시키며 종족을 보존하게 된다는 것이다. 이에 비해 죽음의 본능인 타나토스는 생명을 사멸시키고, 살아있는 동안에도 자신을 파괴하거나 처벌하는 공격적 성향을 드러내며, 엄밀히 말하면 생물체가 무생물체로 환원하려는 본능을 말한다.

프로이드에 따르면 에로스와 타나토스는 인간에게 치명적인 유혹으로 다가오며, 이를 적절히 억압(억제)하는 과정에서 '문명화' 과정을 체험하게 된다. 환언하자면 양자는 개별적(독립적) 존재가 아닌 서로 영향을 미치거나 혼합되는 상대적 관계에 있으며, 이를 통해 인간으로 하여금 현실을 살아가는 과정에서 한쪽으로 치우치는 것을 막아 준다고 주장하고 있다. 참고로 프로이드는 이와 같은 에로스와 타나토스의 적절한 억제와 조화는 현실을 살아가는 인간에게 '숙명'으로 간주되며, 이러한 현실의 원리를 '아난케(ananke)'로 부르고 있다.

5) 일본 근대작가와 자살

일본의 근대작가 중에는 유난히 자살한 자가 많은데, 자살한 작가를 현재까지 밝혀진 원인과 형태 등으로 요약해 보면 다음과 같다.

- 기타무라 도코쿠(北村透谷, 1868~1894)
  메이지 낭만주의 운동의 선구자 / 심신쇠약과 조울증 / 액사(縊死)(3차례 시도)

- 가와카미 비잔(川上眉山, 1869~1908)

  메이지기 의고전주의(擬古典主義) 소설가 / 작가로서의 생계곤란 / 칼로
  목을 찌름

- 아리시마 다케오(有島武郎, 1878~1923)

  다이쇼기의 소설가 / 사상적 고뇌 / 애인과의 신주(액사)

- 아쿠타가와 류노스케(芥川竜之介, 1892~1927)

  다이쇼기의 소설가 / 세상에 대한 불안감 / 음독(수면제)

- 가네코 미스즈(金子みすゞ, 1903~1930)

  다이쇼 말기에서 쇼와 초기의 동요시인 / 수면제

- 이쿠타 슌게쓰(生田春月, 1892~1930)

  다이쇼기의 시인 겸 번역가 / 바다에 투신

- 마키노 신이치(牧野信一, 1896~1936)

  자연주의 소설가 / 고독, 절망, 생계곤란 / 액사

- 에구치 기치(江口きち, 1913~1938)

  다이쇼 말에서 쇼와 초기의 가인(歌人) / 음독

- 다자이 오사무(太宰治, 1909~1948)

  쇼와기의 무뢰파(無頼派) 소설가 / 마약중독, 죄의식 / 신주(강으로 투신)

- 하라 다미키(原民喜, 1905~1951)

  쇼와기의 시인 겸 소설가 / 건강문제, 염세관 / 입수자살

- 히노 아시헤이(火野 葦平, 1907~1960)

  쇼와기의 전쟁문학(군인문학)자 겸 풍자소설가 / 수면제

- 미시마 유키오(三島由紀夫, 1925~1970)

  쇼와기의 소설가 / 할복

- 가와바타 야스나리(川端康成, 1899~1972)

  쇼와기의 소설가 / 가스 흡입

- 김학영(金鶴泳, 1938~1985)

  재일동포 소설가(재일 2세) / 가스 흡입
- 다미야 도라히코(田宮虎彦, 1911~1988)

  쇼와기의 향토소설가 / 자택에서 투신
- 이시자와 에이타로(石沢英太郎, 1916~1988)

  추리소설가 / 액사

ー「자살 자결 자해한 일본의 저명인물 일람」(ja.wikipedia.org/wiki/) 발췌

전체적으로 생활고나 건강상의 문제와 같은 현실적 이유는 소수에 불과하다. 특히 생활고는 직업으로서의 경제적 안정성이 확보되지 못하던 근대 초기의 형태이며, 1960년대의 고소비·고도성장기 이후, 경제적 빈곤에 따른 자살은 거의 나타나지 않는다. 큰 틀에서 보면 뒤르켐이 제시한 '이기적 자살'(자기본위적 자살)의 경향이 농후하나, 그가 주장한 사회 구조와 개인과의 관계성 보다는, 작자가 추구하는 예술상의 낭만적 환상이나 이념과 같은 '비사회성'에 의한 자살이 다수를 차지하고 있다.

세부적으로 살펴보면 기타무라 도코쿠는 작가 특유의 이상주의적 사고로부터 이상과 현실의 낙차에서 오는 좌절감이나 염세적 사고에 의한 경우로, 자유연애 등의 전통적 도덕에 구애되지 않는 개방적 사고가 자살의 주요 원인으로 지적된다. 다음으로 죽음이 영웅시되는 심리적 구조에는 미시마 유키오가 있으며, 사애적 사생관에 입각한 무사도 정신의 재현에 해당한다.

한편 가장 많은 자살의 형태로는 시대를 앞서간 선각자로서의 존재론적 불안과 자의식의 과잉을 들 수 있다. 현재의 자신을 완성형으로 간주

하고, 스스로 생의 종지부를 찍는 것이 문학자로서의 미적 이상의 궁극적 구현이며, 이를 통해 자신이 추구하고 신봉하는 예술의 완성을 영원히 지속시키려는 에고이즘에서 비롯되고 있다. "희미한 불안(ぼんやりした不安)"을 언급한 아쿠타가와 류노스케를 비롯해, 가와바타 야스나리, 아리시카 다케요, 미시마 유키오, 다자이 오사무 등이 여기에 속할 것이다. 특히 작품 속에서 인간의 숙명적인 고독과 허무감을 일본적 서정 속에서 추구한 가와바타의 경우는 죽음의 황홀경을 통해 미적 열반(涅槃)에 이르려는 의식적 자각이 주된 동기였다고 추측된다.

근대문학은 고전문학과는 달리, 인간을 탐구하는 학문 분야이다. 따라서 자아의 탐구를 주목적으로 삼아, 작가로서의 풍부한 상상력과 감수성을 중시한다. 인간이 삶을 영위하는 과정에서의 진리나 생활방식, 가치관, 미의식 등을 응시하는 가운데, 자신이 정점으로 여기는 예술의 세계를 창조하고 완성하는 데 주력한다. 허구의 미적 세계를 창조하는 과정에서, 작가의 과도한 정신적 몰입은 자칫 자의식의 과잉으로 이어지며, 정신분열 등의 광기를 초래하고, 허구와 실제, 현실과 이상의 경계를 혼동하는 병리적 심리상태를 유발할 가능성이 높다. 일본 근대작가들의 자살을 궁극적으로는 예술지상주의에 입각한 극단적인 자기애(自己愛)의 산물로 간주할 수 있는 근거이다.

제4부

현대사회와 일본문학

20세기에 인류가 경험한 두 차례의
세계대전은 인간들의 삶과 가치관, 인
식체계 등을 근본에서 변화시키며, 과
학을 비롯한 근대학문은 물론, 문학 등
의 예술분야에도 많은 변화를 초래하였
다. 특히 2차 세계대전 후에 대두된 포
스트모더니즘과 페미니즘은 현대사회
와 문화 전반에 지대한 영향을 미치며
오늘에 이르고 있다. 본 장에서는 포스
트모더니즘과 페미니즘의 전반적 성격
과 특징을 문학 분야에 중점을 두어 조
명하는 한편, 이와 관련하여 성(性), 신
체, 도시, 광기 등 현대사회와 문학과의
관계를 논할 때 간과할 수 없는 담론(談
論)적 주제를 중심으로 일본문학의 특성
에 접근하고자 한다.

일본의 사회와 문학

제1장

현대사회와 담론(談論)

1. 담론의 정의와 성격

담론(discourse)은 언어·문화·사회를 논할 때의 전문용어로, 글쓰기와 말하기 등을 통해 언어로 표현된 내용의 총체를 의미한다. 프랑스의 사상가이자 철학자인 미셸 푸코(Michel Foucault, 1926~1984)에 의해 활성화되었고, 요즈음은 일반적으로 특정한 대상이나 개념에 관한 지식을 생성시키기 위해 제시되고 인식된 주장들을 통칭한다. 이를테면 성형 담론(의학), 사형제 담론(법률), 성폭력 담론(사회) 등, 담론은 현대사회의 제반 분야에 두루 걸쳐있다. 나아가 문학의 경우는 문학의 용어나 이론, 특정 작품과 작가를 논한 각종 주장이 담론을 형성한다.

* 미셸 푸코의 담론 이론

"(담론이란)특정한 대상이나 개념에 관한 '지식'을 생성시킴으로써, 또한 그러한 존재들에 관해 무엇을 말할 수 있고 무엇을 인식할 수 있는가를 정하는 규칙들을 형성함으로써, 현실에 관한 설명을 산출하는 '언표(言表, ststement)'들의 응집성 있고 자기지시적인 '규칙'의 집합체이다"(푸코)

이 주장을 요약하면, 담론은 발화자의 주장 내용을 상징적 혹은 비유적으로 암시하는 핵심적 어휘인 '언표'와, 이것을 통해 형성되는 담론의 메시지인 '규칙'과의 유기적 결합으로 이루어지며, 이를 통해 새로운 '지식'을 생성해 낸다. 다시 말해 언표는 담론 속에 등장하는 주요 어휘를 의미하며, 규칙은 담론에 제시된 구체적 주장, 지식은 담론의 주장으로 환기되는 포괄적 인식 내지는 개념으로서, 규칙을 형성하는 상위 논리에 해당한다.

결국 담론은 이러한 문제(이슈)에 대한 개인의 주관적 이해나 관점을 복합적으로 제시하는 가운데, 그 문제에 대한 지식의 생성과 자신의 주장을 정당화하기 위해 사용되며, 이 과정에서 직설적 표현보다는 비유, 상징 등 언어의 함축성을 살린 복합적인 말이나 글(문장)로 형성됨을 알 수 있다. 또한 담론의 가장 중요한 특징은 담론의 대상이 되는 이슈 속에 사회의 도덕적 가치체계를 반영하여, 이를 긍정하거나 부정하는 상반된 견해를 유도함으로써, 여론을 형성하고 영향을 미친다는 점이다. 특히 푸코는 담론이 특정 주장이나 지식을 사회에 유포시키고, 이를 관철시킬 목적으로 성립되므로, 이데올로기적으로 매우 정치적이고 권력적이라고 지적하고 있다.

2. 담론의 예

* 안락사

안락사 문제는 생명의 존엄성이나 인식체계 및 사회의 패러다임을 에워싸고 다양한 담론을 생성하고 있다.

"안락사는 평온과 평화를 위장한 살인이자 범죄로, 죽음의 선택권을 에워싼 합법을 가장하고 정당화한다."

"죽음에 대한 선택권이나 책임은 오로지 개인에게 부과된다. 따라서 안락사는 인간의 삶을 에워싼 철학이나 윤리의 가치체계 속에서, 법에 입각한 집단적 강요가 아닌 개인의 자율적 의사로 존중되어야 한다."

첫 번째 담론의 언표로는 '평온', '살인(범죄)', '합법' 등을 들 수 있고, 규칙은 '평온을 위장한 살인(범죄)'이 될 것이며, 지식은 '죽음의 비(非)자의적 선택권' 정도로 볼 수 있다. 이은 두 번째 담론의 언표는 '개인', '철학', '윤리', '강요'를, 규칙은 '개인의 의사 존중의 중요성', 지식으로는 '죽음의 자율적 선택권'을 상정해 볼 수 있다.

이상의 두 개의 담론을 종합해 보면, 이전에는 역사적으로 생명의 존엄성을 중시하는 철학이나 윤리의 집단적 가치체계로 인해 법적으로 안락사를 금지해 왔다면, 최근에는 점차 근대사회의 정신적 산물인 개인주의의 강조에 따라, 안락사의 금지를 인간의 자율적 의사의 억압으로 보는 부정적 시각이 대두되고 있다. 이처럼 담론은 언표와 규칙, 지식을 에워싼 역사적 흐름이나 사회적 추이 및 가치관의 변화 속에서, 유동적으로 변화하는 속성을 지니고 있다.

* '코스프레'와 달의 요정 '세일러문'

코스프레는 '의상'을 의미하는 'costume'과 '놀이'를 의미하는 'play'를 합성한 일본식 용어이다. 유명 게임이나 만화, 애니메이션, 영화 등에 등장하는 캐릭터를 모방하여, 그들과 같은 의상을 입고 분장을 하며 행동을 흉내 내는 퍼포먼스를 가리킨다. 주목할 점은 주로 10대에서 20대 사이의 여성들에 의해 행해지며, 이를 '코스어'라 한다. 참고로 코스프레의 확산은 일본의 인기 만화 및 애니메이션의 주인공인 '세일러문(セーラームーン)' 이 주도하였다.

세일러문에서는 일본 여중고생의 교복인 '세일러복' 차림의 소녀전사 (戰士)들이 등장하는데, 일본에서 가장 오래된 설화인 「다케토리모노가타리(竹取物語)」를 현대적으로 재해석한 것으로 알려져 있다. 그러나 '선한 노부부에 의해 키워지다가 달로 돌아간 공주' 이야기인 「다케토리모노가타리」의 원전 내용과 비교하면, 달을 소재로 한 점 외에 특별한 연계점은 없다. 다만 일본의 전통적 가치를 현대 소녀들의 꿈으로 승화시켰다는 점이 특징적이다.

세일러문은 1991년 12월부터 일본의 한 소녀 잡지에 연재된 만화를 애니메이션으로 제작하여, 1992년 3월부터 이듬해 2월까지 'TV아사히'에서 방영되었고, 이후 꾸준한 사랑을 받으며 최근에는 2014년 7월 「미소녀전사(美少女戰士) 세일러문」('세일러문 크리스탈')이 다시 TV 전파를 타는 등 여전한 인기를 얻고 있다.

세일러문의 담론적 요소는 남자가 아닌 여자가 변신을 한 후, 초능력과 특수한 무기로 악당들을 물리친다는 활극적 성격에 찾을 수 있다. 특히 남자 주인공이 적에게 납치되면, 여자 주인공이 구출하는 설정은 기존의 남성 신체에 비해 열등한 존재로 인식돼 온 여성의 신체를 주체적으로 자각하고, 강인한 존재로 전환시키고 있다는 담론을 도출해 낸다. 참고로 이러한 특징은 '울트라맨'이나 '가면라이더' 등의 남성 히어로(hero)물을 대신한 여성 캐릭터물의 등장이라는 점에서, 문화산업 분야에서도 엄청난 반향을 불러일으켰다. 나아가 세일러문의 외관적 특징인 짧은 치마에 화려한 분장과 장식, 노란 머리색 등은 젊은 여성들의 자신의 신체적 미의 주체적 과시라는 페미니즘적 이데올로기를 적극적으로 표출하고 있다.

제2장

포스트모더니즘(postmodernism)

1. 현대사회와 포스트모더니즘

포스트모더니즘은 20세기 후반의 테크놀로지의 발달을 배경으로, 구세대를 대표했던 모더니즘적 세계관인 인간중심의 전통적인 권위나 지배구조를 부정하는 인식과 더불어 시작된 사회·문화 현상이다. 다시 말해 인간은 만물 위에 군림하는 것이 아니라, 이제는 주변 환경이나 사물에 오히려 지배를 받는 입장이 되었다는 관점에서 비롯되었다. 실제로 현대사회의 물질만능주의는 고유의 정신적 가치를 부정하고, 물질적 쾌락을 중시하는 새로운 가치관을 형성하였으며, 물질중심의 가치관은 포스트모더니즘의 기본적 속성이라고 해도 과언이 아니다.

한편 포스트모더니즘은 통일된 주장이나 강령을 지닌 문화사조는 아니며, 현대사회나 현대 대중문화의 성격을 논할 때 사용되는, 실체 없는 유행어 같은 암묵적 개념이다. 문학이나 음악, 미술, 건축 등의 예술을 포함해, 영화, 광고, 패션 등 우리 생활의 일상적 영역에 폭넓게 나타나는 현상으로서, 1950·60년경 등장하여, 1970년대 이후 크게 유행하기 시작해, 현재까지도 이론화를 둘러싼 열띤 논쟁이 전개되고 있다. 포스트모더니즘은 기존의 전통적이고 관습적인 이론이나 사상으로는 20세기 후반의 다양한 문화 현상을 일일이 설명하고 파악할 수 없다는 사회적 현실을 반영하고 있다.

1) 포스트모더니즘의 성격과 특징

포스트모더니즘의 가장 큰 특징은 이전 시대의 핵심적 사고체계로 여겨져 온 '근대성(modernity)'에서 벗어나려는 '탈(脱)근대성'을 표방한다는 점이다. 근대성은 기존의 마르크스나 데카르트 등으로 대표되는 전통적 철학이나 역사, 사상 등 지적 인식체계를 가리키며, '대서사'로 불리는, 인간의 지(知)와 이성(理性)에 입각한 전통적 사고체계 전반을 의미한다. 이를테면 가부장사회의 산물인 남성중심주의나, 인종적으로는 백인을 주체로 인식하는 유럽중심주의 등은 근대성을 지탱하는 주요 사상이자 대서사이다.

따라서 대서사에 입각한 근대성을 부정하는 입장에서 시작된 포스트모더니즘은 지식이나 이성보다는 '감성(感性)'을 강조하고, 정신의 가치보다는 물질의 가치를 중시한다. 나아가 남성이 아닌 여성을 사회의 주체로 인식하며, 유럽중심주의로부터 이슬람 등 비유럽의 제3세계로 시선을 돌리는 등, 기존의 모든 전통적 사고방식과 사회질서에 저항하는 태도를 드러낸다. 또한 문화면에서는 정신의 도야(陶冶)를 중시하는 귀족문화나 순수문화를 대신해, 오락적이고 향락적인 대중문화 혹은 잡종문화(雜種文化)가 각광을 받게 되었다.

2) '대서사'란 무엇인가

대서사는 영어로 'master(grand / meta)-narrative'로 표기되며, 전대의 모더니즘적 가치체계인 '근대성'을 지탱하는 핵심 요소로 간주된다. 역사 · 철학 · 사상 등 특정 학문 분야의 논리와 주장에 대한 '설명(story)'과 그것을 조직화하는 '틀(framework)'로서, 대서사의 권위를 바탕으로 해당 학문의 진리가 구축되어 왔다고 할 수 있다. 이를테면 마르크스주의에서 역사에 대한 대서사는 한 생산양식이 다른 생산양식에 의해 연속적으로 대체되고, 그로부터 사회계급(부르주아와 노동자)간의 투쟁이 발생하여, 마침내 사회주의 혁명에 도달한다는 변증법적 스토리를 말한다.

이러한 대서사는 보편성과 정당성을 근거로, 인간의 자유와 사회의 평화 실현이라는 선의의 윤리와 정치적 목적으로 출발하여, 근대학문의 각 분야에 영향을 미쳐왔다. 예를 들어 과학은 인류를 고통과 질병, 가난으로부터 해방시킨다는 대서사로 학문적 가치를 인정받아 왔다. 그러나 현대과학은 점차 지배권력에 종속되면서, 오히려 인간을 억압하고, 인간을 기술적 수단에 종속시키는 역기능을 초래하는 가운데, 대서사의 붕괴로 이어지게 된다.

이러한 대서사의 붕괴는 급변하는 현대사회 속에서 기존의 모더니즘 체제하의 학문들이 견지해 온 절대적 진리체계는 더 이상 존재하지 않으며, 인간과 현실을 에워싼 새로운 패러다임의 구축의 필요성을 촉구하게 되었다. 다시 말해 포스트모더니즘 시대에서는 기존의 모더니즘이 주장해 온 인간의 인식체계 및 가치판단의 기준인 진실과 거짓, 정의와 불의, 선과 악 등의 이항대립적(二項対立的) 기준은 무의미하며, 학문의 진리를 규정해 온 대서사의 객관적 틀은 더 이상 작동하지 않게 되었다는 것이다.

결국 포스트모더니즘은 어제까지는 진실이었던 것이 오늘은 거짓으로 전복되는 역동적 구조를 지니며, 이러한 유동성과 가변성은 현실이나 사회를 바라다보는 고정적 시각을 부정한다.

* '대서사'의 붕괴

대서사가 붕괴하게 된 근본적 요인은 자본주의 체제의 발전과 심화에서 찾을 수 있다. 2차대전 이후 세계는 전쟁의 수행에 따른 테크놀로지(기술)와 제반 산업의 눈부신 발전을 토대로, 기존의 자본주의 체제가 더욱 심화되는 가운데, 새로운 경제체제로서의 이른바 '후기 자본주의(late capitalism)'를 맞이하게 되었다. 후기 자본주의 사회의 특징은 산업혁명 이후의 전기 자본주의 사회가 강조한 상품의 '생산'으로부터 벗어나, 상품의 '소비'와 인간의 '복지'를 중시하는 데 있다. 특히 후기 자본주의의 가장 두드러진 특징인 정보와 통신 기술의 발달은 미디어 매체의 보급과 확산에 따라, 소비지향적이고 오락성이 강한 대중적 글로벌문화를 성립시켰다.

이러한 소비지향적 문화는 전통적인 도덕과 윤리를 앞세워 절제와 금욕을 강조해 온 청교도적 가치관, 즉 모더니즘의 정신성을 무용지물로 만들어 버리며, 정신보다는 물질을 중시하고, 집단보다는 개인을 우선시하는 현대사회의 특성을 부각시키게 되었다. 특히 포스트모더니즘이 가장 위력을 드러내는 대중문화 분야에서는, 문화는 인간의 사고와 표현의 정수로서 고귀한 것인데 비해, 대중문화는 무정부(無政府) 상태와 같은 혼란스럽고 '저속한(kitsh)' 것이라는 '엘리트 문화주의'의 대서사가 이미 동력을 상실한 상태이다. 이처럼 포스트모더니즘은 기존의 문화를 에워싼 전통적 인식체계를 근본에서 변화시키며 오늘에 이르고 있다.

3) 포스트모더니즘의 문화적 특징

포스트모더니즘은 지금 이 사회뿐만 아니라, 상정 가능한 모든 사회에 대해 근본적으로 적대적인 문화이다. 그 배후에는 기존의 규격화된 사회적 지식 혹은 인식체계와 규범을 부정하고, 이에 대해 이의를 제기하는 반항적 태도가 자리하고 있다. 이를테면 '대학은 상아탑'이라는 전통적 인식에 대해, 오늘날처럼 현실적, 실용적 가치를 중요시하는 사회 풍조는 순수한 학문적 진리탐구의 장으로서의 대학의 위상에 거부감을 드러낸다.

두 번째로는 소비적 요소, 즉 상업성에 바탕을 둔 매우 실험적인 문화라는 점이다. 실제로 포스트모더니즘은 영화, 음반, TV드라마나 광고, 미술, 패션, 잡지, 건축 등 상업성을 중시하는 문화의 각 영역에 두루 걸쳐 있다.

다음으로 표상성(表象性)과 허구성을 들 수 있다. '표상(representation)'은 사물이나 사항의 속성이 인간의 감각 혹은 이미지나 지각(知覚)에 의해 겉으로 드러나는 것을 말한다. 포스트모더니즘에서는 현실(reality)은 표층(表層)으로 구성되며, 내면적 의미나 이를 지탱하는 심층(의식)은 존재하지 않는다고 여긴다. 즉 포스트모더니즘 사회에서는 사물을 접할 때, 그것이 내포한 구체적인 의식(심층)에는 무관심하고, 현실 속에서 떠올리는 막연한 모사(模写, simulation)나 상상(imagination)에 관심을 기울인다. 따라서 어떤 특정 현상을 초래한 이유(why)는 중요하지 않으며, 그러한 현상이 '어떻게(how)', 그리고 '무엇(what)'을 문제 삼고 있는가에 집중한다. 사항에 대한 지적 탐구나 원리의 추구를 대신해, 그것이 나타나고 행해지는 실제의 양상에 주목한다. 결국 포스트모더니즘에서는 전술한 대로 어떤 현상을 초래한 합리적 사고로서의 이성보다는, 그것이 어떠한 느낌으로 다가오고, 어떠한 감각으로 표출되고 있는가에 집중하며, 특히 '감성'을 중시한다. 오늘날의 광고가 감성에 호소하는 것도 동일한 맥락이다.

마지막 특징은 이항대립적 사고체계의 해체이다. 전술한 대로 이항대립은 대서사로 대표되는 전대의 모더니즘 인식체계의 핵심으로, 포스트모더니즘에서는 고급문화(high-culture)와 하위문화(sub-culture)의 경계는 물론, 과거와 현재 등의 시간, 현실과 초현실의 공간, 선과 악의 도덕체계 등 인간의 의식과 사회현상을 에워싼 모든 전통적 개념의 경계를 해체한다. 이러한 태도는 사회나 문화, 예술, 학문 각 분야의 다양한 장르와 매체 간 경계의 소멸과 혼합(퓨전) 현상으로 나타나고 있다.

2. 포스트모더니즘과 일본문학

1) 포스트모더니즘문학의 성립

제2부의 일본 근·현대시에서 언급했듯이, 1차대전 후 유럽에서는 새로운 문학의 형태와 정신을 모색하는 총체적이고 범세계적인 문예운동인 모더니즘 운동이 성립되었다. 이미지즘, 주지주의, 입체파, 미래파 운동, 다다이즘, 쉬르레알리슴, 표현주의 등 전위적 성격의 예술운동으로, 전쟁의 폐허로부터 새로운 출발을 모색하려는 시대의 요구가 문학에서도 기존의 전통을 타파하고, 변혁과 혁신을 추구하는 동력을 획득한 것으로 볼 수 있다.

한편 2차대전 후에도 동일한 상황에 직면하게 된다. 2차대전 후의 새로운 정치, 사회, 문화와 전술한 후기 자본주의로 대변되는 물질만능의 경제구조의 심화 속에서, 인류는 또 다른 변화의 필요성을 실감한다. 독일의 나치 정권에 의한 대량학살의 경험, 원자폭탄의 개발로 인한 인류 전멸의 위협, 테크놀로지의 발달이 야기한 자연환경(생태계)의 파괴와 황폐, 인구폭등과 기아, 빈곤 및 빈부격차의 심화 등의 제반 문제는 기존의 모더니즘적 가치관으로는 대응 불가능하다는 인식을 초래하였다. 결국 포스트모더니즘문학은 전대의 모더니즘문학이 추구한 실험적이고 반(反)전통적인 자세를 계승하면서도, 그러한 모더니즘문학 또한 이미 관례화, 관습화된 구시대적 존재로 간주하고, 이로부터 이탈할 필요성을 느끼게 된다.

2) 포스트모더니즘문학의 성격

포스트모더니즘문학의 이론화 움직임은 1970년대 이후 두드러진다. 그 배경은 전술한 후기 자본주의의 핵심인 정보통신 산업, 그 중에서도 미디어 매체의 발달에 찾을 수 있다. 특히 컬러TV의 보급은 시각적 소비문화를 확산시키며, 문학에서도 기존의 관습적인 언어구사나 상투적 구성만으로는 급변하는 사회와 현실을 생생하게 재현할 수 없다는 일종의 위기의식을 불러일으킨다. 나아가 소비중심의 물질만능주의 사고는 사회로부터 소외된 인간의 고독감, 허무감 등 파편화된 삶의 모습을 표면적으로 감각화하고 기계적으로 표현하는, 전술한 표상성의 강조로 이어진다. 포스트모더니즘문학이 전대의 모더니즘문학처럼 기존의 사회적 현실의 내면, 즉 심층을 응시하고 분석하는 태도가 아닌, 단지 표면적으로 드러난 삶의 단편적 인상을 감성에 호소하고 이유를 엿볼 수 있다.

* '상호텍스트성(intertextuality)'

상호텍스트성은 포스트모더니즘문학에서 간과할 수 없는 중요한 특징으로, 모든 예술 텍스트들은 단일한 상태가 아닌, 내부적으로 상호 간에 연결되어 있다는 주장이다. 좁은 의미로는 주어진 텍스트 안에서 다른 텍스트가 인용(문)이나 언급의 형태로 명확히 드러나 있는 경우를 말하며, '패러디(parody)'[1]가 이에 속한다.

다음으로 넓은 의미의 상호텍스트성은 장르와 장르, 혹은 텍스트와 텍스트의 유기적 결합을 시도하는 가운데, 전술한 경계의 해체와 혼합을 촉구한다. 이를테면 문학과 미술, 음악 등이 영역이나 장르의 구분 없이, 유기적인 상호작용을 통해, 완전히 새로운 창조적인 텍스트를 성립시킨다. 문학작품을 예로 들면, 시 속에 소설적 요소를 집어넣어 묘사하거나, 음악을 끌어들이고, 미술적 효과를 강조하는 것 등이 그것이다.

이처럼 상호텍스트성 이론은 기존의 하나의 장르에 국한되어 온 텍스트의 속성을 파괴하고, 모든 장르와 매체 사이의 경계의 소멸과 혼합을 추구한다는 점에서 포스트모던적이며, 이러한 탈(脫)장르화에는 기존의 고정된 형식의 의도적 왜곡과 변형을 통해, 세계에 대한 도전과 저항의 태도를 드러내는 '적대적' 문화로서의 포스트모더니즘의 속성이 반영돼 있다. 결론적으로 상호텍스트성은 포스트모더니즘문학에서, 그동안 별도의 장르로 여겨져 온 소설과 시, 비평, 미술, 역사, 심지어는 광고 텍스트나 영화 등 문화·예술의 모든 장르가 서로 밀접하게 연결되거나 혼합되는 형태로 나타난다.

---

1 작품에 다른 사람이 먼저 만들어 놓은 어떤 특징적인 부분을 모방해서 자신의 작품에 집어넣는 기법

3) 요시오카 미노루(吉岡実) 「승려(僧侶)」

전후시인(戦後詩人)인 요시오카 미노루(1919~1990)의 시 「승려」(1958)는 시기적으로는 포스트모더니즘이 본격적으로 유행하기 이전의 작품이지만, 생과 사를 중심으로 한 이항대립적 가치체계의 해체, 상호텍스트성 등의 포스트모던적 요소를 읽어낼 수 있다. 일본 전후시의 대표적 걸작의 하나로 평가되는데, 여기서는 전체 9개의 파트 중 (1)부터 (3)까지를 소개하고자 한다. 참고로 9개의 파트는 모두 "네 명의 승려"라는 표현으로 시작된다.

(1)
네 명의 승려
정원을 거닐며
이따금 검은 헝겊을 말아 올린다
막대기 모양
미움도 없이
젊은 여인을 때린다
박쥐가 고함칠 때까지
하나는 식사를 준비한다
하나는 죄인을 찾으러 간다
하나는 수음(手淫)
하나는 여자에게 살해당한다

「四人の僧侶 / 庭園をそぞろ歩き / ときに黒い布を巻きあげる / 棒の形 / 憎しみもなしに / 若い女を叩く / こうもりが叫ぶまで / 一人は食事をつくる / 一人は罪人を探しにゆく / 一人は自涜 / 一人は女に殺される」

(2)

네 명의 승려

각자의 임무에 진력한다

성인형(聖人形)을 내려놓고

십자가에 황소를 매달고

하나가 하나의 머리를 깎아주고

죽은 하나가 기도하고

다른 하나가 관을 만들 때

심야의 마을에서 밀려드는 분만(分娩)의 홍수

네 명이 일시에 일어선다

불구의 네 개의 엄브렐라(umbrella)

아름다운 벽과 천정

그곳에 구멍이 나타나

비가 내리기 시작한다.

「四人の僧侶 / めいめいの務めにはげむ / 聖人形をおろし / 磔に牡牛を掲げ / 一人が一人の頭髪を剃り / 死んだ一人が祈祷し / 他の一人が棺をつくるとき / 深夜の人里から押しよせる分娩の洪水 / 四人がいっせいに立ちあがる / 不具の四つのアンブレラ / 美しい壁と天井張り / そこに穴があらわれ / 雨がふりだす」

(3)

네 명의 승려

저녁 식탁에 앉는다

손이 긴 하나가 포크를 나눠준다

사마귀가 있는 하나의 손이 술을 따른다

다른 둘은 손을 보이지 않고

오늘의 고양이와

미래의 여인을 쓰다듬으며

동시에 양 쪽 바디(body)를 갖춘

털 수북한 상(像)을 두 사람의 손이 만들어낸다

살은 뼈를 조이는 것

살은 피에 노출되는 것

둘은 포식으로 살찌고

둘은 창조(創造) 때문에 야위어가고

「四人の僧侶 / 夕べの食卓につく / 手のながい一人がフォークを配る / いぼのある一人の手が酒を注ぐ / 他の二人は手を見せず / 今日の猫と / 未来の女にさわりながら / 同時に両方のボデーを具えた / 毛深い像を二人の手が造り上げる / 肉は骨を緊めるもの / 肉は血に晒されるもの / 二人は飽食のため肥り / 二人は創造のためやせほそり」

* (1)

관습적으로 승려는 인간과 신의 중간 혹은 경계선상에 위치하면서, 인간에게는 신의 신성성을, 신에게는 인간의 속물성을 부각시키는 역할을 자임해 왔다. 그러나 시 속 승려는 성직자 본연의 고귀한 모습이나 이미지를 찾아 볼 수 없다.

승려의 복장을 암시하는 "검은 헝겊" 아래의 "막대기 모양"은 인간의 남근(男根)을 의미하면서, "젊은 여인"과의 음양의 성적 세계를 구축하고 있다. "미움", "식사", "죄인", "수음"은 모두 인간의 속물적 이미지의 산물로, 그것을 초월하기 보다는 오히려 속박되어 결국은 승려 하나가 "살해"

당하기에 이른다. 인간의 타락한 본성을 승려의 행위로 표현함으로써, 기존의 성스러운 것으로 여겨졌던 종교적 가치관을 비판하고 있다. "박쥐가 고함칠 때까지"의 "박쥐의 고함"에 담겨진 불길함은 타락한 종교적 권위를 청각적 인상으로 감각화한 시적 수사 정도가 될 것이다.

* (2)

네 명의 승려들의 "각각의 임무"에 초점이 맞추어져 있다. "성인형", "십자가", "기도" 등은 승려로서의 본분을 나타내는 행위이며, 공통된 특징은 인간을 신성의 세계로 인도하고 있는 점이다. 인식 면에서는 죽음을 다른 생의 시작으로 여기는 윤회적 세계관이 주목을 끈다. 그러나 이 시에서는 죽음과 생이 동일한 시공간에 위치하고 있는 점에서 차별적이다. (1)에서의 "하나는 여자에게 살해당한다"는 표현에도 불구하고, 제6행의 "죽은 하나가 기도하고"에서 드러나듯, 죽음의 영역에 위치한 승려의 행위가, 동적 상태의 생과 정적 상태의 사라는 전통적 관념의 파괴로 이어지고 있다. 네 명의 승려가 생과 사의 대극적 세계에 위치하면서도, 동일한 시공간에서 각자의 독립적 행위를 영위하고 있는 점에서, 기존의 생과 사의 이항대립적 사고를 부정하고 있다.

포스트모더니즘적 관점에서 보면 생과 사의 경계 해체는 양자의 대립적 구도를 무의미하게 만들며, 상호 유기적인 관련성을 역설적으로 드러낸다. 실제로 죽음을 의미하는 제4행의 "십자가"의 "황소"나 제7행의 "관"에 대해, 다음 행의 "분만의 홍수"와 마지막 3행 "아름다운 벽과 천정 / 그곳에 구멍이 나타나 / 비가 내리기 시작한다"에 암시된 양수(羊水)의 파수(破水)는 생명 탄생을 떠올린다.

흥미로운 것은 이 시의 주된 구도인 생과 사의 대립 혹은 대비가, "불구의 네 개의 엄브렐라"에 의해 역설적으로 양자 간의 관련성을 단절하고 있는 점이다. "네 개의 엄브렐라"는 각 승려들의 생식기를 염두에 둔 표현으로, 이를 "불구"로 처리함으로써, 후반부에 제시된 생과 사에 대한 인습적 사고를 부정해 버린다. 인용을 생략한 이 시의 나머지 파트의 내용을 보더라도, 생의 공간에 있는 세 명의 승려와 죽음의 공간에 위치한 한 명의 승려와의 관계는 서로가 긴밀히 구속되거나 연결되지 않는 자유로운 영역에 속해 있어, 죽음과 삶의 경계를 가늠할 수 없다.

* (3)

저녁 식사 광경 속에 세 명의 산 자와 한 명의 죽은 자의 구도가 일시적으로 무너지고, 2대 2의 대립구조로 나타나고 있다. "손이 긴 하나"와 "사마귀가 있는 하나"는 식사를 준비하고 있는데 반해, 나머지 둘은 이와는 무관하게 "오늘의 여인"과 "미래의 고양이"를 만지며, "양쪽 바디를 갖춘 / 털 수북한 상"을 만들고 있다. 이들 네 명의 승려들의 행동은 아무런 논리적 관련성을 지니지 않은, 전형적인 포스트모던적 행동에 다름 아니다.

한편 이들의 공통점은 기형(畸形) 혹은 반인반수(半人半獸)의 이미지에 가깝다는 것이다. 이 과정에서 "고양이"로 대변된 동물과 "미래의 여인"이 떠올리는 인간과의 합체(合体) 또한 전통적 인식체계를 이탈한 포스트모던적 자각에 다름 아니다. 환언하자면 기존의 만물의 영장으로서, 동물을 포함한 다른 생물체에 군림해 온 인간중심의 사고를 부정하고, '중심'(인간)과 '주변'(동물)을 평등적 혹은 등가적 존재로 간주한다. 인간에 종속되어 온, 동물을 포함한 자연계와의 우열관계의 부정은, 생물계의 위계질서를 재편하는 생태학적 사고의 산물이며, 생태학은 포스트모던적 성향을 드러내기 때문이다.

이렇게 보면 두 사람의 승려가 만들고 있는 "동시에 양 쪽 바디를 갖춘 털 수북한 상(像)"의 양성성(兩性性)의 추구는 인간도 동물도 아닌, 인간과 동물에 대한 인습적 정의를 부정하는 반도덕적 사고인 동시에, 마지막 행에서의 "창조"는 인간 사회가 추구해 온 본연의 의의를 근본에서 뒤집는 역발상으로 볼 수 있다.

이상 살펴본 바와 같이, 시「승려」는 고결한 성직자의 이미지의 뒤에 잠재된 속물적인 인간 모습의 대비가 일종의 아이러니를 형성하면서, 엽기적인 시적 공간을 창출하고 있다. 시적 표현 자체로는 의미상의 연결고리를 찾기가 쉽지 않다. 네 명의 승려들의 다양한 행위가 일방적으로 제시되고 있을 뿐, 그들의 행위를 통일된 가치체계로 묶는 것이 곤란하기 때문이다. 나아가 성직자에 대한 기존의 도덕적 이미지를 부정하며, 성(聖)과 속(俗)의 대립구조로 인식돼 온 종교상의 이분법적 가치관은 더 이상 인정되지 않는다. 신의(神意)의 메신저인 승려와, 이를 관습적으로 무조건적으로 수용해 온 인간과의 관계를 무의미한 것으로 표현함으로써, 성과 속의 전통적 경계의 구분을 무의미하게 만든다. 생과 사의 순환구조보다는, 그 자체의 경계를 애매하게 하여 동일한 공간에 위치시키는 혼재(混在)의 구도에 가깝다. 마지막으로 기법적으로는 마치 시로 그림을 그리는 듯한, 그것도 기괴한 이미지의 초현실적 기법이 두드러지며, 시간과 공간의 관습적 결합이나 의미나 논리의 연속성에 대한 고려 없이, 일종의 언어로 묘사된 그림으로서, 마치 '승려'라는 제목의 화첩을 보고 있는 듯한 상호텍스트적 인상을 지울 수 없다.

4) 포스트모더니즘문학의 형태

포스트모더니즘문학의 주요 장르나 형태로는 일반적으로 '메타픽션', '구상시', '메타비평' 등이 언급된다.

* '메타픽션(meta-fiction)'

작품의 창작 과정 자체가 작품의 주요 골격이 되는 소설로, 흔히 '소설을 비평하는 소설'로 불린다. 통상적인 소설의 스토리를 대신해, 다양한 실험적 수법이 주를 이룬다. 기존 소설이 텍스트 외부에 존재하는 세계를 허구적 요소에 입각해 이를 반영하거나 재현한 것이라면, 메타픽션은 텍스트 자체의 구조를 반영한 '자기반영적 글쓰기'의 성격을 드러낸다. 소설 속에 또 다른 허구의 소설이 존재하는 형태로 볼 수 있다.

무엇보다 메타픽션에서는 통상적인 소설과 달리, 허구와 실재(実在)가 분리되지 않은 형태로 기술되며, 이 과정에서 기승전결 등의 플롯(plot), 시점(視点), 서술방식 등 전통적으로 소설이 견지해온 기존의 형식과 기법을 거부함으로써, 현실이 가지는 확정성을 해체한다. 그 배후에는 '실재'란 무엇이며, 우리가 살고 있는 이 세계가 과연 실재하는가라는 회의(懷疑)적 사고를 근본에 두고 있다. 실재하는 현실보다 허구와 가상(仮相)으로서의 초현실(hyper-reality)에 관심을 기울이는 태도는, 표상적 이미지를 강조하는 가운데 고정적 진리체계를 부정하는 포스트모더니즘의 속성을 반영한 것으로, 실재의 세계가 오히려 진정한 예술의 창조에 방해가 된다는 포스트모더니즘적 예술관을 내포하고 있다.

* <u>쓰쓰이 야스타카</u>(筒井康隆) 『허인(虛人)들』

쓰쓰이 야스타카(1934~)는 1970년대 이후 활약 중인 전위적 SF소설가로서, 『허인들(虛人)たち』(1981)은 메타픽션의 제반 특징을 드러내는 작품이다. 제목의 의미는 허구적 존재로서의 인간을 가리키며, 인간으로서는 존재하지만 그러한 실존성을 인지할 수 없는 현실의 불확실성을 암시하려는 의도를 담고 있다. 동 작품에서는 갖가지 실험적 방법으로 괴기적 분위기를 구축하면서, 소설의 허구성과 표현기법에 대한 의문을 극대화시킨다.

아내와 딸을 각각 다른 범인에게 동시다발적으로 유괴당한 주인공 남자가 둘을 찾아 구하기 위해 방황하지만, 이웃 주민과 경찰의 간섭하지 않으려는 태도와 장남의 무관심 등으로 사태는 좀처럼 진전되지 않는다. 결국 주인공은 단독으로 두 사람을 찾아 나서지만, 두 사람을 끝내 찾지 못한 채, 모든 것을 잃게 된다는 내용이다.

동 소설의 메타픽션으로서의 특징은 우선 시간의 구성에서 나타난다. 새부적으로 기존 소설의 부정시법(不定時法)에서 이탈한 정시법(定時法)을 채택하고 있다. 통상적인 소설에서는 시간의 흐름이 일정치 않으며, 이를테면 주인공이 이동하는 시간이나 자고 있는 시간 등의 묘사가 생략되는 부정시법을 취하고 있는데 비해, 이 소설에서는 시간의 흐름이, 묘사되는 시간이나 주인공의 의식의 흐름과 완전히 동일시되는 정시법을 사용하고 있다.

이를테면 1분간의 시간을 표현하는 과정에서, 원고지 한 장분의 문장이 이어지는 방식이며, 주인공이 화장실에 가 있는 장면 등도 생략되지 않은 채, 그 길이만큼 묘사되거나, 기절해서 의식을 잃고 있는 경우는 그 시간만큼 페이지를 공백으로 처리한다. 이처럼 시간의 흐름과 묘사가 일치하므로 문체는 현재형으로 기술되며, 시간이 일정하게 흐르고 있음을 표현하기 위해 대사 부분 이외는 줄을 바꾸지 않으며 쉼표도 없다.

다음으로 시점(視点)은 3인칭 시점을 취하고 있다. 그러나 통상적인 3인칭 소설에서는 작자가 전지적(全知的) 시점에서 사건을 묘사하지만, 이 소설에서는 주인공이 전지적 시점을 지니므로, 모든 장소에서 일어나고 있는 일들을 알고 있다.

또한 주인공 기무라(木村)를 포함한 모든 등장인물들이 스스로가 '소설 속의 등장인물'임을 의식하고 있는 것도 특징이다. 소설이 아닌 현실세계에서 사람들이 스스로를 조역이 아닌 주역(主役)으로 여기는 것처럼, 소설 속 등장인물들은 자신을 각각의 사연을 지닌 '픽션 속의 주인공'으로 여긴다. 이를테면 자신이 조역임을 완강히 거부하는 이웃 주민이나, 유괴사건이 자신의 삶의 사연과는 관계가 없다며 무관심을 가장하는 주인공의 장남 등은, 통상적인 소설에서의 주연과 조연의 역할 구분을 정면에서 부정하고 있다.

나아가 주인공을 에워싼 서술방식도 인상적이다. 그는 소설 속에서 이 소설을 묘사하는 역할을 부여받고 있으나, 전지적 입장의 작가가 아니므로, 자신이 처한 설정을 전혀 인지하지 못한다. 이를테면 거울을 들여다보고 비로소 자신이 중년 남성이며, 현관의 문패를 보고 자신의 이름이 '기무라'임을 알게 되는 식이다. 또한 주인공은 소설 속 허구의 세계에 위치하므로, 이런 장면에서는 어떤 행동을 해야 하며, 상대의 행동에 따라 소설적으로 어떤 반응을 해야 할까, 지금 상황이 작자가 설정해 놓은 복선(伏線)은 아닐까 등을 끊임없이 고려하면서 행동을 전개한다. 결국 이러한 모든 특징들이 바로 메타픽션 특유의 소설 속에 또 다른 소설이 존재하는 형태임을 암시한다.

다음은 실제 본문의 일부로, '그'는 주인공을 가리킨다.

"지금 시점에서 아무것도 아닌 그는 아무것도 하고 있지 않다. 아무것도 하고 있지 않은 것에 대해 하고 있다는 표현을 제외하고 아무것도 하고 있지 않다. 창밖은 환하다. 그것은 날씨가 개어 있는 것인지도 모르고 뭔가 전등의 밝기 같은 것인지도 모르고 혹은 밝지 않은 것인지도 모른다. 시간은 11시30분을 가리키고 있다. 그러나 낮인지 밤인지 알 수 없다. 바깥이 밝은 것을 생각하면 낮인지도 모르지만 그러나 밤이라도 밝은 번화가이기도 함을 나타내기 위한 밝음인지도 모르므로 밤인지도 모른다. 밖에는 자동차가 달리고 있는 듯한 소리가 들린다. 자동차는 달리고 있는지도 모르고 혹은 달리고 있지 않은지도 모른다. 도로가 바깥에 있음을 나타내기 위해 달리고 있는지도 모르고 잠이 오지 않는 초초함을 바깥 소음에 전가시키기 위한 자동차 소리인지도 모른다. 그렇게 생각하니 갑자기 졸음기를 의식하게 된다. 이 졸음을 시작하기 전부터 소유하고 있었는지 혹은 시작하고 나서 소유한 것인지 알 수 없다. 줄곧 졸음을 참고 깨어 있었던 것인지 혹은 너무 잠을 많이 자서 졸린 것인지 알 수 없다. 졸음은 심각한 것으로 의식된다. 이렇게 키보드를 두드리고 있는 손가락에도 그 졸음은 영향을 받을 것 같다. 졸려 졸려 하면서 키보드를 두드리는 그 손가락은 남자의 손가락인 모양이다. 그래서 그는 자신이 남자임을 의식한다. 가까스로 '그'로 불리는 것에 일단 납득을 유지할 수 있게 된다. 이렇게 졸음을 참으며 키보드를 두드리고 있는 이유가 확실치 않다."

가장 두드러진 특징은 모든 것이 '불확실'의 느낌으로 묘사되고 있는 점이다. 그것이 자신에 관계된 것이든 외부의 사물이든 마찬가지이다. "졸음"이나 자신의 "손가락"과 같은 생리적, 신체적으로 자각되는 주체적 감각조차 확실치 않으며, 이에 대한 일체의 의지적 판단을 유보하고 있다. 이 모든 것은 자신의 존재를 에워싼 회의와 불확실성으로 요약되며, 그 배후에는 불확실성을 통해 허구와 실재의 경계를 해체하려는 포스트모더니즘적 특성이 반영되어 있다.

* **구상시**(具象詩, concrete·poetry)

구체시(具体詩)라고도 하며, 언어의 고유 기능이 파괴된, 기존의 관습적인 방법으로는 읽을 수 없는 실험적 성격의 시이다. 문맥, 비유 등의 문법적, 수사적 요소로 형성되는 언어의 논리성이나 의미성은 완전히 무시된 채, 오직 언어로 표출, 형상화되는 음성의 청각성과 문자의 시각성을 중시한다. 따라서 문자들의 순서와 위치가 조직적으로 뒤바뀐 단어나 구로 구성되거나, 분절된 단어 또는 무의미한 음절, 문자, 숫자, 구두점 등 단편적(斷片的) 부호들의 조합으로 성립된다.

니쿠니 세이치(新国誠一, 1925~1977)의 「강 또는 모래섬(川または州)」(1969)이라는 작품으로, 강(川)과 모래섬(州)을 글자로 반복·나열함으로써, 시각적 효과를 강조하고, 여백적으로는 강물 소리를 연상시킨다. 양 글자의 균등 분할된 기계적 배치가 한 장의 그래픽 효과와 부수적으로 청각적 요소를 떠올릴 뿐, 구체적인 문맥을 수반한 시적 의미나 메시지는 판독 불가능하다. 오직 강과 모래섬이 인접해 있는 상황이 단편적 영상으로만 제시되고 있으며, 글자와 그림의 혼합이라는 점에서 상호텍스성을 내포한다. 무엇보다 이와 같은 단편적 이미지의 나열과 깊이의 결여는 구체시의 기본적 특징이자 한계이다.

* '메타비평(meta-criticism)'

실제 작품을 논리적으로 분석하는 기존의 문예비평의 정석적 방법을 부정하고, 비평 그 자체의 논리나 이론의 적용 등에 문제를 제기하는, 비평을 위한 비평을 말한다. 작품을 읽고 그에 대한 비평문을 썼다면, 그 속에서 비평문에 대해 다시 비평을 가하는 형태이다. 이처럼 메타비평에서는 비평의 대상이 되는 작품과 이에 대한 비평 및 그 비평에 대한 비평 등 중층적 구조를 형성한다. 결국 메타비평은 비평 주체의 비평 활동에 대한 자기반성적 인식을 의미하는 것으로, 비평 주체가 작품을 읽고 비평문을 쓰기까지의 비평 과정을, 제3자의 입장에서 반성적으로 인식하고 평가하는 자기비평의 자세를 취한다.

메타비평의 목적은 기존의 고전적 비평이 견지해온 전통적 형식과 권위를 부정하는 데 있으며, 이를 통해 비평이란 그 어떤 확정성이나 고정성을 지니지 못한다는 포스트모더니즘 특유의 현실에 대한 불확실성을 드러낸다. 메타비평은 문학에 도입된 이후, 그 영역을 확대하여, 최근에는 영화를 비롯한 문화 전반에 활용되고 있다.

이상 살펴본 바와 같이 포스트모더니즘문학의 특징은 기존의 문학 장르가 견지해 온 전통적 틀이나 통념을 파괴하고 해체하는 가운데, 현실과 실재에 대한 새로운 해석을 추구하는 데 찾을 수 있다. 물론 그 배후에는 시시각각으로 급변하는 현대사회 속에서 물질화되고 파편화된 인간들의 삶을 고정적 혹은 확정적으로 바라다보는데 한계가 있다는 현대인의 회의심리가 작용하고 있다. 나아가 포스트모더니즘문학에서 전형적으로 나타나는 장르 간 경계의 해체나 소멸 및 혼합은 오늘날의 세계가 인터넷의 보급과 확산과 같은 정보통신의 비약적 발전으로 지역 간의 경계의 벽이 허물어지고 있음을 반영한 결과로 볼 수 있다.

제3장

신체(身体)와 성(性)

신체와 성은 근대문학의 중요한 주제로서, 다양한 담론을 생성하며 오늘에 이르고 있다. 특히 이들에 대한 근대 이전과 이후의 인식은 큰 차이를 드러내는데, 그 이유는 신체와 성이 인간의 본능인 생리적 욕망에 기인하고 있기 때문이다.

1. 신체

1) 신체관의 추이

* 근대 이전의 신체관

근대 이전의 신체관의 특징은 정신우월주의로 요약 가능하다. 다시 말해 신체는 정신의 주변적 혹은 종속적 존재이며, 지(知)와 이성(理性)으로 대표되는 정신이, 신체를 지배한다는 인식이다. 지와 이성의 강조를 핵심으로 한 로고스(logos)중심주의적 인간관으로서, 가장 대표적인 담론으로는 데카르트(Descartes, René, 1596~1650)의 "나는 생각한다, 고로 나는 존재한다"를 들 수 있다. 데카르트의 주장은 인간의 존재를 신체와 정신의 이분법적 구도로 파악한, 이른바 심신이원론(心身二元論)에 기초하고 있다. 정신이 결여된 신체(身)는 단순한 무기물적 존재에 지나지 않으며, 신체는 오직 정신(心)에 의해 제어된다는 철학적 사변성을 담고 있다.

* 근대 이후의 신체관

한마디로 신체우월주의로 정리할 수 있다. 정신에 비해 상대적으로 열등시되어 온 신체의 의미를 중시하고 주체적으로 자각하는 태도로서, 정신에 좌우되는 신체의 종속성, 주변성을 부정한다. 특히 문학을 포함한 예술의 경우는 정신에 지배되거나 좌우되지 않는 신체의 독립성에 주목하면서, 인간의 무한한 본능과 욕망의 분출 및 확장을 추구하고 있다.

이에 대해 프랑스의 상징주의 시인인 폴 발레리(Paul Valery, 1871~1945)는 "(인간은)신체라는 바다 위에서 부침(浮沈)하며 떠다니는 정신의 배와 같다"고 말하고 있다. "바다"의 기후적 조건에 의해 좌우되는 "배"는, 신체라는 거대한 역동적 존재가 수동적 존재로서의 정신을 지배하고 있음을 암시한다. 결국 신체가 인간에게 잠재된 무한한 내면의 에너지를 표상하는 예술표현의 핵심적 주제임을 직시하고 있다.

2) 근대문학 속의 신체

근대문학에서 신체는 정신을 압도하고 지배하는 가운데, 인간으로서의 본능적 욕망을 미적으로 추구하는 데 주력한다. 다시 말해 신체는 에로스의 세계를 지탱하는 중심 테제(these)[2]이며, 인간의 주체적 자아, 즉 정체성

(identity)의 인식 수단으로 간주된다. 이를테면 고대 그리스의 나르키소스 (narkissos) 신화[3]에서 비롯된 나르시시즘(narcissism)은 자신의 신체에 대한 미적 자각으로서의 자기애(自己愛)와 도취를 수반한다.

＊ 성애(性愛)의 표상으로서의 신체

일본문학에서는 전술한 기타무라 도코쿠의 「염세시가와 여성」(1892) 이후, 다양한 작품 속에서 여성 신체의 미적 가치를 추구하고 있으며, 머리카락에서 발에 이르기까지, 여성의 온갖 신체부위를 탐미적으로 묘사한다.

> "천 갈래의 검은 흐트러진 머리카락에 내 마음 흐트러지고
> 또 흐트러진다"
> 「くろ髪の 千すじの髪の みだれ髪 かつおもひみだれ おもいみだるる」

> "사람의 사랑을 원하는 내 입술에 독을 지닌 꿀을 바르고 싶은 바람"
> 「人の子の 恋をもとむる 唇に 毒ある蜜を われぬらむ願い」
> ― 요사노 아키코(与謝野晶子), 『흐트러진 머리』, 1901

앞서 언급한 바 있는 요사노 아키코는 메이지기를 대표하는 낭만주의 여성 가인(歌人) 겸 사상가로서, 문학적 활동 외에도 여성해방운동가로 알려진, 전형적인 진취적 신세대 여성이다. 메이지기 단카 가단의 리더이자 작가인 요사노 뎃칸(与謝野鉄幹, 1873~1935)의 부인으로, 유부남이던 뎃칸과

---

2 철학용어로서 어떤 사항에 대해 내려진 특정의 긍정적 판단이나 주장을 가리킨다. 이에 대해 안티테제(antithese)는 테제의 긍정적 주장에 대한 부정적 주장이 된다.
3 나르키소스라는 미청년이 물에 비친 자신의 모습을 사랑하다 물에 빠져 죽은 후 수선화가 되었다는 내용

의 열렬한 사랑 끝에 결국은 결혼에 이를 정도로 매우 정열적인 여성으로 기억되고 있다.

위에 인용한 단카에서는 여성 신체의 아름다움과 매력에 대한 강한 자부심과 자의식이 느껴진다. 참고로 이 단카가 수록된 『흐트러진 머리(みだれ髪)』는 전술한 대로 메이지 30년대의 낭만주의 문예사조를 상징하는 기념비적 가집이자, 여성의 아름다움을 신체적으로 자각한 것으로 평가된다. 동 가집을 관통하는 주제는 도덕이나 윤리를 초월한 인간의 본연적 감정으로서의 관능적 미에 대한 동경이며, 신체의 측면에서는 기존의 수동적 입장, 즉 '보여지는' 입장이 아닌, 능동적 입장, '보여주는' 입장에서의 여성 신체의 매력을 주체적으로 자각하고 있다.

3) 문학의 주제로서의 신체

신체는 작자가 추구하는 순수한 미적 가치를 작품 속에서 구현할 수 있는 특징적 주제이다. 이에 대한 담론으로 다음과 같은 문장을 소개하고 자 한다.

> "문학적 주제로서의 신체가 가장 위기적인 격렬함으로 노출되는 것은 행복한 사회적 인지(認知)가 거부되고, 공동체가 나누어 소유하고 있는 규범과의 사이에 알력과 긴장감이 해소되지 않는 상태에서이다"
>
> ─고모리 요이치(小森陽一), 『신체와 성』, 岩波書店, 2002, p.4

"행복한 사회적 인지"는 결혼과 같은 관습적 행위를, "규범"은 도덕이나 윤리 등 사회가 추구하는 가치체계를 가리킨다. 이와 같은 고착화된 인습이나 사고방식은 근대문학이 추구하는 인간의 자유로운 감정 표현으로서의 성과는 필연적으로 갈등을 유발한다. 따라서 근대적 인식체계 속에서의 정신의 자유는 곧 신체의 자유를 수반하며, 전(前)근대사회에서 도덕이나 윤리 등 "사회적 인지"체제 속에서 억압되어 온 신체의 자유에 대한 열망은 필연적으로 문학작품 속에서의 성의 중요성을 환기한다.

2. 성

근대 이후의 문학에서 성이 차지하는 비중은 아무리 강조해도 지나침이 없다. 전술한 여성 신체의 매력에 대한 적극적 긍정은 문학의 주요 소재인 연애의 경우, 정신적 측면보다는 관능미를 강조하는 형태로 나타나며, 포르노그래피(pornography) 등의 선정성을 에워싼 외설 논란에 휩싸이기도 한다.

본장에서는 여성 신체와 관련해 성의 의식이 가장 인상적으로 나타나는 경우로 성도착(性倒錯)을 들고자 한다. 문학은 물론, 인간의 생활에서 신체나 성의 중요성이 지나치게 강조될 경우, 흔히 병적 집착이나 이상감각(異常感覚)이 나타나게 되는데, 성도착은 근대문학 속에서도 중요한 소재이며, 여성의 신체를 주된 대상으로 삼고 있다.

1) 성 담론의 주요 개념

성도착의 공통된 특징은 인간이 개별적으로 지닌 다양한 성의 정체성을 자각하고 긍정하는 데 있으며, 이를 이해하기 위해서는 성 담론을 형성하는 주요 용어에 대한 설명이 필요하다. 구체적으로 '섹스', '섹슈얼리티', '젠더'를 들 수 있으며, 이들은 후술할 페미니즘의 핵심적 개념이기도 하다.

* **'섹스(sex)'**

유전적 요인, 즉 자연적으로 타고난 생물학적 조건에 의한 성을 의미한다. 남녀를 생식적 구조로 구분하는 것으로, 세부적으로 여성은 남성에 비해 생물학적으로 열등하며, 따라서 남성의 영향이나 지배를 받게 된다는, 이른바 '근원주의'적 시각의 근거로 활용된다. 이처럼 원래는 남성과 여성 간의 엄정한 분할과 구분의 목적으로 16세기에 처음 언급되다가, 19세기 초 이후는 양성 간의 육체적 관계, 즉 성관계의 의미로 사용되게 되었다. 남녀의 생물학적 차이와 성행위, 성적 쾌락 등의 복합적 의미를 지니고 있다.

* **'섹슈얼리티(sexuality)'**

성적 본능과 그것의 만족에 관계된 행동과 개념의 총체로서, 성적 주체의 신체적 매력을 바탕으로 한 '성정(性情)', '색정(色情)', '성애', '관능', '욕정(欲情)' 등을 의미한다. 페미니즘에서는 섹슈얼리티를 인간의 순수한 본능적 감정으로 간주한다,

근대 이전의 남성중심사회가 남성의 관점에 입각해 여성의 섹슈얼리티만을 일방통행적으로 응시하고 강조해 왔다면, 근대 이후는 남녀 모두의 섹슈얼리티의 존재를 인정하고, 양자의 유기적 결합에 따른 신체적 매력을 긍정한다. 구체적으로 근대 이전의, 남성에 의해 수동적으로 인식돼 온 여성의 신체를, 여성 스스로가 주체적으로 자각하는 과정에서, 그 매력을 적극적으로 긍정하는 토대가 된다.

이처럼 섹슈얼리티는 섹스의 본능적 쾌락과 그에 관한 문화적 관점을 망라한 삶의 총체적 맥락에서 파악되며, 이에 대한 응시와 관심은 더 이상 성을 윤리나 도덕 등 인간의 지(知)에 위배되는 금기사항이 아닌, 지극히 자연스러운 것으로 간주하는 근대적 사고를 내포하고 있다. 결국 섹슈얼리티는 성을 생물학적 측면과 문화적 측면에서 복합적으로 주장할 때 사용되는 개념으로, 오늘날 우리 사회의 큰 문제가 되고 있는 성폭력이나 성도착은 섹슈얼리티에 대한 인식이 정상적 감각에서 이탈하여 발생하는 현상으로 볼 수 있다.

* '젠더(gender)'

사회나 문화적 조건 속의 성의 차이를 의미한다. 성은 자연적으로 주어진 것이 아니라, 사회화 과정 속에서 형성되고, 그 역할이 구성된다는 인식에서 비롯된 개념이다. 전술한 '섹스'의 근원주의적 시각에 비해, '비근원주의' 시각의 산물로서, 생물학적 성이 아닌, 사회·문화적으로 생산, 구성된 성을 가리킨다. 젠더의 중요성은 1960년대 이후 두드러진 여성해방운동으로서의 페미니즘의 성립과 전개에 주요 이론적 근거를 제시하고 있는 점에 찾을 수 있다.

무엇보다 젠더는, 남녀의 성차(性差)를 본질적으로 다르다고 규정함으로써, 여성의 사회적 지위도 생물학적 구조에 의해 결정된다고 보는 생물학적 결정론(근원주의)을 근본적으로 반박한다. 다시 말해 여성성(女性性)과 남성성(男性性)은 고정불변이 아니라, 문화적 환경에 따라 변화한다는 것이다.

프랑스의 저명한 페미니즘 사상가인 보부와르(S. D. Beauvoir)는 "여성은 태어난 것이 아니라 만들어진다"고 언급한 바 있다. 이 담론에서는 우리

사회에 오랫동안 통용되어 온 여성의 열등한 위치 인식이 자연적인 것이 거나 생물학적 사실에 입각한 것이 아니며, 남성이 주도하는 가부장사회가 인위적으로 구축해 온 것임을 꼬집고 있다. 이러한 인식의 배후에는 남성의 관점에서 여성적인 것(여성성)을 일방적으로 정의하고, 여성들의 행동방식을 규정해 온, 사회적 산물로서의 문명이 위치하며, 문명은 여성들을 열등한 위치에 머물게 했다는 것이다. 결국 남성 주도의 인류문명의 역사에 대한 비판이며, 이는 페미니즘의 기본적 정신으로서, 젠더의 중요성을 웅변해 준다.

2) 성도착의 종류와 성격

성도착의 구체적 종류로는 신체의 특정 부위를 숭배하는 페티시즘 (fetishism), 상대 이성으로부터 고통을 받고 성적 쾌감을 느끼는 매조히즘 (masochism), 상대 이성에게 육체적 고통을 가해 성적 쾌감을 느끼는 새디즘 (sadism)을 비롯해, 관음증(観淫症), '로리타 콤플렉스(lolita-complex)'로 불리는 유아애(幼児愛), 이성의 복장을 착용함으로써 희열을 느끼는 복장도착(服装倒錯, transvestism), 사체와의 신체적 접촉을 통해 흥분을 느끼는 사체성애(死体性愛, necrophilia), 노출증(露出症) 등을 들 수 있다. 이들의 공통점은 자기도취적, 자기만족적인 성적 관능의 병적 세계 속에서, 인간으로서의 삶의 의미나 가치를 추구하는 것에 있다. 한편 전술한 프로이드는 성도착에 대해 예술적 면죄부를 주장한 것으로 유명하다.

* 성도착에 대한 프로이드의 주장

『성 이론에 관한 세 개의 엣세이(Drei Abhandlungen zur Sexualtheorie)』(1905)

등 프로이드의 주요 저서에서는 성도착을 인간의 내면에 잠재된 본능적 감정이나 정서의 일환으로 파악하는 가운데, 단순한 병리적 일탈이나 타락으로서의 윤리적 단죄(斷罪)를 부정하고 있다. 문학작품에서 성도착을 예술적으로 접근할 가능성을 암시하는 부분으로, 구체적으로 프로이드는 개인이 정신구조의 형성 과정에서 체험한 사건에 입각해, 신체를 에워싼 인간의 비정상적 이상감각을 다양한 인간 탐구의 필연적 결과물로 간주한다.

프로이드에 따르면, 성에는 신체의 미적 추구를 바탕으로 한 다종다양한 복수의 대체물(代替物)이 존재하며, 그것은 인간의 심리 중 무의식의 가치를 정당화한다고 요약된다. 결국 성도착은 인간의 무의식에 잠재된 본능적 욕구의 일부이며, 이러한 성의 다원성(多元性)을 긍정하는 시각은 이성애만을 정상적인 것으로 간주해 온 기존의 성적 가치관을 부정하고, 동성애 등을 긍정함으로써, 문학을 포함한 사회의 관심사로 부각시킨다.

3) 성도착과 문학

일상생활 속의 성도착과는 달리, 문학작품에서는 성도착을 인간의 내면에 잠재되어 있는 다종다양한 성적 기호(嗜好)의 일부로 간주하고, 이를 예술적으로 응시하는 것에 긍정적 태도를 취한다.

> "(성도착은)생식(生殖)을 목적으로 한 이성과의 '정상(正常)'의 성적 교섭
> 이외의 행위를 통해 발견되는 에로틱한 쾌락이다."
>
> ― 고모리, 앞의 책

"에로틱한 쾌락"은 문학의 고유 기능인 '쾌락적 기능'을 염두에 둔 표현이다. 문학작품은 기본적으로 독자에게 '즐거움'을 제공해야 하며, 즐거움의 정도나 표현의 방법은 작품의 성격에 따라 다양하다. 이를테면 희극(喜劇)에서는 웃음을 자아내며, 연애소설은 인간의 두드러진 행동적 본능인 연애에 관심을 기울이고, 작품을 통해 대리만족을 추구한다. 나아가 탐정소설은 독자의 호기심을 자극함으로써 즐거움을 제공한다고 볼 수 있다. 따라서 독자들은 즐거움을 바탕으로, 작품 속 등장인물의 행동이나 감정을 자기화(自己化)하는 가운데, 작품에 공감하고 도취하게 된다. 문학을 에워싼 흥미나 즐거움을 처음으로 언급한 것은 아리스토텔레스로, 그는 독자가 작품을 통해 느끼는 즐거움, 즉 마음의 동요를 '카타르시스(catharsis)'로 부르고 있다. 카타르시스는 원래 종교의식에서 심신의 정화(淨化)를 가리키는 말이었으나, 문학에서는 생리적으로 신체의 불순한 요소를 제거하고 배설함으로써 야기되는 쾌락과, 정신적으로 감정이나 정서의 억압된 상태에서 해방되었을 때 나타나는 만족감을 지칭한다. 결국 성도착은 작가의 무한한 상상력과 예술적 모방을 통해, 문학의 주요 주제로서의 가치가 인정된다는 것이다.

4) 다니자키 준이치로(谷崎潤一郎)와 성도착

* '악마주의(悪魔主義)'

악마주의는 다이쇼기에 등장한 대표적 탐미파 소설가인 다니자키 준이치로(1886~1965)의 작품에 드러난, 여성숭배 자세를 일컫는 문학사적 용어이다. 다니자키의 거의 모든 작품은 페티시즘, 새디즘, 매조히즘 등의 성도착의 세계를 긍정하면서, 여성의 신체를 예술적으로 동경하고 응시한다. 소설 속 주인공들은 농염한 여성의 신체적 매력에 무릎을 꿇음으로써 남성의 환희를 완성하며, 이 과정에서 삶의 참된 의미를 발견한다. 그것은 세속적인 윤리나 도덕을 초월한 예술적 미의 세계로, 관능적이지만 결코 저속하지 않다.

* 단편소설 『문신(刺青)』(1910)

에도의 젊은 문신사(刺青師)인 신키치(清吉)는 찬란한 아름다움을 지닌 미녀의 살에 자신의 영혼을 담은 문신을 새겨 넣는 것을 숙원으로 삼고 있었다. 어느 날 평소 친분이 있던 게이샤(芸者)의 심부름으로 자신을 찾아 온 젊은 여성을 보고, 그녀야말로 자신이 염원하던 여성임을 직감하고, 그녀의 등에 혼신의 힘을 다해 무당거미(女郎蜘蛛)를 새겨 넣는다. 다음 인용문은 문신을 막 새겨 넣은 젊은 여성이, 색감을 내기 위해 목욕탕에 몸을 담근 후 고통스러워하며 신기치와 대화를 주고받는, 동 소설의 마지막 부분이다.

"「아, 뜨거운 물이 스며들어 괴로워라. ─나으리, 제발 나를 내버려두고, 2층에 가서 기다리세요, 난 이런 비참한 모습을 남자에게 보여주는 것이 분하니까요」

여자는 욕조에서 나와 몸의 물기를 닦지도 않은 채, 자신을 위로하는 신기치의 손을 뿌리치고, 격한 고통에 목욕탕 바닥에 몸을 내던진 채, 짓눌리듯 신음했다. 광기를 머금은 듯 풀어헤친 머릿결이 요염하게 볼을 타고 흘러내렸다. 여자의 등 뒤로는 화장대가 세워져 있었다. 새하얀 두 발의 뒤꿈치가 거울에 비치고 있었다.

어제와는 확연히 변해버린 여자의 태도에 신키치는 꽤나 놀랐지만, 여자

의 말대로 홀로 2층에서 기다리고 있자니, 대략 반 식경(食頃)이 지나, 여자
는 젖은 머리를 양 어깨에 늘어트린 채, 몸단장을 한 후 올라왔다. 그리고
고통의 흔적조차 찾을 수 없는 화사한 표정으로, 난간에 기대어 아스레이
저물어가는 하늘을 쳐다보았다.

「이 그림⁴은 문신과 함께 네게 줄 테니, 그걸 가지고 돌아가도록 해라」
이렇게 말하고 나서 신키치는 족자를 여자 앞에 꺼내 놓았다.
「나으리, 난 이미 이제까지의 소심한 마음을, 깨끗이 버렸습니다. —당신
은 나의 첫 자양분이 되었군요」
라고 말하며, 여자는 칼처럼 날카로운 눈동자를 반짝대고 있었다. 그녀의
귀에는 승리의 노랫소리가 물결치고 있었다.
「가기 전에 한 번 더, 문신을 보여 주게」
신키치는 이렇게 말했다.
여인은 말없이 끄덕이더니 옷을 벗었다. 때마침 아침 햇살이 문신 위로
비추고, 여자의 등은 찬란히 빛나고 있었다."

문신을 새겨 넣기 전까지는 소극적이고 조신했던 여인이, 주인공의 영
혼을 담은 문신으로 요부로 변신해 버리는 과정은, 작자가 꿈꾸는 이상의
미의 세계를 구체적으로 엿보게 한다. 문신을 새겨 넣은 여인의 육체는
완벽한 예술적 완성품으로 묘사되고 있으며, 이를 바라보는 주인공의 황
홀한 시선은 여성의 관능미에 굴복하는 여성숭배의 자세를 드러낸다. 인
용문 중 "당신은 나의 첫 자양분이 되었군요"에는 자신의 관능적 자태에
사로잡힌 신키치를 군림적 자세로 바라보는 여인의 모습이 연상된다. 자

---

4 소설 앞부분에서, 이 젊은 여인을 자신이 염원하던 여성이라고 느낀 신키치는 고대
  중국 하(夏)·은(殷)나라 시대의 경국지색(傾国之色)이자 요부인 말희(末喜)를 그린 족
  자를 내밀어, 그녀의 내면에 잠재돼 있는 마성(魔性)을 자극하고 있다.

신의 육체의 무한한 매력을 주체적으로 자각하는 태도는 다니자키의 소설 속 여성 주인공의 공통된 특징으로, 여성의 신체적 마성(魔性)을 부각시키고, 절대적 희열과 만족감을 표현한다. 세부적으로 동 소설에서는 문신을 새겨 넣는 과정에서, 육체적 고통을 점차 환희의 감정으로 감지하는 젊은 여성의 매조히즘적 태도를 비롯해, 여성의 고통스런 신음에 흥분을 느끼며 혼신의 열정을 쏟아 붓는 새디스트 신키치의 모습 등, 다니자키의 악마주의를 구성하는 제반 성도착적 요소를 드러내고 있다.

또한 신키치가 이 여인을 자신이 평생 염원하던 문신의 대상임을 깨닫게 된 것은 몇 년 전 우연히 길거리에서 마주친 가마 아래로 드러난 한 여인의 새하얀 발이 발단으로, 그녀를 본 순간 가마 속 여인임을 직감하게 된다. 이처럼 특정의 신체 부위에 집착하는 페티시즘적 요소는 인용문 중 화장대의 거울 속에 비친 "새하얀 두 발의 뒤꿈치"에 나타난다. 결론적으로 이상감각으로 어우러진 여성 신체로의 미적 경도와 절대적인 숭배의 자세는 다니자키 문학의 핵심적 주제로서, 그가 지향하던 탐미적 문학의 정수를 유감없이 발휘하고 있다.

5) 하기와라 사쿠타로의 이상감각

하기와라 사쿠타로는 『달에게 짖다』(1917)와 『파란 고양이』(1923)로 대표되는 초기 시집 속에서, 인간의 내면(무의식)에 잠재된 이상감각을 예술적으로 묘사하여, 순수한 생명감과 실존의식 및 근대인의 복합적 정서를 이질적으로 형상화하고 있다. 양 시집은 신체에 대한 특별한 관심과 경도를 드러내며, 범위 또한 인간을 비롯해, 고양이와 개 등의 동물 및 각종 벌레나 어패류 등의 생물, 그리고 미생물에 이르기까지 생물계의 전 영역에 걸쳐

있다. 다음 시는 신체를 비롯해, 섹슈얼리티, 젠더 등 문학 속 성 담론과의
유기적 관계성과 성도착적 요소를 복합적으로 나타내는 작품이다.

난 입술에 연지를 바르고,

새로난 자작나무 줄기에 입을 맞추었다,

설령 내가 미남일지라도,

내 가슴엔 고무공 같은 유방이 없다,

내 피부에선 결 고운 분 냄새가 나질 않는다,

난 쭈글쭈글한 박복한 사내다,

아, 참으로 가여운 사내다,

오늘 향 그윽한 초여름 들판에서,

반짝 반짝대는 나무숲 속에서,

손에는 하늘빛 장갑을 꼬옥 끼어 보았다,

허리엔 콜셋 같은 것을 차 보았다,

목덜미엔 하이얀 분 같은 것을 칠하였다,

이렇듯 살며시 교태를 부리며,

난 여자들이 하는 것처럼,

살짝 고개를 젖히고,

새로난 자작나무 줄기에 입을 맞추었다,

입술에 장미빛 연지를 바르고,

새하얀 교목(喬木) 품에 매달리었다.

「わたしはくちびるにべにをぬつて,/ あたらしい白樺の幹に接吻した,/
よしんば私が美男であらうとも,/ わたしの胸にはごむまりのやうな乳房がな
い,/ わたしの皮膚からはきめのこまかい粉おしろいのにほひがしない,/ わた

しはしなびきつた薄命男だ, / ああ, なんといふいぢらしい男だ, / けふのか
ぐはしい初夏の野原で, / きらきらする木立の中で, / 手には空色の手ぶくろ
をすつぽりとはめてみた, / 腰にはこるせつとのやうなものをはめてみた, / 襟
には襟おしろいのやうなものをぬりつけた, / かうしてひつそりとしなをつく
りながら, / わたしは娘たちのするやうに, / こころもちくびをかしげて, / あ
たらしい白樺の幹に接吻した, / くちびるにばらいろのべにをぬつて, / まつ
しろの高い樹木にすがりついた.」

― 하기와라 사쿠타로, 「사랑을 사랑하는 사람(恋を恋する人)」

　『달에게 짖다』의 「쓸쓸한 정욕(情慾)」장(章)의 시편으로, 시집 발간 직후
풍기문란의 이유로 검열에서 삭제되었다가 훗날 복간(復刊)된 문제작이다.
시인은 이 시의 성립 배경에 대해, "성욕에 관한 일종의 동경 및 미감(美感)"
을 노래한, "지극히 전아(典雅)한 탐미적 서정시"에 지나지 않으며, 자신이
표현하려 한 것은 "소년시절의 성욕―상대가 없는 심란한 성의 번민"이
며, 이를테면 마지막 부분 "교목에 매달리고 싶은 격렬한 성욕의 고뇌와,
사랑을 사랑하는 소년 시절의 덧없는 정욕이 나에게 시를 쓰는 방법을
가르쳐 주었다"고 적고 있다. 단순한 성도착적인 병적 성욕의 표현임을
부정하는 한편, 순수한 시적 상상력의 산물로서, 관능의 세계를 탐미적으
로 추구한 것이라고 항변한 것이다. 대담할 정도로 애욕적(愛慾的)인 관능
미와 이질적 정신성을 전혀 창피스러운 것으로 여기지 않는, 근대시인으
로서의 섹슈얼리티에 대한 적극적 긍정과 자각을 엿볼 수 있다.
　이 시의 특이점은 "유방" 등 여성의 신체를 향한 강렬한 소유욕과, "연
지", "장갑", "콜셋", "분" 등 여성에게만 제한된 신체적 소품의 착용과 장

식의 욕망에 있으며, 이것은 여성화와 '이성장(異性裝, cross-dressing)'을 동경하는 이질적 감각으로 이어진다. 이성장은 신체상의 성별과 성적 자인(自認)은 일치하면서도, 외견상의 장식은 다른 성별로 바꾸는 행위로서, 복장규범을 이탈한 사람들이 갖는 '복장도착증(服裝倒錯症, transvestism)'과 불가분의 관계에 있다. 가부키의 '온나가타(女形)[5]'는 여성의 가부키 출연을 금지하는 에도시대의 규율에 기인한 것이지만, 분장을 통한 여성으로서의 신체적 변신은 이성장의 전형적인 예로서, 일본인들에게는 이성장의 정서적 거부감을 완화시키는 요소로 작용했을 개연성이 있다. 이성장의 또 다른 예인 '오카마'는 남성 동성애자를 가리키는 차별어로서 전후부터 사용되었으나, 점차 비여장(非女裝)의 동성애자와 여장(女裝)의 동성애자 모두를 혼동해서 가리키는 개념으로 변화하여, 현재는 일상적으로 통용되고 있다. 나아가 마지막 부분의 "새하얀 교목 품에 매달리었다"는 이상성욕으로서의 '초목간음(草木姦淫)'을 떠올리나, 여성의 신체를 모성애적 포용 대상으로 인식하고, 이를 향한 순수한 영혼의 갈구가 심리적으로 투영된 것으로 간주한다면, 예술적 면죄부가 가능할 것이다.

전체적으로 이 시가 제시하고 있는 성 담론적 메시지는 여성의 신체에 대한 특별한 관심과 섹슈얼리티의 미적 형상화가 시인 특유의 병리적 감각을 초월하고 있고, 의식적이든 무의식적이든 복장의 고착화된 틀을 에워싼 젠더의 해체를 시도하고 있는 점에 있다. 이른바 남성성과 여성성의 이분법적 구분이 아닌, 양자의 경계를 넘나드는 일종의 크로스 젠더(cross-gender)적 요소를 발견할 수 있다.

---

5 가부키에서 여성으로 분장한 남성배우

제4장

페미니즘(feminism)과 문학

페미니즘의 전통은 16세기 말에서 17세기 초까지 거슬러 올라가나, 본격적으로는 19세기 말에서 20세기 초에 걸친 여권운동과 연계되어 있다. 1970년대 이후 대중적으로 확산되었으며, 이후 남성사회에서의 여성에 대한 억압을 문제시해 왔다. 특히 1966년 미국에서 결성된 '전국여성연합(National Organization for Women)'과 우먼리브(woman live) 운동은 페미니즘의 본격적 출발과 대중화에 크게 기여하였다고 지적된다.

1. 페미니즘의 성격과 특징

페미니즘은 오랫동안 인류의 역사와 사회를 주도한 가부장제 및 남성중심주의에 대한 반발로 성립되었다. 따라서 그 성격을 이해하기 위해서는 남성중심주의와 그 근원이 되는 남근중심주의, 오이디푸스 콤플렉스 등의 고찰이 필수적이다.

1) 남성중심주의(androcentrism)

가부장제(家父長制) 사회를 지탱해온 핵심적 사고이다. 남성의 생물학적 우월성을 바탕으로, 여성에 대한 남성의 지배와 억압을 정당화하는 수단으로 활용되었다. 그 기저에는 남성과 여성의 우열관계를 남근(penis)의 유무로 인식하는 남근중심주의가 위치하고 있다.

* 남근중심주의(男根中心主義, phallocentrism)

인체를 해부학적 시각으로 파악한 주장으로, 프로이드와 프랑스의 자크 라캉(Jacques Lacan, 1901~1981) 등 정신분석학자들이 주도하였다. 남성의 우월적 사고의 근거를 남근의 존재에 두며, 이 과정에서 여성의 신체를 성기(性器)의 '거세(去勢)'로 인식한다.

프로이드 등에 따르면, 여성에게도 원래는 '페니스'가 있었으나 '거세'되었다고 여기며, 따라서 여성은 본능적으로 '남근선망(penis envy)'을 지니고 있다는 것이다. 이러한 성기의 결핍 내지는 부재가 여성들로 하여금 신체적 열등감과 수치심을 초래하였고, 남성에 비해 항상 수동적 위치에 머물게 하였다고 간주한다. 결국 남근중심주의는 여성에 대한 남성의 지배를 정당화하는 기제로 작용하였으며, 이를 뒷받침하는 주장이 프로이드가 제시한 '오이디푸스 콤플렉스'이다.

2) 오이디푸스 콤플렉스(oedipus complex)

프로이드는 자신의 저술 『꿈의 해석(Die Traumdeutung)』(1899)에서, 그리스의 오이디푸스 신화[6]에서 명칭을 차용하여, 아동이 이성(異性) 부모에게

성적 관심을 갖고 접근하는 욕망을 오이디푸스 콤플렉스로 부르고 있다. 참고로 프로이드의 제자 칼 융(C. G. Jung, 1875~1961)은 남아와 여아를 구별하여, 여아의 경우는 '엘렉트라 콤플렉스(Elektra complex)'로 지칭하고 있다.

오이디푸스 콤플렉스는 프로이드가 제시한 인간 심리의 성적 성장 단계(psychosexual development) 다섯 단계[7] 중 세 번째인 남근기(phallic stage)에 나타나는 핵심적 상황이다. 남근기는 인간의 성적 충동을 발동시키는 힘(에너지)의 원천인 '리비도(libido)'가 아동의 '성기'에 집중되는 시기로, 이때 아동은 자신의 성기를 만지고 자극함으로써 쾌감을 느낀다고 주장한다. 그 과정을 남아와 여아로 나누어 설명하면 다음과 같다.

* 남아의 경우
남아에게 어머니는 사랑의 대상으로서, 그런 어머니에게 인정받기 위해, 어머니를 소유한 아버지와 같은 남자가 되려는 동일화 경향이 강하게 나타난다. 이 과정에서 남아는 아버지를 사랑의 경쟁자로 여기고 적대감을 품게 되나, 절대적 권위를 지닌 아버지의 위협으로부터, 무의식적으로 아버지가 자신의 성기를 거세할 지도 모른다는 '거세불안(거세공포, castration anxiety)'을 느낀다. 남아는 이러한 불안을 해소하고 자신의 성기를 유지하기 위해 아버지와 충돌하는 것을 포기하고, 어머니가 인정하는 아버지의 남성다움(남성성)을 갖기 위해, 동성의 부모를 성적으로 동일시하게 된다. 결국 이를 극복하는 과정에서 남자아이는 남자답게 행동하면서 성장하는

---

6 오이디푸스는 오늘날의 이집트 지역인 테베의 왕 라이오스와 이오카스테의 아들로, 숙명적으로 아버지를 살해하고 스핑크스의 수수께끼를 풀고 훗날 테베의 왕이 된 인물. 이오카스테가 자신의 어머니인 줄 모르고 결혼한 오이디푸스는 나중에 그 사실을 알게 되자 자기 눈을 도려내게 되었고, 이오카스테는 자살한다.
7 구강기(0-2세), 항문기(2-3세), 남근기(3-6세), 잠복기(7-12세), 생식기(13세 이후)

가운데, 사회에서 요구하는 남성성을 획득하게 된다는 것이다.

한편 오이디푸스 콤플렉스의 극복은 근친상간의 욕망을 포기하는 결과로 나타나며, 그때까지 막연했던 의식과 무의식의 경계가 분명하게 확립되는 가운데, 현실적인 '자아(ego)'를 거쳐, 양심과 윤리감 등으로 지탱되는 이상적인 '초자아(super-ego)'를 형성하게 된다는 것이 프로이드의 견해이다.

* 여아의 경우

남근기의 여아는 자신에게는 남성과 같은 페니스가 없음을 인식하게 되고, 따라서 자신은 성기를 지니지 못한 열등한 존재이며, 거세된 것으로 여기는 '거세 콤플렉스(castration complex)'를 지니게 된다. 따라서 처음에는 남아와 동일하게 어머니를 애정의 대상으로 여기던 여아는 그 대상을 아버지로 이동하며, 거세된 성기의 대체물인 자신의 음경에 리비도를 집중시키는 가운데, 남자와의 성교를 통해 아이를 얻는 것에 몰두하게 된다. 다시 말해 아이를 낳는 출산 행위를 거세된 성기를 되찾는 방법으로 여기며, 이에 집착한다는 것이다.

결국 여아의 오이디푸스 콤플렉스는 거세 콤플렉스에 기초하며, 여아가 아버지와 같은 이성을 사랑하는 한 소멸되지 않고 계속되는 한편, 남아와 같은 초자아의 형성은 일어나지 않는다는 것이다. 이러한 논리에 입각해, 여성은 남성에 비해 비이성적 존재로서, 경박하고 유혹적이라는 고정관념을 형성하게 되었다.

* 오이디푸스 콤플렉스와 페미니즘

오이디푸스 콤플렉스의 논리에 따르면, 전술한 인간의 성적 충동을 발

동시키는 힘인 리비도는 근본적으로 남성적이며, 남성이 여성보다 우월한 것은 세상의 보편적 진리이자 자연의 섭리에 해당한다는 남성중심주의적 담론을 생성한다. 따라서 오이디푸스 콤플렉스를 바탕으로 한 남성중심주의적 관점에서, 남근은 아버지의 절대적 권위(power)를 상징하고, 문화적으로는 사회적 권위와 제도를 지배하는 힘을 의미하며, 가부장제 이데올로기를 형성하는 원동력이 된다.

결론적으로 남근중심주의에 기초한 남성중심주의와 가부장제 사회에 대한 저항이 페미니즘의 기본정신이며, 페미니스트들은 돌출된 성기의 의미성을 강조한 남근중심주의를, 특정 신체 부위에 집착한 '시각중심주의(ocularcentrism)'이자 자기도취적 '나르시시즘'이라고 비판한다.

3) 페미니즘의 특징

페미니즘의 기본적 특징은 전술한 '섹스', '섹슈얼리티', '젠더'를 에워싼 여성으로서의 주체적 자각에 찾을 수 있다. 성차별적이고 남성중심적 시각으로 억압받아온 여성들의, 현실에 저항하는 여성해방의 이데올로기로서, 주로 참정권, 선거권, 교육권, 노동권의 주장으로 나타난다. 여성을, 여성 자체가 아니라, 남성의 상대적 시선에서 성적 결함을 지닌 존재로 간주함으로써 야기되는 제반 문제에 주목하면서, 이를 수정하고 올바른 전망을 제시하려는 일련의 움직임을 포함한다. 무엇보다 남성의 주변적, 종속적 존재임을 부정하는 가운데, 여성의 독립성을 중시하는 태도를 추구한다. 구체적으로는 여성을 종족번식의 도구로 여기며, 가정이라는 사적(私的)공간에 가두어 온 근대 이전의 가부장제 사회의 오류를 지적하고, 여성의 사회진출의 당위성을 적극 강조한다.

참고로 카플란(A. Kaplan)은 페미니즘의 종류를 자유주의 페미니즘, 마르크스주의 페미니즘, 급진적 페미니즘, 포스트모던적 페미니즘 등으로 분류하고 있는데, 이것은 여성을 해방시키는 구체적 방법에서만 차이를 드러낼 뿐, 전략적으로서는 동일한 이데올로기를 지닌다. 다시 말해 페미니즘 지지자들은 여성해방이 궁극적으로는 인류의 복지에 이바지한다는 점에 인식을 같이 한다.

한편 페미니즘에서 가장 큰 논쟁거리는 남성과 여성의 평등과 차이의 대립에 있다. 페미니즘은 여성의 우위를 관철하려는 것은 아니며, 양자의 생물학적 차이를 직시하면서, 그에 걸맞은 사회적, 경제적 역할을 모색하는 참된 평등의 실현을 지향한다. 이와 관련하여 1980년대 이후 대두된 포스트페미니즘(postfeminism)에서는 여성의 입지나 여성성을 지나치게 강조할 경우, 기존의 남성 대 여성의 이항대립적 가치체계가 더욱 고착화되어, 오히려 여성의 입지를 약화시키는 역차별을 불러온다는 우려를 표출하고 있다.

* 최근의 페미니즘

전술한 '섹스', '젠더', '섹슈얼리티'의 모든 영역에서 새로운 정의를 추구하고 있다. 여성과 남성의 생물학적 차이인 섹스의 경우, 성전환(트랜스젠더)을 통한 전통적 남성과 여성의 경계를 해체하고 있으며, 사회·문화적 성차인 젠더에서는 여성의 군복무 의무화 등, 양성평등에 관심을 기울인다. 나아가 섹슈얼리티에서는 남성의 여성화, 여성의 남성화 등에서 나타나듯, 여성성과 남성성의 고전적 경계가 애매해지고 있는 추세이다.

한편에서 진정한 양성평등을 실현하기 위한 수단으로서, 급진적 페미니스트들은 이성과 동성 모두에게 성적 관심을 기울이는 양성애(bisexuality)를 주장하기도 한다. 이러한 현상은 페미니즘이 단순히 여성의 문제에 국한된 것이 아니며, 인간의 정체성(주체성)을 모색하는 중요한 틀이라는 인식에서 비롯되고 있다.

2. 일본문학 속의 페미니즘

1) 여성문학과 페미니즘문학

일본 근대문학에서는 이미 20세기 초부터, 인간의 자유로운 감정이나 정서 표현의 일환으로서, 여성을 문학의 주된 대상으로 인식하는 페미니즘적 사고가 대두되었다. 그 전형적 예가 '여성문학(woman literature)'으로, 여성이 창작 주체인 문학일반이나 여성주의, 즉 페미니즘적 시각을 담은 문학을 폭넓게 가리키는 개념이다. 여성문학은 작품 속 여성이 연구대상이 되며, 여성을 에워싼 폭넓은 시각을 제공하게 되었다는 점에서, 페미니즘문학의 지향점을 제시하고 있다. 이에 비해 페미니즘문학은 창작의 주체가 여성은 물론, 페미니즘적 사고를 지닌 남성작가의 작품도 포함되므로, 단순히 여성을 창작 주체로 삼는 여성문학과 대비된다. 나아가 작품 속 여성을 포함해, 창작 주체의 의식이나 사상을 포괄적으로 문제 삼는다.

한편 일본 페미니즘문학의 대다수는 전술한 여성의 사회적 지위의 신장과 활동의 당위성을 적극적으로 표현하고 있다. 시기적으로는 전후문학 이후 현대문학에 걸쳐 있는데, 여기서는 몇몇 여성시인들의 작품을 살펴본다.

2) 전후(戰後) 현대시 속의 페미니즘

나를 묶어두지 말아요
스톡(stock)꽃처럼
하얀 파처럼
묶어두지 마세요 난 벼이삭
가을 대지가 가슴을 태우는
끝없이 펼쳐진 금색 벼이삭
(중략)

나에게 이름을 붙이지 말아요
딸이라는 이름 아내라는 이름
어머니라는 무거운 이름으로 만들어진 자리에
앉아만 있게 하지는 말아주세요 나는 바람
사과나무와
샘물이 있는 곳을 알고 있는 바람

나를 나누지 말아요
콤마(komma)나 피리어드(period) 몇 개의 단락
그리고 말미에 '안녕'이 적혀 있기도 한 편지처럼은
세세하게 결말을 짓지 마세요 나는 끝이 없는 문장
강과 마찬가지로
끝없이 흘러가는 펼쳐나가는 한 줄짜리 시

「わたしを束ねないで / あらせいとうの花のように / 白い葱のように / 束

ねないでください　わたしは稲穂／秋　大地が胸を焦がす／見渡すかぎりの金
色の稲穂／／（중략）／／わたしを名付けないで／娘という名　妻という名／重々
しい母という名でしつらえた座に／座りきりにさせないでください　わたしは
風／りんごの木と／泉のありかを知っている風／／わたしを区切らないで／，
（コンマ）や．（ピリオド）いくつかの段落／そしておしまいに'さようなら'があっ
たりする手紙のようには／こまめにけりをつけないでください　わたしは終り
のない文章／川と同じに／はてしなく流れていく　拡がっていく　一行の詩」
　　　　　　　－신카와 가즈에(新川和江),「나를 묶어두지 말아요(わたしを束ねないで)」

　신카와 가즈에(1929~)는 1983년 여성을 위한 시 잡지『현대시 라메르(現
代詩ラ・メール)』를 주도하는 등, 페미니즘적 견지에서 활발한 활동을 영위
해 온 대표적 여성시인의 한 사람이다. 인용한「나를 묶어두지 말아요」
(1968)는 제목에서 드러나듯, 여성이라는 이유로 제한돼 온 수동적이고 소
극적인 삶에서 벗어나, 무한한 가능성과 자유를 지닌 진취적 삶의 필요성
을 역설하고 있다. 단적인 표현으로, 여성들의 타의적 삶의 굴레를 암시
하는 "딸", "아내", "엄마"를 들 수 있다. 모두 구시대가 견지해 온 일본의
봉건적 가족제도의 부산물로서, 여성들을 가정이라는 폐쇄적 젠더 공간
에 가두어두는 결정적 요인으로 작용하였다. 이 시의 주제는 여성을 향
해, 가정이라는 한정된 사적 공간에서의 역할에서 벗어난, 적극적인 사회
활동의 필요성을 강조한다. 마지막 행에서 그것이 곧 자신이 쓰는 "한 줄
짜리 시"의 의의임을 상기할 때, 전후 일본 여성시인들의 시작(詩作) 행위
자체가 여성의 사회진출이라는 페미니즘적 메시지로 이어지고 있다.

이를테면 당신은 아이누가 아니다
이를테면 당신은 인디언이 아니다
하지만 여전히 소수민족
집이라는 이름의 보류지에 밀어 넣어져
원탁회의에 앉을 장소를 상실한 채
아이를 낳는 도구가 되어 사육돼 왔다(이하생략)

「たとえば あなたはアイヌではない / たとえば あなたはインディアンでは
ない / けれどもなお あなたは少数民族 / 家という保留地に押し込められ / 円
卓会議に座る場所を失い / 子を生む道具となって飼われてきた」

　　　　　　　－시마다 요코(島田陽子, 1929~),「이를테면 당신은(たとえば あなたは)」

　　시집『북섭(北摂)의 노래(北摂のうた)』(1978)에 수록된 작품으로, 이 시에서는
페미니즘의 가장 큰 논쟁거리가 무엇인지를 암시한다. 그것은 남성과 여성
의 이분화를 에워싼 평등과 차이의 대립이며, 페미니즘은 인종문제를 비롯
한 여성과 남성의 생물학적 차이와, 사회적·경제적 평등에 대한 조화된
접근을 요구한다. 그러한 '차이'가 "아이누"나 "인디언"으로 묘사된 "소수민
족"에 응축되어 있으며, "원탁회의"는 페미니즘이 지향하는 평등의 시적
비유에 다름 아니다. 여성을 "아이를 낳는 도구"로 "사육"해 온 남성중심사회
를 비판하는 가운데, 임신과 출산을 억압의 주된 원인으로 파악하는 급진적
페미니즘의 태도를 표출하고 있다. 급진적 페미니즘에서는 여성을 에워싼
모든 편견을 권위적이고 폭력적인 가부장제 문화의 산물로 간주하는 한편,
이로부터 여성이 해방되려면 임신 및 출산과 성을 여성 스스로 지배하고,
과학기술을 통해 출산을 여성으로부터 제거해야 한다고 보기 때문이다.

그것은 오랜 동안
우리들 여자 앞에
항상 놓여 있던 것.

자신의 힘에 걸맞은
알맞은 크기의 냄비나
쌀이 보글보글 끓어올라
빛을 내기 시작하는 데 적합한 솥이나
태초부터 이어져 온 화끈대는 불 앞에는
어머니와, 할머니와, 또 그 어머니들이 항상 있었다.
(중략)

취사가 기구하게도 분담된
여자의 역할이었음은
불행한 일로는 여겨지지 않는다,
그로인해 지식이나, 세상에서의 지위가
뒤쳐졌다고 해도
늦지는 않다
우리들 앞에 있는 것은
냄비와 솥과, 타오르는 불과

그런 정겨운 물건들 앞에서
감자나, 고기를 요리하듯이
깊은 생각을 담아
정치나, 경제, 문학도 공부하자,

그건 우쭐댐이나 영달을 위해서가 아닌

모두가

인간을 위해 제공되듯이

모두가 애정의 대상이며 정진하도록.

「それは長いあいだ / 私たち女のまえに / いつも置かれてあったもの. // 自分の力にかなう / ほどよい大きさの鍋や / お米がぶつぶつとふくらんで / 光り出すに都合のいい釜や / 劫初からうけつがれた火のほてりの前には / 母や, 祖母や, またその母たちがいつもいた. // (中略) // 炊事が奇しくも分けられた / 女の役目であったのは / 不幸なこととは思われない. / そのために知識や, 世間での地位が / たいおくれたとしても / おそくはない / 私たちの前にあるものは / 鍋とお釜と, 燃える火と // それらなつかしい器物の前で / お芋や, 肉を料理するように / 深い思いをこめて / 政治や経済や文学も勉強しよう, // それはおごりや栄達のためでなく / 全部が / 人間のために供せられるように / 全部が愛情の対象あって励むように.」

— 이시가키 린(石垣りん), 「내 앞에 있는 냄비와 솥과 타오르는 불과」

이시가키 린(1920~2004)은 전후 여성시인 중 1세대에 속하는 시인으로, 이 시는 처녀시집 『내 앞에 있는 냄비와 솥과 타오르는 불과(私の前にある鍋とお釜と燃える火と』(1959)의 타이틀이 된 작품이다. 발표된 시기는 페미니즘이 본격적으로 등장하기 이전이지만, 여성의 사회적 억압을 부정적으로 인식하고, 앞으로의 가정과 사회에서의 여성의 역할 등에 구체적인 메시지를 전하고 있는 점에서, 페미니즘적 요소를 드러내고 있다.

주부의 전유물로 인식돼 온 취사, 요리 등의 가사 행위가 오랫동안 여성들의 사회진출을 가로막은 주범임을 인지하면서도, 그것을 무조건 배척하기보다는 오히려 여성의 활동에 사고의 폭("깊은 생각")을 "제공"해 줄 것이며, 궁극적으로 "인간"을 위한 "애정의 대상"이자 "정진"이라는 이상의 실현을 기대한다. 이 시의 시사적 의의는 여성의 역사를 미래의 전망을 담아 절묘하게 표현하고 압축한 점에 찾을 수 있다. 무엇보다 가정과 사회를 대립이 아닌, 상생의 젠더 공간으로 모색할 것을 제안하면서, 여성 본위의 행복의 제한된 범주를 초월하려는 시적 이상을 함축하고 있다.

제5장

도시(都市)

도시는 실존하는 인간의 삶, 즉 주거의 공간으로서, 성립의 역사는 고대 로마시대로까지 거슬러 올라간다. 도시는 문학의 주요 공간적 소재이며, 작품을 통해 다양한 모습과 표정으로 묘사된다. 무엇보다 문학에서 도시를 고찰하는 것은 그곳에 거주하는 사람들의 의식과 삶의 양상을 드러내고 있다는 점에서 매우 중요하다. 특히 근대 이전이 농촌이나 자연을 주된 무대로 삼아 왔음에 비해, 근대문학에서는 가장 핵심적인 장소로서 다양한 도시 담론을 형성하고 있다.

1. 도시의 종류와 문학

1) 근대화의 상징으로서의 도시

자본주의의 발달로 산업화와 공업화가 진행된 이후, 도시는 빈부의 격차에 따른 부촌과 빈촌을 형성하였고, 필연적으로 집단 간의 갈등을 유발하게 된다. 근대의 도시상(都市像)은 인류의 삶을 개선시킨 문명의 긍정적 측면 보다는 부정적, 비판적 관점이 두드러진다는 점에서, 도시는 문명비판의 주요 테제에 해당한다. 그 이유는 현대문명 자체가 물질적 기반 위에 성립하며, 인간의 욕망을 병적으로 팽창시키는 소비지향적 요소를 부정할 수 없기 때문이다. 물질만능의 자본주의적 가치관을 채택한 산업사회의 필연적인 귀결이, 소외와 절망, 폭력과 속임수가 판을 치는 부정적 도시의 이미지를 성립시켰다고 볼 수 있다.

이를 반영하듯 문학작품 속의 도시는 희망과 안락의 편이성 대신, 결핍과 소외로 얼룩진 개인주의와 자아상실 등이 범람하는 비판적 공간으로 표현되는 가운데, 인간의 관념 속의 도시상을 형성해 왔다. 세부적으로는 빈부의 갈등, 공해 및 오염과 질병, 범죄와 폭력, 시민들 간의 동질성 상실과 갈등, 상업주의의 범람 등이 핵심적 주제를 차지한다.

2) 관념 속의 도시

도시를 인간의 정신적 영역이나 관념을 표상하는 추상적 공간으로 간주할 때, 문학작품에서는 다양한 이미지의 도시의 모습을 제시하면서, 복잡하고 황폐해진 인간의 내면세계를 표출한다. 일정한 경험적 시간의 축적이라는 도시의 전통에 비해, 문명의 필요성에 따라 인위적으로 형성된 도시는, 이에 부합하는 인간의 내면화를 완성시키지 못했기 때문이다. 나아가 현대에서는 이른바 테크놀로지의 발달에 입각해, 도시를 초현실적인 환상적 공간으로 인식하는 태도 또한 두드러지며, 이러한 현상은 문학작품과 영화, 드라마 등 폭넓은 영역에서 나타난다. 영화를 예로 들면 〈매트릭스(The Matrix)〉나 〈스타워즈(Star Wars)〉 시리즈 등이 그것이다.

한편 근대문학 속의 관념적 도시는 권태, 우울, 고독, 퇴폐(décadent), 허무와 같은 근대인들의 다양한 정서를 예술적으로 표현하는 데 주안점을 둔다. 이를테면 보들레르(Charles Baudelaire, 1821~1867)가 언급한 군중(群衆)의 심리와 고독은 근대도시를 표현하는 대표적 키워드이며, 일본의 경우 메이지 말기의 문학자·예술가들의 향락적 모임인 '판의 모임(パンの会)'이 단적인 예에 해당한다. 판(Pan)이란 그리스 신화에 등장하는 가축과 목동의 신으로서, 동 모임에서는 퇴폐와 우울, 권태로 대변되는 유럽의 세기말 정서를 예술적으로 음미한 것으로 평가된다.

3) 생태문학(生態文学)의 등장

근대문학 속의 도시상을 보면, 근대 이전까지의 인간이 자연을 지배하고 군림하는 구조로부터, 근대 이후는 점차 인간이 자연에게 지배당하는 구조로 변화했다는 인식을 담고 있다. 근대도시의 특징인 대기오염과 생태계의 파괴가 생태학이라는 새로운 학문 분야의 성립을 초래했으며, 생태학적 사고를 반영한 것이 생태문학(ecological literature)이다.

생태학(ecology)은 자연계 속에 공존하는 생물의 상호 유기적 관계성을 병리학, 물리학, 화학 등 제반 자연과학을 통해 접근하려는 분야로, 인간을 포함한 모든 생명체는 다른 생명체와 동등한 권리와 가치를 지닌다는 기본정신을 지닌다. 이를 바탕으로 생태문학은 인간과 동물 혹은 인간과 자연의 파악에 있어, 우열적 관계에 입각한 이원론적(二元論)적 구분을 부정한다. 생태문학을 포스모더니즘적 사고의 일환으로 간주하는 이유는 이처럼 사물이나 사항의 이항대립적 경계를 해체하고 있기 때문이다.

나아가 생태문학에서는 생태권을 구성하는 자연 공동체와 인간 공동체의 조화를 추구하여, 기존의 문학연구가 대상으로 삼았던 제도와 조직으로서의 사회뿐만 아니라, 자연계 전체를 포함한 생태권과의 관계를 중심에 두는 관점의 전환을 시도한다. 결국 생태문학은 과학과 문명의 발달로 야기된 인류의 도시적 삶의 환경에 대한 위기의식을 사상적 메시지로 삼고 있다.

2. 일본의 도시

1) 근세의 도시와 문화

일본의 도시는 에도시대에 형성되었다고 보는 것이 일반적이다. 16세기의 전국시대 무렵부터, 빈번한 전투의 수행은 도로의 정비와 유통망의 보급을 촉구하였고, 전술한 초닌들의 경제적 신장은 상권 형성의 결정적 계기가 되었다. 에도를 비롯한 오사카, 교토, 나고야 등이 당시의 대표적 도시로서, 사농공상의 계층별로 거주지가 고정되는 가운데, 도시의 행정적 기능보다는 신분의 구별을 중시하는 특징을 지닌다.

이 시기의 도시의 형태는 '조카마치(城下町)'로 요약되며, 이것은 번(藩)을 다스리는 영주(다이묘)의 거처인 '성(城)'을 중심으로, 그 주위에 주거지 및 상권이 자리 잡고 있는 구조이다. 전국시대에 접어들어, 각 지역의 다이묘들은 자신의 영지를 거점으로 세력의 확장을 추구하면서, 기존의 산채(山砦) 중심의 성을 버리고, 교통의 편의와 경제적 입지가 좋은 곳에 성을 만든 후, 농촌으로부터 무사와 상공업자들을 유치하여 성의 주변에 집단적으로 거주시키게 된다. 조카마치의 기본적 구조는 성의 주위에 무사들의 저택(武家屋敷)을 집중적으로 배치하여 적의 침입을 대비하고, 다시 그 주위에 초닌들의 가게와 거주지를 위치시키는 형태이다. 전쟁을 염두에 둔 방어적 기능을 중시하며, 근대도시와 같은 다양성보다는 획일성이 두드러진다.

한편 근세도시의 가장 큰 특징은 거주자들의 특정 행위와 생활, 가치관, 정서 등이 복합적으로 혼합된 문화 생성의 공간으로 자리 잡고 있는 점이다. 참고로 도시적 생활 방식은 점차 농촌 등의 비도시 지역으로 외연을 확대하게 된다.

전체적으로 근세도시의 가장 두드러진 성향은 문화적 소비를 위한 향락적 공간의 형성에 있으며, 특히 에도를 중심으로 한 유곽(遊廓)지대는 소비적 기능에 입각해, 오락 · 향락문화 창조의 원동력이 되었다. 이를 소재로 한 문학에는 전술한 17세기말의 이하라 사이카쿠(井原西鶴)의 호색물(好色物)이 있으며, 우키요조시(浮世草子)가 대표적이다.

다음으로는 유곽문화와 함께 근세의 도시문화의 핵심으로 극장문화를 들 수 있다.

> "「도시는 예술을 만들어 가지만 동시에 도시 그 자체가 예술이다. 도시는 극장을 만들지만 동시에 도시 그 자체가 극장이다」고 말한 루이스 맨포드의 지적처럼, 때때로 도시는 극장에 비유되기도 한다. 이러한 극장의 은유는 여러 가지 이미지를 떠오르게 한다. 그 중에서도 극장에 대한 가장 대중적인 이미지는 전혀 생각할 수 없는 일들이 일어나는, 즉 여러 형태의 드라마가 생기는 공간이라는 것이다. 그러나 극장은 또한 사람들에게 즐거운 '볼거리'를 제공해 주는 장소이기도 하다. 그리고 거기에서 상연되고 있는 것은 연극이라는 이름의 흉내내기 놀음이요, 연출과 연기에 의해 무대 위에 만들어진 허구의 세계인 것이다."
>
> ─ 이노우에 슌, 최샛별 역, 『현대문화론』, 이화여대출판부, 1998, pp.16-17

위 지적에서 "연극"은 에도시대의 가부키와 분라쿠 등 전통예능을 가리키며, 이들의 성행은 필연적으로 대규모 극장의 성립을 초래하였다. 유곽과 함께 에도시대의 향락적 도시문화의 핵심적 성격을 지탱하는 공간으로서, 초닌들의 문화적 소비 욕구를 충족시키고, 예술의 발전에도 중요한 역할을 수행하게 된다.

2) 근대도시의 형성

일본에 있어 근대도시의 형성은 1920년을 기점으로 한 다이쇼 말에서 쇼와 초기로 보는 것이 일반적이다. 참고로 1920년에는 당시의 아방가르드 운동의 유행을 반영한, 러시아미래파전람회의 개최, 최초의 노동자 시집인『밑바닥에서 노래하다(どん底で歌ふ)』의 발간, 하치만제철(八幡製鉄)의 태업, 도쿄시가자동차회사(東京市街自動車会社)의 여차장(女車掌) 채용 등, 노동운동과 여성의 사회진출 분야에서 활발한 움직임이 나타난다. 서양의 1920년대와 거의 동일한 시기에 현대도시로서의 생활공간이 성립되었다고 지적된다.

1920년대의 근대도시 성립의 요인은 우선 관동대지진의 폐허로부터 새로운 출발을 알린 '제도부흥' 정책에 찾을 수 있다. 전술한 대로 도로, 운하, 공원, 토지구획정비, 내화(耐火)건축물 조성 및 지역구획 등을 통해, 도쿄는 근대적인 국제도시 · 대도시로 변모하게 된다. 또한 20세기 초의 범세계적인 예술운동인 모더니즘 운동은 19세기말의 어둡고 무거운 데카당에서 탈피하여, 밝고 경쾌한 모던 도시의 대중문화 확산에 기여하고 있다. 전술한 '모보(모던 보이)'와 '모가(모던 걸)'의 등장과 댄디즘, 하이칼라 취미는 도시의 대중문화를 상징하는 시대의 아이콘이었다. 참고로 1920년대에는 급속한 발전이 이루어졌지만, 도시의 인구가 전체 인구의 50%를 넘어선 것은 2차대전이 끝나고 10여년이 지나서이다.

3. 일본 근대문학 속의 도시

일본 근대문학 속에 도시가 적극적으로 도입된 것은 다이쇼 말기에서 쇼와기에 이르는 시점부터이다. 구체적으로는 참신한 언어감각을 추구한 신감각파(新感覚派)를 비롯해, 입체파, 미래파, 다다이즘 등의 전위적 문학, 쇼와 초기의『시와 시론』을 거점으로 전개된 모더니즘문학, 도시의 노동자와 농민 등의 계급적 자각과 투쟁을 묘사한 프롤레타리아문학을 들 수 있다. 그밖에도 프롤레타리아문학에 앞서, 민중의 일상적인 생활과 애수를 묘사한 민중시(民衆詩), 도시를 시적 소재로 투명한 감성과 지성을 전면에 내세운 쇼와 10년대의 서정시, 그리고 대중가요 등에 이르기까지, 다이쇼기 이후 도시는 일본문학에서도 가장 중요한 공간적 소재로 확고한 위치를 차지하게 된다.

참고로 문학작품 속의 도시 관련 어휘로는 카페, 백화점, 빌딩, 공원, 분수, 교차로, 광장, 뒷골목, 번화가, 레스토랑, 교회, 지하철, 자동차, 철탑, 방송국, 미술관, 박물관 등이 있다.

1) 탐정소설의 유행

탐정은 도시가 낳은 대표적 직업으로, 급속한 도시화의 진행은 살인, 도난, 유괴, 사기 등 도시형 범죄의 성립을 초래하였다.

"도회가 커질수록 주민의 이동이 많아져 이웃 상호간의 친밀감의 정도는 약해지고, 표면뿐인 교제는 있으나 내실은 알 수 없는 인간들끼리의 생활이 되어 버려, 이른바 세상을 은밀히 살아가기에 적합해서 한번 보고는 지나쳐 버리는 일을 찾아내는 편의도 많아졌으므로 자연히 범죄자 등이 유입되는 경우가 증가했음을 부정할 수 없다. 대도시가 항상 범죄의 진원지가 되고, 범죄의 온상이 되는 것은 이런 사정에 기인하고 있다."

— 운노 히로시(海野弘), 『모던 도시 도쿄-일본의 1920년대』, 中公文庫, 2007, p.241

이러한 상황을 반영하여 경찰조직과는 별도로, 도시에서 발생하는 갖가지 어려운 사건 해결에 임하는 탐정이라는 직업이 등장하였고, 이들의 활약을 소재로 한 탐정소설이 성립되었다. 도시형 범죄의 증가 속에서, 시민들의 생활의 불안과 스트레스를 어떤 형태로든 해소할 필연성이 탐정소설의 유행으로 이어진 배경이다. 참고로 최초의 탐정소설은 미국의 작가 포(Edgar Allan Poe, 1809~1849)의 『모르그가(街)의 살인(The Murders in the Rue Morgue)』(1841)으로 알려져 있다.

한편 일본문학 속에 등장하는 주요 탐정으로는 에도가와 란포(江戸川乱歩, 1894~1965)의 아케치 고고로(明智小五郎), 요코미조 세이시(横溝正史, 1902~1981)의 긴다이치 고스케(金田一耕助) 등의 사립탐정을 들 수 있다. 이들은 완전범죄를 꿈꾸는 범인들과 치열한 두뇌싸움 속에서, 이른바 하이칼라 문화의 탐정 취미를 조성하였다.

최초의 작품은 란포의 『D고개의 살인사건(D坂の殺人事件)』(1924)으로, 포의 『모르그가의 살인』을 모방한 작품으로 알려져 있다. 9월 초순 오사카의 'D고개'의 대로에 위치한 찻집에서 차갑게 식은 커피를 마시고 있던

주인공 '나(私)'가, 이곳에서 알게 된 사립탐정 아케치 고고로와 함께, 우연히 건너편 고서점에서 발생한 살인사건의 최초 발견자가 되어 이를 해결하는 내용이다. 탐정소설 특유의 심리학과 범죄를 접목시킨 기발한 상상력은, 일본 탐정·추리소설의 본격적 개막을 알린 기념비적 작품으로 손색이 없다.

* 에도가와 란포 『심리시험(心理試驗)』(1925)

제목이 암시하듯, 범인과 탐정의 치열한 심리 싸움을 소재로 한 작품이다. 범죄자의 심리를 심리학 전문용어인 '자극어'와 '반응어'의 연상시험을 통해 접근한다. 심리시험의 존재를 알고 있는 범인은 자신을 시험하는 시험자의 심리를 역으로 이용하지만, 주인공 아케치 고고로가 그러한 범인의 트릭을 간파하고 사건을 해결하는, 이중구조를 드러낸다. 다음 인용문은 동 소설의 마지막 부분으로, 아케치가 범죄의 전모를 밝힌 후, 심리시험 나아가 심리학의 중요성을 강조하는 부분이다.

"아까도 말씀 드린 대로', 아케치는 마지막으로 설명했다. 「뮌스타벨은 심리시험의 참된 효능은, 용의자가, 특정 장소, 사람 혹은 사물에 대해 알고 있는지의 여부를 시험하는 경우에만 확정적이라고 말했습니다. 이번 사건으로 말하면, 후키야(蕗屋)군이 병풍을 보았는가의 여부가 그랬습니다. 이 점을 제외해 버리면 백번의 심리시험 모두 소용이 없습니다. 왜냐하면 상대가 후키야군과 같은, 모든 것을 예상하고, 면밀한 준비를 해 온 남자일 테니까요. 그리고 또 한 가지 말씀드리고 싶은 것은, 심리시험은 반드시 서책에 나와 있는 대로 일정한 자극어를 사용하고, 일정한 기계를 준비하지 않으면 안 되는 것이 아니라, 지금 제가 실험하여 보여드렸듯이, 지극히 일상적인 대화에 의해서도 충분히 가능하다는 점입니다. 예부터 명판관(名判官)이란, 이를 테면 오오카 에치젠노가미(大岡越前守)[8] 같은 자는, 스스로 자각하지 못하면 서도, 최근의 심리학이 발명한 방법을 적확히 응용하고 있었습니다.」

오늘날의 거짓말 탐지기나 뇌파 탐지기와 같은 기계 즉 과학의 힘을 빌리지 않은 채, '일상적 대화'만으로도 인간의 본심이나 내면의 심리를 읽어낼 수 있다는 작자의 메시지가 흥미롭다. 이러한 란포의 작가로서의 확신은 이 소설에서 수학적 도표까지 활용한 치밀한 논리성과 적확한 상황 판단에 입각해, 아케치로 하여금 다양하고도 복잡한 살인 트릭을 통쾌하게 파헤치게 만든다.

* 탐정소설의 문학사적 의의

탐정소설의 묘미는 인간의 심리를 지적으로 분석한 점에 있으며, 이것은 다이쇼기의 아쿠가와 류노스케를 중심으로 한 신(新)현실주의 문학이나, 쇼와기의 호리 다쓰오(堀辰雄, 1904~1953) 등의 신심리주의 문학에 영향을 준 것으로 평가된다. 이들의 공통된 특징은 현실을 응시하는 가운데, 그 내면을 지탱하는 인간성이나 심리의 심층을 논리적으로 분석하는 데 있다. 다이쇼 말기에서 쇼와기에 걸친 당시 문단의 주류가 심리소설 계열임을 염두에 둘 때, 인간의 무의식을 예술적으로 응시하는 태도는 탐정소설의 문학사적 가치를 웅변해 준다. 화려한 도시문화에 대한 동경이 일본인들의 감성적 취향과 부합된 결과이며, 완전범죄를 에워싼 범인과 탐정

---

8 에도시대 중기의 실존인물인 오오카 다다스케(大岡忠相, 1686~1761). 에도막부의 관리로서, 송사(訟事)와 행정에 탁월한 능력을 발휘한 것으로 유명. 훗날 에치젠(越前)을 다스리는 장관(守)으로 임명되어, 다이묘의 반열에 올랐다.

의 극한의 심리적 대립은 다이쇼기 심리소설의 일 장르로서, 탐정소설의 정수를 드러낸다. 또한 기존의 예술성을 중시해 온 순수소설과는 달리, 상업성과 오락성을 전면에 내세운 대중소설의 본격적 등장이라는 측면에서, 탐정소설의 문학사적 가치는 결코 작지 않다. 이후 탐정소설은 추리소설(推理小説)로 계승되어, 현재에도 많은 일본인들의 사랑을 받고 있다. 추리소설은 사건 해결의 당사자가 탐정에 국한되지 않고, 수사원이나 일반인까지 포함한다는 점에서 차별된다.

2) 추리소설의 종류와 성격

* 본격파 추리소설

사건의 실마리가 작품 안에 제시되고, 주어진 정보로 주인공이 문제를 해결하는 소설로, 주인공과 범인, 나아가 작자와 독자와의 두뇌 싸움을 유희적이고 환상적인 기교와 논리적 추리로 해결한다. 에도가와 란포, 요코미조 세이시 등의 고전적 탐정소설의 성격을 계승한 추리소설이다.

* 사회파 추리소설

사건을 에워싼 사회적 배경과 맥락을 중시하는 지적 추리소설이다. 사건의 논리적 해결을 중시하는 점은 본격파 추리소설과 동일하나, 사건 자체보다 그 원인 규명에 주력한다. 미국의 하드보일드 계열 소설[9]의 전통을 계승한 것으로 지적된다.

성립 배경은 1950년대 중반 이후의 고도경제성장에 따른 대도시의 확산

---

9 등장인물의 심리묘사나 추리보다는 적극적 행동을 앞세워 수사를 진행하고, 이를 바탕으로 비정한 현실의 사건을 해결하는 형태

과 고학력 샐러리맨 독자의 양산이, 패전 이전의 본격파 추리소설과는 차별되는 형태로, 현실과 밀착된 추리물을 요구하게 된 점에 찾을 수 있다. 도시문화를 매개로 삼아, 일본사회의 구조적인 문제점에 참신한 시각으로 접근하는 가운데, 도시의 중산층에 어필할 수 있는 서사의 구조를 완성하기에 이른다. 대표작가로는 1950년대 후반에 등장한 마쓰모토 세이초(松本淸張, 1909~1992)를 비롯해, 미야베 미유키(宮部みゆき, 1960~), 다카무라 가오루(高村薫, 1953~) 등을 들 수 있다.

* 신(新)본격파 추리소설

1960년대 이후 사회파 추리소설의 반동으로 등장하여, 1980년대 말부터 본격적으로 전개되었다. 고전적인 본격파 추리소설로의 회귀를 지향하는 가운데, 사회파 추리소설의 기법상의 한계를 보완하려는 경향이 농후하다. 사회적 이슈를 다루면서도, 등장인물의 정교한 트릭을 바탕으로 한 두뇌 싸움과 문제 해결을 추구한다. 대표적 작가로는 히가시노 게이고(東野圭吾, 1958~)를 비롯해, 아야쓰지 유키토(綾辻行人, 1960~), 아리스가와 아리스(有栖川有栖, 1959~), 니카이도 레이토(二階堂黎人, 1959~) 등이 있다.

* 추리소설의 최근 동향

범죄심리소설, 하드보일드소설, 소프트보일드소설, 경찰소설, 역사미스터리, 여행미스터리 등 다양한 장르로의 분화가 두드러진다. 이 밖에도 모리무라 세이치(森村誠一, 1933~)로 대표되는 비즈니스·기업물 등, 하나의 장르로는 수렴이 불가능한 확장성을 나타내고 있다. TV드라마, 영화, 만화, 애니메이션, 게임을 망라한 분야에서 추리물이 범람하고 있는 가운데, 전술한 라이트노벨적 요소를 지니고 있다. 이러한 현상은 일본 추리소설의 사회성이 대중들의 문화적 욕망과 맞물린 결과로 볼 수 있다.

3) 근대인의 방랑 · 상실감과 도시

문학작품 속에 나타난 근대도시의 또 다른 특징은 고향이탈자의 방랑(방황)의식이다. 근대화는 입신출세를 꿈꾸는 비도시 출신 이향(離鄕)자들의 도시로의 집중을 초래하였고, 이에 수반된 도회적 생활의 부적응과 정신적 방황은 부정적 도시문화를 형성하게 되었다. 신체적으로는 도시에 거주하지만, 정신적 안주처(安住処)를 발견하지 못하고 방황 · 방랑하는 이방인(異邦人)의 고독감과 고향상실감은 근대 도시문학에 나타나는 가장 두드러진 특징이다. 다음에 소개하는 하기와라 사쿠타로의 「파란 고양이(青猫)」(1923)는 고향상실감을 바탕으로 한 고독한 도시 생활자의 모습과 심리를 여과 없이 드러내고 있다.

> 이 아름다운 도시를 사랑하는 것은 좋은 일이다
> 이 아름다운 도시의 건축을 사랑하는 것은 좋은 일이다
> 세상 모든 포근한 여성을 얻기 위해
> 세상 모든 고귀한 생활을 갖기 위해
> 이 대도시에 와서 북적대는 거리를 지나는 것은 좋은 일이다
> 길 가에 늘어선 벚꽃나무
> 거기에도 무수한 참새들이 지저귀고 있지 않은가.
>
> 아 이 거대한 도시의 밤에 잠들 수 있는 것은

단 한 마리의 파란 고양이 그림자다
슬픈 인류의 역사를 말하는 고양이의 그림자다
내가 바라마지 않는 행복의 파란 그림자다.
그 어떤 그림자를 찾아
진눈깨비 내리는 날에도 난 도쿄를 그리워하였건만
거기 뒷골목 담벼락에 추워 웅크리고 있는
이 사람과 같은 거렁뱅이는 무슨 꿈을 꾸고 있는 걸까.

「この美しい都会を愛するのはよいことだ／この美しい都会の建築を愛す
るのはよいことだ／すべてのやさしい女性をもとめるために／すべての高貴
な生活をもとめるために／この都にきて賑やかな街路を通るのはよいことだ
／街路にそうて立つ桜の並木／そこにも無数の雀がさへづつてゐるではない
か／／ああ　このおほきな都会の夜にねむれるものは／ただ一疋の青い猫のか
げだ／かなしい人類の歴史を語る猫のかげだ／われの求めてやまざる幸福の
青い影だ／いかならん影をもとめて／みぞれふる日にもわれは東京を戀しと
思ひしに／そこの裏町の壁にさむくもたれてゐる／このひとのごとき乞食は
なにの夢を夢みて居るのか」

제1연에서는 새로운 문명("건축")과 자연("벚꽃나무", "참새")이 조화를 이룬
미적 도시로의 동경이 엿보인다. 이은 제2연에서는 "북적대는" 도시의 그
늘 아래 소외된 "거렁뱅이"의 고독감이, 화려한 도시가 엮어내는 빛과 그
림자의 상반된 이미지를 동시에 투영하고 있다. 도시의 낭만적 이미지와,
그 이면에 잠재된 애상감이 절묘한 조화를 이루고 있다.
핵심적 시어는 "슬픈 인류의 역사"를 응축한 "파란 고양이의 그림자"와,

이를 쫓아 "뒷골목 담벼락에 추워 웅크"리고 있는 "거렁뱅이"가 될 것이다. "슬픈 인류의 역사"는 구시대의 관습과 폐해의 부정적 이미지를 함축한 표현으로, 도시의 환영(幻影)인 "파란 고양이"[10]와의 이질적 조합을 거쳐, 시인이 도쿄에 대해 갖고 있는 현실과 환상의 양면성을 표출하고 있다. 따라서 "거렁뱅이"는 대도시 도쿄가 상징하는, 문명에 의해 소외된 고독한 시적 자화상 정도로 볼 수 있다.

한편 이러한 고향상실감은 보통 귀향을 통해 해소되나, 상실 그 자체를 목적으로 도시에서의 끊임없는 방랑과 방황을 숙명적 요소로 인식하는 상황이 나타나기도 하며, 이것을 '디아스포라'로 부른다.

4) 이산상황(離散狀況)으로서의 '디아스포라'

디아스포라(diaspora)란 원래는 같은 장소에 거주하여 단일 문화를 형성하다가, 타지(他地)로 이주하여 끊임없는 방랑을 반복하는 상태 및 그 민족이나 집단을 가리킨다. 역사적으로는 이스라엘·팔레스티나 지역 밖에서 흩어져 생활하는 유태인 집단을 지칭하며,[11] 난민과의 차이점은 원래의 거주지로의 귀환 가능성을 갖고 있지 않다는 것이다. 디아스포라가 문학적 관심을 받는 이유는 타지에서의 정신적 안주가 불가능한 현실상황에 대한 주체적 인식이, 스스로의 정체성 혹은 존재의 이유를 자각하는 원동력이 되어, 문학을 비롯한 예술 분야에서 왕성한 창조적 에너지를 발휘하기 때문이다. 주로 식민지 상황의 문학에 두드러지며, 이러한 디아스

---

10 이 시에 대해 시인은 "도시의 하늘에 비친 전선(電線)의 파란 스파크를 커다란 파란 고양이의 이미지로 보고, 시골에 있던 자신의 도시를 향한 애절한 향수를 표상한 것"이라고 회상하고 있다.
11 이 경우는 대문자인 'Diaspora'로 표기

포라적 의식을 재조명하는 것이 '포스트콜로니얼리즘(postcolonialism)' 문학으로서, 재일문학(在日文學)은 전형적 예에 속한다.

* 재일문학의 특징

재일동포들은 오랜 기간 조국을 떠나 일본에서 거주해 왔으므로, 한국과 일본 모두 정신적 안주처가 될 수 없다. 고향상실감에서 자유로울 수 없는 이방인적 존재로서의 삶은, 단순한 장소적 귀향을 통해서는 해소 불가능하며, 필연적으로 정신적 안주를 추구하면서 끊임없이 방황하는 디아스포라적 심리를 투영하고 있다. 그 결과 그들은 일본인도 한국인도 아닌 '재일'이라는 정체성의 인식으로 나타나며, 재일문학은 이러한 독특한 심리와 정서를 반영하고 있다. 이른바 '재일성(在日性)'으로 불리는, 일본적 정서와 한국적 정서의 혼재(混在) 상태로, 재일성은 디아스포라 문학으로서의 재일문학의 정체성을 형성하는 핵심적 요소로 볼 수 있다.

제6장
광기(狂気)

1. 광기의 의미와 성격

　광기(folie)는 이성(理性)이 결여된 정신 혹은 감정의 혼란 상태를 가리키며, 정신의학적으로는 신경증, 강박증, 히스테리, 공포증, 분열증, 우울증, 편집증 등 인간의 뇌의 활동과 관련된 제반 질병을 말한다. 프로이드에 따르면 광기는 인간의 무의식과 욕망을 표현하는 방식으로서, 광기적 행동은 보편적으로 환희와 희열을 수반한다. 결국 문학작품에서 광기가 중요한 이유는 인간의 비정상적 혹은 병리적 환희와 희열을 예술적으로 응시하는 점에 있으며, 궁극적으로는 예술지상주의적 요소로 이어진다는 점에 착안하고 있다.

　광기의 형성 요인으로는 유전적 요소나 유년기 시절의 체험에서 비롯된 것이라는 개별적 인식에서 출발하여, 근대 이후는 사회적 요인을 집중적으로 제기한다. 이를테면 근대 도시문화의 확산은 기계화된 삶에 따른 인간의 내면의 황폐화를 초래하였고, 이로 인해 도시에 거주하는 인간에게 다양한 정신적 스트레스를 발생시켰다는 것이다. 결국 광기의 발생 원인은 개인주의 사고의 심화와 빈부격차의 확대에 찾을 수 있으며, 다양한 사회적 활동에 수반되는 각종 정신적 질환의 발생과 밀접히 연관되어 있다.

2. 일본문학 속의 광기

일본문학 속의 광기는 대중 도시문화가 성립된 다이쇼기 이후의 작품에 두드러진다. 인간성이 결여된 각박한 도시의 생활은 정신분열증, 자아과잉, 과대망상 등의 정신적 질환을 초래하였고, 그 탈출구와 해소의 기능을 허구의 세계인 문학작품을 통해 추구하게 되었다. 이러한 인간의 병적 요소에 대한 응시는 특히 아쿠타가와 류노스케 등으로 대표되는 심리주의계열 소설의 성립 이후, 인간의 내면을 심층적으로 응시하고 해부하는 묘사 태도와 밀접한 관계를 지니고 있다.

우선 행동으로서의 광기를 실천한 대표적 작가에, 다이쇼기를 대표하는 후기 자연주의 사소설(私小説)의 '파멸형(破滅型)' 작가인 가사이 젠조(葛西善蔵, 1887~1928)가 있다. 그는 실제로 체험한 사실을 객관적으로 묘사하는 자연주의 이론을 실천하고, 일상생활과 인생의 어두운 단면을 그리기 위해, 자신의 사생활을 의도적으로 파괴한 것으로 알려져 있다. 후기 자연주의 소설의 대표작으로 알려진 『슬픈 아버지(哀しき父)』(1912)는 전형적 예로서, 가사이는 작가로서의 실생활과 가족의 상황을 일정 부분 고의로 파괴하며 창작에 임하고 있다. 문학적 리얼리티의 획득을 목적으로 실생활을 희생시킨 그의 태도는 아무리 예술지상주의적인 문학적 이상을 실현

하기 위한 것이라고 해도, 일반적인 관점에서 보면 광기적 행동에 가깝다. 자신이 지향하는 자연주의 문학의 정수를 실현시키려는 강박증이 문학작품이라는 예술적 경계를 초월하여 실생활의 영역으로 전이되고 있으며, 이는 분리될 수밖에 없는 허구와 실생활을 동일시한 일종의 병적 심리로 간주할 수 있기 때문이다.

3. 아쿠타가와 류노스케 『지옥변(地獄変)』

『지옥변』(1918)은 설화적 성격의 단편소설로서, 일본의 고전 설화집인 『우지슈이이야기(宇治拾遺物語)』에 등장하는 지옥변상도(地獄変相図)[12]의 유래에서 소재를 취하고 있다. 주인공의 광기적 요소가 아쿠타가와가 지향하는 예술지상주의적 태도를 극명하게 드러내고 있는 작품이다.

소설에 등장하는 '호리카와노 오토노(堀川の大殿)'는 부처의 재림이라고 칭송되던 위대한 인물로, 다수의 일화를 남긴 헤이안시대 황족의 최고 권세가이다. 그가 생애 남긴 일화 중 가장 충격적인 것이 명인 화가인 요시히데(良秀)에게 그리게 한 지옥변상도의 유래이다. 이 소설에서는 요시히데의 지옥변상도 완성을 에워싼 경위를, 오토노를 섬기던 제3자의 관점에서 서술한다. 3인칭 관찰자의 시점을 채택한 것은 오토노와 요시히데의 광기적 행동을 최대한 객관적 시각에서 조명하려는 의도로 볼 수 있다.

동 소설의 실제 주인공인 요시히데는 당시 최고의 화가를 자임하던 오만한 노인으로, 인품이 천박하여 주위 사람들로부터는 혐오의 대상이었다.

---

12 망자가 지옥에서 고통을 받는 모습을 그린 병풍도(屏風図)

그에게 인간적인 면이라면 오직 자신의 외동딸을 귀여워하는 것밖에는 없었다. 어느 날 오토노로부터 지옥을 묘사한 그림을 그리라는 명을 받은 요시히데는 자신은 실제로 보지 않은 것은 그릴 수 없다며, 그림이 약 80% 정도 완성되었을 무렵, 신분이 높은 여인이 우마차에 태워진 채로 화염에 휩싸이는 부분을 보고 싶다고 요청한다. 오토노는 겨울눈이 녹기 시작하던 어느 날, 자신의 거처 한 곳에 젊은 여인을 우마차 속에 태워 손발을 묶은 후 마차에 불을 지르게 한다. 요시히데로 하여금 지옥의 광경을 맛보게 하려는 광기적 행동이었다. 그도 그럴 것이 그 여성은 다름 아닌, 오토노의 집에서 궁녀로 생활하던 요시히데의 사랑하는 외동딸이었기 때문이다.

이러한 참혹한 광경을 눈앞에서 목격한 요시히데는 그 여성이 자신의 딸임을 알고 경악하지만, 이윽고 황홀경에 빠진 표정으로 그 광경을 응시한다. 이로부터 얼마 후 마침내 지옥변상도는 완성되었고, 요시히데의 그림을 본 사람들은 경탄을 금치 못한다. 그러나 병풍이 완성된 다음날 요시히데는 스스로 목을 매어 죽게 되고, 시간이 흐른 지금에는 그의 묘소조차 점차 세인들의 머리에서 잊혀져 갔다는 내용이다.

다음 인용문은 요시히데가 우마차 속에서 불길에 싸여 죽어가는 자신의 딸을 바라보는 장면이다.

> "그러나 원숭이(요시히데의 별명, 인용자)의 모습이 보인 것은 아주 순식간이었습니다. 금박이라도 뿌린 것 같은 불티가 한차례 획 하늘로 치솟는가 싶은 순간 원숭이는 물론 딸의 모습도 검은 연기 속으로 사라지고, 정원 한가운데에는 그저 한 채의 불수레가 굉장한 소리를 내며 타오르고 있었을 뿐입니다. (중략)

그 불기둥을 눈앞에 하고 얼어붙은 것처럼 서 있는 요시히데는—어쩌면 그토록 기이할까요. 좀 전까지만 해도 지옥고(地獄苦)에 시달리던 것 같던 요시히데는 이제는 이루 형언할 수 없는 광채를, 거의 황홀한 법열(法悦)의 광채를 주름투성이인 만면에 띄우며 영주님 앞인 것도 잊었는지 팔짱을 떡하니 낀 채 우두커니 서 있지 않겠습니까? 아무래도 그 남자 눈에는 딸이 몸부림치며 죽어가는 모습이 보이지 않는 것 같았습니다. 그저 아름다운 화염의 색깔과 그 속에서 고통에 몸부림치는 한 여인의 모습이 가슴을 환하게 하게 하는—그런 광경으로 보였습니다.

더욱이 해괴한 것은 비단 그 남자가 외동딸의 단말마(斷末魔)의 고통을 희열에 차 바라보고 있던 그것만이 아닙니다. 그 때 요시히데는 뭔가 인간이라고는 여겨지지 않는, 꿈에서나 나올법한 사자왕의 분노와도 닮은 묘한 위엄을 갖추고 있었습니다. 그렇기 때문에 느닷없는 불길에 놀라 마구 짖어대는 많은 밤새들마저도 기분 탓인지 요시히데의 머리 주위에는 얼씬도 하지 않던 것 같습니다. 아마도 무심한 새들 눈에도 그 남자 머리 위에 원광(円光)처럼 걸려있는 불가사의한 위엄이 보였던 것이겠지요.

새마저 그마저 그랬던 것입니다. 하물며 우리들은 하인들마저도 모두 숨을 죽이고 뼈 속까지 떨리는 야릇한 환희의 기분에 차 마치 개안(開眼)의 부처님이라도 보는 양 눈도 떼지 못한 채 요시히데를 바라보았습니다. 공중으로 온통 넘실대는 수레의 불길과 거기에 정신이 팔려 꼼짝달싹 못하고 서있는 요시히데—그 무슨 장엄함이며 그 무슨 환희일까요? 그러나 그 중 유독 한 분 대청에 앉은 영주님만은 마치 딴 분으로 여겨질 정도로 새파랗게 질려서 입언저리에 거품을 물며 보라색 바지 무릎팍을 양손으로 꼭 잡으시고는 꼭 목마른 짐승마냥 숨을 헐떡이며 계셨습니다."

—조사옥 외, 『아쿠타가와 류노스케 전집』(2), 제이엔씨, 2010, pp.173-175

동 작품의 감상 포인트는 한편의 그림 즉 예술작품을 완성시키기 위해, 결과적으로 사랑하는 딸을 희생시킨 요시히데의 예술지상주의적 태도에 있으며, 아쿠타가와는 이를 통해 예술과 인간을 에워싼 문제의식의 최첨단을 표현하고 있다. 작중 인물인 요시히데와 오토노를 비롯해, 아쿠타가와의 발상까지 광기적 요소가 인정된다. 한편 요시히데를 자살로 처리한 작자의 의도에 대해서는 인도주의 앞에 무릎을 꿇은 아쿠타가와의 예술지상주의적 경향의 좌절을 암시한다는 시각이 설득력을 얻고 있다. 결국 그림을 완성시킨 후의 무용지물이 되어 버린 요시히데의 삶의 잔재 처리가, 평생 예술지상주의를 좌우명으로 삼아 온 아쿠타가와의 문학자로서의 이상의 좌절을 드러내고 있다는 것으로, 훗날 아쿠타가와의 자살 의도를 유추해 볼 수 있는 부분이기도 하다.

4. 가지이 모토지로(梶井基次郎) 『레몬(檸檬)』

가지이 모토지로(1900~1932)는 감각과 지성을 적절히 융합한 간결한 묘사와 시정(詩情) 넘치는 투명한 문체로, 심경소설(心境小說)[13]에 가까운 경지를 전개한 개성적 소설가이다. 그의 대표작 『레몬』은 1925년 한 잡지에 발표되었다가, 1931년 단행본으로 출판된 산문시풍의 단편소설로서, 교토를 무대로 전개되는 주인공 '나(私)'의 과대망상에 가까운 엉뚱한 행동과 상상이 광기적 요소를 드러낸다.

"정체를 알 수 없는 불길한 덩어리"에 늘 시달리며 지내던 가난한 청년

---

13 작자가 직접 경험한 것을 소재로 한 사소설 풍의 소설

'나'는 매일 같이 교토 시내를 방랑하듯 떠돌아다닌다. 그는 항상 "무너져 내리기 시작한 거리"나 뒷골목 등을 즐겨 찾아 걸으며, 자신은 현재 이곳 교토가 아닌 다른 먼 곳에 와 있다는 "착각"을 일으키기 위해 노력하고, 답답하고 우울한 "현실의 나 자신을 상실하는 것을 즐기고" 있었다. 그는 불꽃놀이나 유리그릇 등 "유아시절의 달콤한 기억"과 관련되는 것에 위안을 받으며, 무료하고 어두운 나날을 보내게 된다.

그러던 어느 날 여느 때처럼 방황하듯 거리로 나선 나는 과일가게 앞을 지나다가 문득 예쁜 레몬 하나를 구입한다. 나는 그 레몬을, "모든 선량한 것, 모든 아름다운 것"의 결정체로 여긴다. 그러나 이런 상상도 잠시, 평소 그토록 들어가기를 꺼리던 '마루젠(丸善)'[14]에 들어선 나는 순식간에 잠시 느꼈던 행복한 감정이 사라지고, 이를 대신해 우울한 감정이 파도처럼 밀려옴을 느낀다. 그때 품속에 가지고 있던 레몬이 생각난 나는 높다랗게 쌓여 있는 "기괴한 환상적 성(城)"인 서양 화첩(畫帖) 위에 레몬을 올려놓고, 그 레몬이 금속성 소리와 빛을 빨아들이며 서늘한 광채를 발하고 있다는 착각 속에 빠져든다. 이윽고 서점에서 나온 나는 그 레몬이 폭탄으로 변해 답답한 '마루젠'을 산산조각으로 파괴해 버리는 엉뚱한 공상을 하게 된다.

> "주위를 둘러보니, 그 레몬의 색채는 (화첩의)무질서한 색의 농담(濃淡)을
> 고요하게 타원형 신체 속으로 흡수해 버려, 상쾌한 광채를 발하고 있었다.
> 나에게는 먼지 자욱한 마루젠 안의 공기가, 그 레몬 주위만큼은 야릇하게
> 긴장돼 있는 것처럼 여겨졌다. 나는 한동안 그것을 바라보고 있었다.

---

14 당시 교토 시내에 있던 대형 서양서적 전문점으로 2005년 폐점

불현듯 두 번째 아이디어가 떠올랐다. 그 기묘한 계획이 오히려 나를 깜짝 놀라게 만들었다.

—그것을 그대로 놓아두고 난, 태연스런 표정으로 밖으로 나온다—

나는 이상하게 몸이 근질댐을 느꼈다. 「나가버릴까, 그래 나가버리자」그리고 나는 성큼성큼 밖으로 나갔다.

묘하게 몸이 근질대는 느낌이 거리 밖으로 나온 나를 미소 짓게 만들었다. 마루젠 선반에 황금색으로 반짝이는 무시무시한 폭탄을 설치하고 나온 기괴한 악한(惡漢)이 자신이며, 이제 10분 후에는 저 마루젠이 미술코너 선반을 중심으로 대폭발하게 되니, 얼마나 흥미로운 일인가.

나는 이 상상을 열심히 추구했다. 「그렇게 되면 저 숨통을 조여 온 마루젠도 산산조각이 나겠지」

그리고 나는 활동사진의 간판 그림이 기이한 분위기로 감싸고 있는 교고쿠(京極)거리를 걸어 내려갔다."

소설의 마지막 부분으로, 레몬이 폭발해버린다는 황당한 공상의 배후에는 현실에 억눌린 주인공의 과대망상이라는 광기적 요소가 내포돼 있다. 핵심 표현인 "정체를 알 수 없는 불길한 덩어리"는 화려한 도시의 모습 이면에 잠재된 권태와 우울의 심리와 이를 초래한 자의식의 과잉을 엿보게 한다. 마루젠은 주인공을 압박하는 도시생활의 표상물로서, 마루젠 서점 속에 산더미처럼 쌓인 화첩을 "기괴한 환상의 성"으로 표현하고 있는 것이 이를 뒷받침 한다. 다시 말해 성(城)은 인간을 지배하는 권력의 상징이자, 자신을 정신적으로 억압하는 암울한 현실의 비유적 표현으로, 그것의 폭파가 가져올 희열과 카타르시스를 암묵적으로 드러낸다.

무엇보다 레몬의 감각적 아름다움과 폭탄이라는 이질적 조합이 작자의 광기적 발상을 뒷받침한다. 그것은 상큼한 레몬처럼 순수한 영혼의 암시로서, 폭발이 떠올리는 파괴적 본능을 등가적으로 대치시키기 때문이다. 결국 이 소설에서는 한 개의 레몬에 응축된 인간의 투명한 정신성을 통해, 도시생활로 상징되는 현실에 의해 억압되고 황폐해진 자아의 탈출구를 모색하고 있다. 이러한 섬세한 감수성과 해학적 문체로 인간의 내면 깊숙이 자리한 퇴폐적 심상풍경을 맑고 날카롭게 응시하고 있는 점에, 단순한 과대망상으로서의 광기적 발상을 초월한 지적 완성도가 느껴진다.

주요 참고문헌

김용운, 『한국인과 일본인』(전4권), 한길사, 1994.
루스 베네딕트, 박규태 역, 『국화와 칼』, 문예출판사, 2004.
박진수 외, 『일본 대중문화의 이해』, 역락, 2015.
알웨스터, 라종혁 역, 『문학이론 연구입문』, 동인, 1999.
요시모토 다카아키, 문학과 일본 연구회 역, 『일본근대명작 24』, 새물결, 2006.
에밀 뒤르켐, 김충선 역, 『자살론 – 사회학적 연구』, 청아출판사, 1994.
원승룡 외, 『문화이론과 문화일기』, 서광사, 2005.
이노우에 슌 편, 최샛별 역, 『현대문화론 – 문화사회학자가 본 일본의 현대사회』, 이화여대
　　　출판부, 1998.
이어령, 『축소지향의 일본인』, 갑인출판사, 1982.
서은혜 외, 『일본문학의 흐름』(2), 한국방송대학출판부, 2007.
조셉 칠더스 외, 황종연 역, 『현대문학·문화비평용어사전』, 문학동네, 1999.
浅井清外編, 『日本現代小説大事典』, 明治書院, 2004.
秋山駿, 『忠臣蔵』, 新潮社, 2008.
岩淵宏子外, 『はじめて学ぶ日本女性文學史』, 「近現代編」, ミネルブァ書房. 2005.
海野弘, 『モダン都市東京 – 日本の1920年代』, 中公文庫, 2007.
大岡信編, 『現代詩の鑑賞101』, 新書館, 1996.
九鬼周造, 『いきの構造』, 岩波書店, 1982.
小森陽一外, 「身体と性」, 『文学』(11), 岩波書店, 2002.
佐伯順子外, 『日本を知る101章』, 平凡社, 1995.
日外アソシエーツ, 『現代人気作家101人』, 紀伊國屋書店, 1996.
新渡戸稲造, 矢内原忠雄譯, 『武士道』, 岩波書店, 1938.
野村喜和夫外, 『戦後名詩選』(1)(2), 思潮社, 2001.
長谷川泉, 『近代日本文学思潮史』, 至文堂, 1981.
ハ・ジン, 立石光子訳, 『狂気』, 早川書房, 2004.
前田愛, 『都市と文学』, みすず書房, 2005.
吉本隆明, 『現代日本の詩歌』, 毎日新聞社, 2003.
https://ja.wikipedia.org

저자 **임용택**

건국대학교 일어교육학과를 거쳐, 도쿄대학원 총합문화연구과 비교문학비
교문화전공 석사·박사과정 졸업. 현재 인하대학교 일본언어문화학과 교수.
일본근대문학 및 한일비교문학전공. 주요 저술로는 『金素雲「朝鮮詩集」の
世界-祖国喪失者の詩心』(中央公論新社), 『달에게 짖다-일본 현대대표시
선』(창비), 『일본문학의 흐름』 2(공저, 한국방송대학출판부)를 비롯해, 『하
기와라 사쿠타로 시선(詩選)』(민음사), 『둔황』(문학동네) 등의 역서가 있음.

일본의 사회와 문학

초판인쇄 2018년 7월 26일
초판발행 2018년 8월 07일

저   자 임용택
발 행 인 윤석현
등록번호 제7-220호
발 행 처 제이앤씨
          address: 서울시 도봉구 우이천로 353 성주빌딩 3F
          Tel: (02) 992-3253(대)   Fax: (02) 991-1285
          Email: jncbook@daum.net   Web: http://jncbms.co.kr
책임편집 박인려

ⓒ 임용택, 2018. Printed in KOREA.

ISBN 979-11-5917-113-0 (13830)   정가 17,000원